悬铃木咖啡馆

半 夏 著

广西师范大学出版社
·桂林·

悬铃木咖啡馆
XUANLINGMU KAFEIGUAN

图书在版编目（CIP）数据

悬铃木咖啡馆 / 半夏著. --桂林：广西师范大学出版社，2021.5
ISBN 978-7-5598-3652-6

Ⅰ.①悬… Ⅱ.①半… Ⅲ.①长篇小说—中国—当代 Ⅳ.①I247.5

中国版本图书馆CIP数据核字（2021）第042643号

广西师范大学出版社出版发行
（广西桂林市五里店路9号　邮政编码：541004
　网址：http://www.bbtpress.com）
出版人：黄轩庄
全国新华书店经销
广西广大印务有限责任公司印刷
（桂林市临桂区秧塘工业园西城大道北侧广西师范大学出版社集团有限公司创意产业园内　邮政编码：541199）
开本：880 mm×1 230 mm　1/32
印张：12.25　　字数：226千
2021年5月第1版　　2021年5月第1次印刷
印数：0 001~6 000 册　　定价：49.00元
如发现印装质量问题，影响阅读，请与出版社发行部门联系调换。

我们在这个世界上活着,有许多事情讳莫如深,必须三缄其口。我们彼此都是知根知底的。

——［法］帕特里克·莫迪亚诺

目 录

引　子………005

清　秋………013

自　欺………052

旋　涡………086

腔　调………148

喜　感………201

旧　案………234

去　向………310

悬铃木咖啡馆………368

后　记………380

悬铃木咖啡馆

同仁街是广东商人的聚居地,他们在此置业做营生,他们的住屋铺面便照搬来了那种在现今的广州城老街区还见得着的骑楼样式。

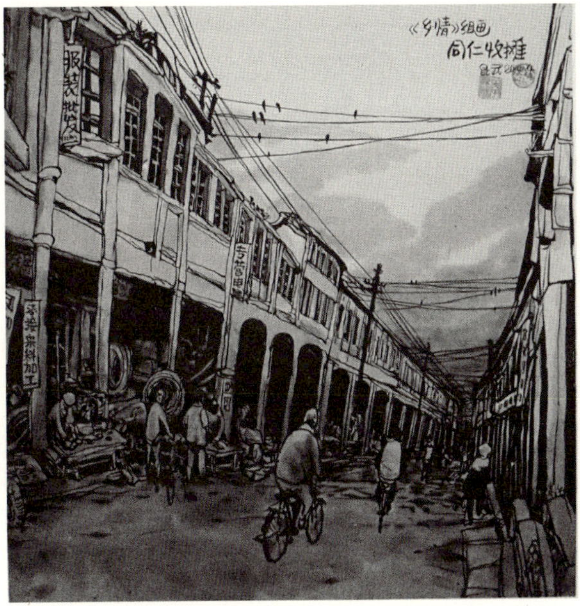
《乡情》组画
同仁收摊
服装批发
来料加工

引　子

这座城的传奇淹没在日常的喧嚣里。

我要讲的故事是记忆之筛留下来的。

我逆向地阅读了这座城四五十年的局部生活史。

我讲故事的时候有很多幻影纷至沓来。

这座城的这条街有如深渊，仿佛在时间、空间的三维轴向里交会变幻出多维的存在，有一种隐秘的力量，会把人吸进去。当然，若你只是一个路人偶尔途经这里，不往深处探看张望，它也很稀松平常，然而，它是宽广过的。

这座城原本有一条街道，在夏天浓荫如盖，那阴凉是街道两边的悬铃木树冠交织出的穹顶带来的，那些悬铃木有七八十岁了，从街的这头走到另一头有一千米。在我的记忆里，二十世纪七八十年代，一到夏天，这座城的老居民们喜欢在这条街上漫步。天光透过悬铃木的枝叶滤下些光斑，那些光斑晃动在我少年、青年时代的记忆库里。之后,我远离这街区了。二十来年后,当我发现垂直于它的一条叫同仁街的商业区里有一个叫悬铃木咖啡馆的地方后,我觉得身体深处沉睡的什么东西醒了过来。

从前,住这附近的人晚饭后散步时都喜欢朝着一家叫南越咖啡馆的地方去,排队买两三个法式硬壳面包带回家。

南越咖啡馆是个姓阮的越南女人开的。悬铃木咖啡馆与南越咖啡馆没有关系,南越咖啡馆在二十世纪九十年代后彻底消失,没有人知道它怎么就不在了。这座城的人怀旧时会提到它,回忆一下它的面包香和咖啡香。

在散轶的一些文献资料或者口头传说里,这条一千米长的街是我们这座城最有特色的地方,两层、三层的法式建筑林立,这与一九一〇年修通的滇越铁路有关。法国殖民地越南的洋派生活顺着那条一米宽的窄轨铁路缓缓地输送进来。

这条街有两种主色调,我指的是建筑物的色调——黄的墙和绿的门窗。这条街正式的名字叫金碧路。叫这个名,所有的人都说是因为从前这里有两座遥相呼应的牌坊叫金马坊和碧鸡坊,这个没有疑义,但我认为这条街的街名还来自有远见的城市管理者的坚持,那两座牌坊之名规定了这条街建筑的主色调只能是"金"与"碧"。金碧路门窗的漆色在我记事的七十年代便显出了它的个性。那时全中国的房屋,不论是公家的建筑,抑或普通人的居所,那墙大多是灰砖的本色,那门窗都漆成了标准色谱调和出的暗红色。

这条街上有医院，有邮局，有粮店，有布店，有裁缝店，有五金铺，有咖啡馆，有糕点铺，有文具店，有小锅米线店，有酱菜铺……

这条街上，夏天的悬铃木浓荫捂着南越咖啡馆法式硬壳面包的香味久久不散。

而今，悬铃木退缩，街道拓宽，浓荫和法式建筑的黄墙绿门窗无影无踪，原本拆毁的两座牌坊倒是在二十世纪末的时候重新竖起来了。

这条街的故事就像经年累月戴在手腕上起了包浆的一串紫檀珠链，绳断珠散。散乱一地的珠子，埋头捡拾，却再也找不全它们，再也不能完整复原，为了对它表示恭敬，只好把寻回的散珠放进一个盒子，让它们继续拢在一堆，却没有了从前的顺序和串在一起时那一个挨着一个的亲昵和依恋。

一百多年前，下南洋的很多广东人越洋过海抵达越南河内，再乘坐着法国人帮助建设的米轨①小火车从河内出发，一路颠簸着北上，越南人也跟随着来了不少。滇池岸边这亮堂堂的城不大，站在城里四望出去一览无遗，春、夏、秋、冬都气候温和。

同仁街是广东商人的聚居地，他们在此置业做营生，他们的住屋铺面便照搬来了那种在现今的广州城老街区还见得着的骑楼样式。

老同仁街拆毁了，继承了传统骑楼样式的新同仁街建了起

---

① 滇越铁路双轨之间的距离为一米，俗称"米轨"。

来。在这骑楼二层的拐角处"悬铃木咖啡馆"开张。

看见招牌上"悬铃木"这三个字我会心一笑。这地方后来成了我工作之外存放身心的一个据点。我大多的空闲里不是抵达那里就是从它那出发往不同的方向去。我在那里结交、约会朋友，听或者看，更准确的说法是揣摩他们的人生故事。

我每每走进悬铃木咖啡馆，都挑那个右面临窗左后两面临墙的尽头坐下，要一杯炭烧咖啡——那种不放糖的苦味咖啡。然后读一本书或者打开电脑来写作。我可以在那儿混大半天。

我的本职工作是一家义化类周刊的资深编辑，按时按量完成分内工作后，我便可以自行安排自己的时间。我去哪里都拎着我的笔记本电脑，业余我是个写了几本书的人。

十年前我离了婚，儿子高中毕业后就去了美国，已在读研究生。

我与咖啡馆的老板，一个叫章小秋的女人熟起来并成为朋友后，她便把那个清静的旮旯叫"紫苏阁"。紫苏是我发表作品时的笔名。章小秋说那张桌是专供我用的。我要过去，都会打电话给她，让她给我留着那个座位。

那个座位谈情说爱的人也喜欢，相对不受打扰。若不打招呼，去了被别人占着我会手足无措。

很怪，我在那儿写作比在家里的书房写作效率高，我能闹中取静。

走进悬铃木咖啡馆两年多来，我又结识了一些新朋友，这些新朋友多是章小秋认为值得介绍给我的。章小秋带着她的朋友来到我面前,就说,给你们介绍个朋友——作家紫苏,她在这里写了几本书了,你们的人生故事讲给她听,她就写成小说。

章小秋的咖啡馆需要我这样的人出现。我往那儿一坐,一杯炭烧咖啡是免费的。

我呷着这杯苦味咖啡,渐渐品出李煜《相见欢》里"寂寞梧桐深院锁清秋"的深层孤独。小秋说,紫苏姐,你这样的人,不来这里熏染点人气,你无法让生活继续,你无法写出东西来。章小秋的话像根银针,一针扎在我的穴位上,酸、麻、胀。

我的孤独需要另一些人的孤独来烘托,我写下的字里嵌进了他们的落寞、传奇和忧伤,它们出自深处出自血肉,最后掺杂着我个人的神经抽搐兼一种叫幻想腺体的分泌物……

算了,我昨天想了一天,想明白了,那种男人,松松就被狐狸精勾引了,我要他做甚?真要是嫁给他,那他随时都会被勾走的,这世上妖精多了。

ZMQ

周梦清跟我一样是走进新同仁街的悬铃木咖啡馆后，成为常客，成为章小秋的朋友的。周梦清来这里是因为她出生在旧同仁街的一个老院子里，而这个拆了的老院子，据她说就在咖啡馆现在所处位置的下面，梦清的故事部分出自她的讲述，部分是我看见的。

清　秋

1

　　这城里，我只喜欢同仁街。我呱呱坠地，是真的坠地噶，坠在同仁街上的一所老房子的廊檐下。

　　我爱同仁街是因为同仁街在我屁股上盖了个戳，我妈说那是我爹盖的，盖在了我的左屁股墩上。那是个胎记，乌青的一团，可我妈偏就说是我爹弄的，怪他。到现在我都三十老几了，我妈还会拿那胎记说事：小清你贱啊，又回你老窝子去了？就不会挪个屁股，那里有什么好？我嫁给你爹后就在那小咪渣渣①的不隔音的板板房里开始发霉了，还被壁虱咬。

　　我爹是金碧路邮局的邮递员。三十八年前，我爹还没来得

---

① 小咪渣渣，昆明方言，形容很小。

及把我妈往附近的昆华医院①送,我就硬鼓着钻进了这人世间。我一屁股掉在地上,屁股都摔青了——我妈一直这样唠叨,要不是同院子住的潘婆婆救命么,清清囡啊,你就跟妈妈一起死掉了。我妈说潘婆婆从橱柜里翻出潘公公喝剩的半瓶老白干来,倒了洗手,从针线箩里随手抓起一把剪刀,在蜂窝煤烧的炉子上燎了一下,然后剪断脐带,用手把肚子上的脐带结了个疙瘩,用垫单布把我一裹。

潘婆婆边做这些边对着我爹吼:大人连娃娃得赶快往医院送呀!我爹抖手抖脚地把他送信骑的大永久牌单车上的邮包取下来,准备扶我妈坐在后车架上往金碧路上的昆华医院走。昆华医院不远,就在三四百米开外。潘婆婆瞅我爹一眼,扯着嗓子使唤起院子里的邻居们。拉蜂窝煤的陈伯伯立马放下饭碗,扫净三轮板车上的煤渣,叶孃孃找了些纸板来垫在车上。我爹周正明把我妈连褥子、被子一起抱上车,潘婆婆抱着垫单布裹着的我跟在陈师傅的板车后面往医院小跑,我七岁的哥哥竟然由拎了两个装满开水的热水瓶的叶孃孃牵着,也跟在后面往医院跑。

三十八年前,是一九七六年,我不像昆明城里的同代人出生在敞亮的医院妇产科,而是先在家里坠地,然后才去医院妇产科的保温箱里保下一条小命来。我妈说我们母女俩的命是捡回来的,既然捡回来了,这命就有后福了。

---

① 昆华医院,即云南省第一人民医院,筹建于一九三二年,原名云南省立昆华医院。

2

从前,老同仁街上的居民多数是南洋过来的富商,南洋的富商祖籍多是广东,所以同仁街的房子盖得很有广东味,是典型的二层骑楼。我长大后,去广州见过那种楼。那时候,下雨天我们可以在长廊式的骑楼下玩耍而不怕着雨淋湿。潘婆婆是正宗的广东人,她的昆明话说得有点疙瘩,有些字眼听不清。

潘婆婆是我们那个院子的主人。潘婆婆的男人早年在印度尼西亚当牙医,后来从印度尼西亚经过越南,坐着滇越铁路的小火车一路颠簸到了昆明,在昆明开起了牙科诊所,后来盘下一院房产,就是后来我们住的那个院子。潘婆婆是他男人的第二个老婆。潘牙医在我出生前两年病死了。新中国成立后潘家的院子划归公家,我爹跟我妈结婚后,在这院子里分得一小间房。一个院子连上原来的主人家含巴朗①住了四家人,含巴朗是潘婆婆的口头禅,她说一间房子,那间字她发"刚"音,我们院子里的人也学着她这么说。潘婆婆是个重情的女人,每一年潘公公的祭日,潘婆婆都会在院子里摆一桌菜,给潘公公留一副碗筷,专门给天上的他敬上一杯酒。

我妈说我爹后来花十多块钱买了一瓶贵州的茅台酒送给潘婆婆,谢她的救命之恩。潘婆婆推辞不要,我爹说,潘妈妈,这是敬贡给潘医生的,一定要收下噶。

---

① 含巴朗,昆明方言,全部、所有的意思。

老同仁街十多年前拆了。房管局给我爹、我妈在西郊的郑和小区分了一套房子。我哥当兵后转业回来在城西边的一家国企当工人,娶妻生子,过着普普通通的日子。

几年前,同仁街的原址上盖起了新的同仁街,建筑外表还是广式骑楼样式。因为地处昆明城的心脏地带,新同仁街被打造包装成了昆明最时尚的商业街区。当时我的事业刚刚起步,我还没有经济实力在那儿盘下一个铺面来。我想在新同仁街有一个真正属于我的窝子,我是在同仁街上扎过根的。

我跟别人说起同仁街时,总是要加一个"我家"做定语。有时我想,一个人在出生时就被属于他的地理格局给框定了命数,这命数决定一个人的人生半径有多大,他将来能走出多远。我个人命运的地理轴心就是同仁街。

在滇池旅游度假区我有一套大宅子,是一幢联排别墅的端头,有花园露台,可我不爱在那里待着,尽管那房子装修得很漂亮。我请我爹、我妈住过去享受后半生,他们不愿去,说还是跟老街坊邻居待在一起才舒服,同仁街金碧路的老住户拆迁后都去了郑和小区。那幢上下二层外加一个地下停车库、总面积有三百平方米的大房子里,最后晃来晃去的只有我一个人斜长的、变形的影子。那两百平方米的花园里荒草萋萋,开发商交房时种上的草皮,荒长了两年,已杂草丛生。强势的紫茎泽兰长得有半人高,这一季正开着白花。这栋大宅里的主人竟然不是人,而是那些摇曳生姿的花草。

晓得了吧?我至今还没把自己嫁掉。没我看得上的男人或者说没男人爱上我。我一不留心就剩下了。

往城里来办事时我通常把车开到同仁街的地下车库里。在我家同仁街我锁定了一个落脚处,就是这个名叫悬铃木的咖啡馆。我就像一个偏僻山村的孩子一样生在了自家屋里,然后从一个婴儿到上大学的二十二年间,我都是在同仁街出没的。我是正宗正版的昆明老街上出生的昆明人。

现在的昆明人都喜欢喝茶,我不,我喜欢喝咖啡。这癖好是在紧邻同仁街的金碧路上的南越咖啡馆培养的。老字号的南越咖啡馆是一个姓阮的越南女人开的,传说当年胡志明曾装扮成面包师在那里领导越共的地下活动,西南联大时期,沈从文曾在那里请胡适喝咖啡。是南越咖啡馆那加炼乳的咖啡和法式硬壳面包培养了我甜腻的西式胃口。

金碧路是老昆明城除了南屏街、正义路外最繁华的一条商业街,清末民初,很多下过南洋的广东人包括法国殖民地越南的一些安南人[①]都跑到昆明来讨生活,他们举家沿着那条自河内始发,到昆明终点的滇越铁路,坐上十天半月的米轨小火车摇晃着来到气候温和的春城昆明。

南越咖啡馆飘出的香味天天都会勾引我那似乎永远饥饿的胃,上学、放学我都要从那里路过,还隔着一段距离,空气里那股香甜味就会直冲进鼻孔。我爹、我妈计划着每个星期都买

---

① 清嘉庆前,越南叫安南国。

一次硬壳面包给我和我哥吃。没有吃过那硬壳面包就不会有怀念了，但我吃过，而且次数实在是太少了，这让一个正在长身体的女孩子实在很难抵挡它的诱惑。喝上一杯香浓的咖啡的念想就更难实现了，要喝咖啡就得走进南越去，面包可以买了带走，咖啡可不兴拿口缸去端回来喝。

我爹、我妈可不允许我哥和我钻进那地方去。我长到八九岁时，我爹对我说：瞧瞧，小清清，出入南越咖啡馆的都是什么人？含巴朗都是些穿港式细腿裤、喇叭裤的小二流子，小资产阶级分子，往那里去的一看都没个好人样。

那些烫爆炸头的抹外五县变色口红的小骚货、小皮旦①才去那里呢！我妈忍不住在旁边插一句。

那时候我妈自得地说，我们家清清像朵白生生的缅桂花，才不会去那种烂地方呢，长大了也不兴去噶。这类话我记得异常清楚，我都读小学三年级了，我都到南屏电影院看过《红衣少女》了，我爹、我妈还指着南越咖啡馆这么教育我。他们说那话时的样子我忘不掉的，那是一个夏日的黄昏，我跟我爹、我妈出门闲逛，从南越咖啡馆门口经过，当时一股子奶油的香甜味正把我逗得鼻子痒酥酥的想打喷嚏。

我记得南越咖啡馆有三层，一层是火车厢式的卡座，年轻人都喜欢在那霸着座位谈情说爱，二层、三层是雅座，一般是些老广东或生活讲究、有钱的人去那里吃西餐。后来，我们全

---

① 皮旦，方言，指女流氓。

家一起进去过一次，是我哥应征入伍离开昆明的前两天，我爹决定领全家人上二楼雅间吃一次西餐。我妈有点舍不得，那意味着，那一顿得吃去我爹月工资的一半，至少三十块钱。不过，我爹定了的事我妈倒也不敢违拗，最后一家人还是高高兴兴，过节一样穿上最好的衣服去了。我妈那天专门给刚读初中的我梳了个好看的螃蟹头，上面别了两个小蝴蝶结。

3

梦清坐在我对面，声音很小，我刚认识她不久，她就给我讲她的事了。

下周四是我的生日，我想在悬铃木咖啡馆包一间房，请朋友们吃西餐。悬铃木咖啡馆老板章小秋有个合伙人，从不露面。我绕着弯子打探过，小秋姐嘴紧，不露半点口风。我猜那个合伙人是个男人，极有可能是个有权有势的人。那地段的房子即使要租也是很不容易租到的。小秋姐结婚早，一直没要孩子，她说女人得自私一点，多爱自己一点，一个女人都不爱自己，谁会爱她呢？小秋姐的理论一套一套的，正好她老公生意忙也不想要孩子，所以两个人倒也没因此闹啥子矛盾。小秋姐的老公开着一个建筑装饰公司，生意也盘得很好。

哦，我只知道小秋结了婚的，没要孩子。我应着，发现梦清嘴有点碎。

今天也是巧了，我步着小秋姐她老公的后尘上的咖啡馆，我跟她老公不熟。她老公平时也不大来咖啡馆。发现前面走着的人是她老公后，我故意放慢了步子。非生意场合，我从不主动跟男人瓜扯。我和小秋姐处成朋友是因为悬铃木咖啡馆，只要不忙，我几乎每天都要来喝上一杯咖啡，有时生意太忙，过不来，我就会发条短信给小秋姐，只问，我那有人坐着吗？男的女的？小秋姐若说是女的，我就不回她了，有时她会主动补上一句，作家在。若说是男的，我就会问，啥样子，跟我登对吗？我屁股随时坐的地方如果有别的人来占着，我都很在乎，说不清为什么。有时小秋姐见我没来，也没发短信，会主动发过一条短信来，给我描述一下我的这个老窝子的即景，专来刺激我——清清，一个四十岁左右的长得像陈道明的西装男人坐在那里，带着一个女人，那个女人气质比你差多了，我真想是你跟那个陈道明在那里眉来眼去的哦，哈哈。小秋姐乐意为任何一件小事营造神秘气氛。

清清，看来我俩现在都想把这个座位占为己有，哈哈。我打断梦清插了一句。

今天这么早来，就为确保我可以在这个位于窗边的角落耗上一天。来的路上我就想好了，先要上一杯炭烧咖啡，然后把那个令人伤心的约会结局告诉小秋姐,再点一份烩鳕鱼,倒半杯来自法国南部波尔多山谷的原装红酒"青春年少"。我在小秋姐这里买过几瓶很好的红酒,不带走,就存在这里,我会根据心情要上半杯一杯,慢慢地呷。我今天要在这里反刍约会失败的原因,我还要小秋姐用塔罗牌给我算一算我下一段情缘如何。我打了电话给助手,交代他没急事不要打电话给我。一来,发现你占着我的位置,嘿嘿。

这个叫周梦清小我十岁的女人真是没心机,跟我一样喜欢这个角落,关键是也喜欢炭烧咖啡。几天前我埋头在笔记本电脑上码字时,小秋把她正式介绍给我。

坐在咖啡馆中央沙发上的小秋姐见到她老公时,一下子把膝上的笔记本电脑拿开站起身来迎向她老公,她老公一把把她拥进怀里。小秋姐被她老公抱着亲热时瞥见了我,她笑着眨了眨眼睛,算是跟我打了个招呼。我脸忽地一下烫起来。慌乱着一拐,想绕到这旮旯里,这就一屁股跌坐在这布艺沙发的怀抱里了。坐你对面没打搅你吧,紫苏姐?

我坐的这个位置在咖啡馆的一个犄角旮旯里,别人不大看得见我,而我可以肆无忌惮地观察别处的人,码字的人就喜欢暗地里打量、观察人,那沙发很软和,坐进去,便仿佛那沙发把我抱紧了。

紫苏姐,这世界上还没有诞生抱我的男人,目前只有沙发抱着我。

我的心一跳,对面的梦清跟我如此灵犀相通?小秋叫她清清,我一下子就亲近认同了她。

哦,清清。你这句话,令我深有同感。我们都是只有沙发怀抱的女人。我伸出手跟梦清握了一下。

一个服务生过来问清清要什么,她忧伤地说,老样子,还是炭烧,深度烘焙,要苦,要伴奶不要糖。

清清对炭烧咖啡的偏爱与我也如此相似!

紫苏姐,我脑子里还是小秋姐和她老公抱在一起亲热的画面。小秋姐跟我说过她老公常常出差,也许今天是他出差刚回来?一大早就过来,准是小别了几天。看来,员工们早就习惯了自己的老板跟她老公亲热。没人像我一样笨,笨得不自然,脸发烧。

我越过清清的肩,扫了一眼视线里的咖啡馆,额外还有三四个客人。我前面隔着两张桌子有一对情人,在低声说话,另有一个外国男子喝着咖啡,开着笔记本电脑在上网。

现磨的咖啡上来了,那香味沁得我的喉咙做了个吞咽动作。

我面前也是炭烧，只是凉了。

清清用匙一搅，抬起来，喝一口，再一口。

我也抬起我的咖啡杯来，那浓郁醇厚的苦，没有叠加我内心的咸涩，而像是要给我一点点安慰，我呷了一大口。但紧接着，我鼻子一酸，忽然想哭。清清的那句话"目前只有沙发抱着我"说的是她也是我。

含着一层薄泪的眼睛望出窗去，外面竟然正下着一场淅淅沥沥的太阳雨。先前来的路上可没有一点要下雨的迹象。咖啡馆在二楼，往下看，一对年轻的情人干脆不避雨，拎着湿答答的雨伞，相互依偎着，尽情享受着雨丝细细的轻柔的抚摸。同仁广场花园的一株香樟树的枝丫朝窗边伸来，那树叶子湿漉漉的，在太阳雨中轻轻摇曳。我整个人一下子软了，忽然有一种想娇嗲的冲动。

难道一杯咖啡可以等于一个男人？幸好我手里此刻还有这样一杯深度烘焙的咖啡，它十足的苦味尽管是甜蜜的反面，于我却演变成另一种极端的宠幸。此时此刻我不反感一切甜腻。

紫苏姐，小秋姐跟你讲过我吗？她介绍我认识你后，让我把我的故事给你讲讲，说你是个作家，研究人的，说你可以给我开开情感处方，给我些建议，小秋姐说我情商超低。

清清，谢谢你的信任，我很愿意听你的故事。我的目光从窗外收回，看着清清的眼睛。

4

刚刚过去的这个星期六,我约他去抚仙湖边消夏。

他是我的一个客户,我对他有好感。他的正式身份是大学的教授,业余与人合伙开了个公司,他当老总。一个月前他们的公司新开张,他带着助手来我们公司买办公用品。

我经营办公用品七八年了,生意盘得还不错。这几年我培养了一个信得过的副手,我可以天天到咖啡馆泡着也不会天塌下来的,那阵我跟小秋姐闹点别扭,没来这里而是天天去办公室待着,我后来想那是上天特意安排好的,让我去等这个男人。

他们进我办公室的时候,我正在一本速写本上画画儿,我不爱上网趴着,我就喜欢在白纸上画画玩,我画这世上形形色色的男人、女人,有时我抱个笔记本电脑、带本速写本就到悬铃木咖啡馆泡上一天。大多数时候我就是在那里画啊画,就专干这种事。我会打开那笔记本电脑,联上网,然后却手拿画笔画小人儿玩。我从来不对着具体的人画,我就是画我在书里或电视里看见的角色,然后凭着记忆加点想象地画那些男女。几年画下来,无师自通,我勾勒的人像,小秋姐看过便一个劲夸我有才。小秋姐说,清清再画上几年,怕也可以变成女版朱德庸了,你不妨画点有故事情节的四格漫画,人家画粉红女郎、画涩女郎,你呢就专画你这样的剩女郎,别说啊,也许哪天你就画成了呢。

我画得最像、最好的男人是演过间谍007詹姆斯·邦德的布鲁斯南，他还没演邦德的时候演过电影《环游世界八十天》，还演过一部电视剧里的侦探，角色的名字现在我还记得清清楚楚，叫雷明顿·斯帝尔。我被他的眼神迷住了，我太迷他了。布鲁斯南的第一任妻子是得癌症死的，他有情有义地陪着妻子走到人生尽头。妻子死后，另一个美女因为他对故妻的爱而爱上他，他们结婚了。唉，这样的男人我周梦清没办法遇上。

这一阵子我在狂画普京、画奥巴马、画央视《百家讲坛》的易中天和纪连海。上《百家讲坛》节目的人都有才，我喜欢有才华的男人，其中最丑的才子一张苞谷嘴、一口生得乱七八糟的牙，可这么丑的男人也是别人的丈夫了。

那个男人和他的助手被我的助手引进来时，我一眼被他"震住"。"震住"这个词表达的不够准确，应该说是我一眼被他"拿下"，对，就是"拿下"。

抬头看见他的脸，我就呆了。他是我笔下正画着的"易中天"啊，只是整个儿放大了一圈，《百家讲坛》上的易中天就是小号了一点，没想到我面前这会儿站着一个大号的酷似易中天的人，比真的易中天年轻好些的"易中天"。

他递上名片，我一看更有被电触着的眩晕感。农业大学教授，某某专利发明者，天一公司总经理"杨天一"。我的天啊！天人合一。天，易中天的天；一，天下第一的一。

我的脸忽地着起火来，烧得我话都说不连贯了。

也不晓得怎么跟他谈的，那天他定了我们公司三万多元的办公家具。我一手栽培提拔的营销总监即我的助手在他们走后关切地问我,周总,你身体不舒服?那么低的价给他们?你的脸一直红着,感冒了?我看你懒得跟他们啰唆?唉,这单生意算是白做!

我用右手支撑着下巴,两眼直直地看着我的速写本,说,是,有些不舒服,像是感冒了。

我梦中最理想的男人外形就是长得像易中天那样的,余秋雨也很有才,但我不喜欢像他那样戴着眼镜、脸部轮廓不明显的男人。易中天知识博杂,口才又好,还不乏幽默感。

我让助手给我搜索天一公司的相关信息,包括杨天一本人的背景资料。

第二天我的助手下载了十多页天一公司的资料发我邮箱,并特意地告诉我,杨天一在二十世纪九十年代初到荷兰留学,获得博士学位后回国,现在农业大学园艺景观学院任教,业余开有自己的景观设计公司。结过一次婚,已离异,有一女孩跟前妻生活。

我的天,我高兴得,都没把我那自胸腔里荡漾开来的愉悦给忍住,一下子就让我的助手看了个明明白白。我的助手是我最忠诚的兄弟,我给了他百分之十五的公司股份,他永远都对我说一不二,永远都有求必应。我暗自想过的,倘若我让我的助手爱我,他也会爱的吧?他断不会是那种《知音》杂志里写的"女上司掀起她的石榴裙,我说不"的男人吧?我的助手小我两岁,娃娃都读小学一年级了,跟他老婆关系好着呢。

我可不是没原则、没德行的女人,也许正因为我是太讲德行的女人了，我才落得个没男人爱的结局。打小，我爹、我妈就教我不能学街上那些喜欢往南越咖啡馆里钻的女孩子。我的穿着打扮老实得没个性没女人味，加上我生得牛高马大的，像男孩子一样喜欢承事儿担事儿，我就天生缺了小秋姐说的女人味，说话的节奏频率也像个男人，干脆决断，不温柔、不风情、不百媚生，男人、女人都不把我当女人看，都习惯我天生喜欢掌控、操持一切的老大角色。

天一，天人合一。这名字本身就意味着他的家学有不薄的底子，起码他的父母是文化人哪，我爹、我妈就不会取出那类名字来。我哥叫周学东，我叫周梦清，我哥大我七岁，我哥是"文革"闹得正欢的时候生的，我后来曾怀疑我哥的"东"是借伟大领袖名字的最后一个字，我的"清"原本是"青"字，应该跟伟大领袖的夫人名字有关，当然也可能跟我左屁股上乌青的胎记有关。爱情不顺，我后来找过一个研究《易经》的风水师给我算命，他说我命里缺水，让我在名字上加点水。怀疑归怀疑，名字就是一个符号，不管它了，关键是我周梦清现在得与杨天一天人合一。这是我的想法，有了这个想法，我就要绕着弯子跟他发生关系，唉，是产生关系，唉，不对，是发生联系，唉，都不准确，就是先有点瓜扯纠葛吧。哈哈，紫苏姐，你不会笑话我吧？听我这么直来直去地讲。

嘿，我就是一个情感故事的搜集者、收藏者，哪会呢？我微笑着对清清摇了摇头。

天助我也，杨总从我这儿买去的书柜有一扇门的背丝扣出了问题，他打电话给我的助手，我的助手知我心思，让他直接打我手机。他要求调换。我一口应承下来，并对他表示了深深的歉意，我说为此我得请他吃饭。杨天一推辞了，我说不行，不然我无法把我的生意再继续做下去了，那么多年在生意场上我都唯诚信是尊啊，我说。

知道他在欧洲留学的背景，我说我想请他到同仁街悬铃木咖啡馆吃西餐。他答应了。

表示歉意的那顿西餐吃得很好。事先我打了电话给小秋姐，她为我精心策划了一把，留下最好的包间，搭配了经典又恰当的美食，让咖啡师精心煮了两杯纯正的蓝山咖啡，开胃酒、配餐酒、餐后酒一并按严格的专业程序进行。那高档的架势和细节，令杨博士、杨教授、杨总说，欧洲他吃过的最好的西餐也就那样了，直怪自己孤陋寡闻，竟然不晓得昆明城中心的同仁街上有这么一家风格、味道周正的咖啡馆。那天小秋姐还赠送了两客她亲手标制的竹炭紫薯蛋糕，恰如其分地在杨天一教授面前美言了我两句，她说，我们的清清是个特别善解人意的女人，大度，大方，大气，就跟她这个人一样，身材高大，胸怀特别地宽广……丰满。

小秋姐这人有时是有点使坏的，她说我胸怀特别地宽广，然后故意说错了似的又补上丰满这个词，她是想提醒人家注意我丰满的胸部。

小秋姐真心夸过我的，清清，你身材那么好，咋就没男人找你呢？他们是没发现你的妙处啊，我想不通这个。你看你胳臂长、腿长，该丰满的地方丰满，该瘦的地方瘦，不像我，吃多了，处处发面一样地泡起来，少吃减肥么，别处不减，先减那儿，唉，所幸这一块脸不咋个变化。

小秋姐针对我身材丰满性感却没男人爱我而给我开出的方子是：首先摘去近视眼镜，一个女人年轻时最好别戴眼镜，魅力打折；其次是放弃套装，穿些女人味足的衣服，这一点小秋姐真是为我鞍前马后地操心，她亲自陪我买了两套衣裙；最后跟男人、女人们一起玩时，不要爽朗地大笑，要浅笑，不要什么都懂地好为人师地发表高见，装憨笨一点都比高论频发好些。

我戴起了隐形眼镜，戴得眼睛发炎，最后在小秋姐的鼓动下我去做了近视眼矫正手术，彻底摒弃了各种形式的眼镜。套装不穿了，但那些她陪我买的裙子套在我身上，我横竖不晓得手脚咋办，我习惯大步流星地走路，小秋姐在旁边小声说，拜托，清清，轻点，慢点啊，你忙着签单、签合同吗？

小秋姐教我在一群人里装不爱说话的羞涩女子，叫我只管闭嘴微笑，说是那样子的女人在男人面前几乎是所向披靡的。这一条我最不能忍受，完全不得行，我读过那么多书，世界各地我也起码走过二十几个国家了，遇上那些傻不愣登的说法，我不一针见血地指出谬误所在，我会憋得一口气岔过去的。

清清很会讲故事，她真的跟我有些像，性情上。她把着讲，也忘了要让我给她开什么方子。我也就默默地专心听她讲。还讲着易中天一样的杨天一教授，她忽然一拐弯说起另一个人来。

唉，先把杨教授放一下，说说我上半年的另一桩事。半年多前小秋姐非要介绍一个从事户外旅游探险的男人给我。那个人到处走，写了本书，书名叫《天地间行》，书里放了他大量的游历四方的照片。大家都叫他老胡。老胡人长得黑黑的，身体结实，书里每一幅他的照片都一身户外探险者打扮，脖颈上系着一块印有切·格瓦拉头像的领巾，脚穿格泰面料防潮的高帮山地靴，上下着军绿色的多袋户外衣裤，脸部轮廓硬朗，手腕上一条粗粗的龙形泰银手链，左手大拇指上套一个印第安人头像的扳指，用的烟斗上镶着绿松石红珊瑚。老胡那派头一看就是经常出入藏区与东南亚各国的自由行旅游人士。老胡把随身背着的书送了一本给小秋姐，小秋姐特地多要了一本，让他签上名，说是放在咖啡馆里给客人们翻翻看看，也算是一种宣传。其实小秋姐是为我要的。小秋姐激动地打电话叫我去咖啡馆，然后把他的书送给我。小秋姐说，老胡至今单身，眼目前没有女朋友，清清啊，你得找个老胡这种特雄性、特野性的男人才得行，他会激发出你身体里的雌性荷尔蒙。我捧着老胡的书翻了翻，真的怦然心动了。他是个顶天立地的汉子。小秋姐看我有兴趣，当即就要把那个人约来见面。我却胸有成竹颇镇定地说，不急，我喜欢一个人就要先熟悉他的世界，我起码得跟他有共同语言吧？我要去他走过的地方看看，起码我得去柬埔寨的吴哥、去老挝的万荣、去缅甸的蒲甘，去体会一下他走过的那些地方的风土人情，然后我才见他，见了他也才有话说到一块去。

小秋姐在半个月后被我忽悠着去了老挝的万荣、泰国的清迈。在老胡逍遥过的地方，我们跟屁虫一样尾随着他的书走了一遭，我甚至比对着书里的图片找到了老胡去过的一家酒吧。在万荣时，我们闲躺在铺着手织线毯的木甲板露台上，喝着酒，品着美食，仿着老胡的姿态、角度拍了很多照片。最后游到泰国北部的清迈城时狂买了一大堆泰银首饰。我特地买了个项坠子，那坠子也是个印第安人头像，类似老胡左手上的那个扳指，可以说是绝配。我用一根编结得精致的皮绳子串上，当即挂在脖子上，回到昆明。

真是没料到，当我一身户外行头信心十足地答允小秋姐可以跟老胡见面时，应约而来的老胡却一本正经的西装革履。老胡那天完全是个绅士，与我与小秋喝红酒吃黑椒牛排，吃西餐的礼仪专业极了。那天我身上的衣饰变得无比滑稽，它成了我跟老胡之间的交流障碍。见到老胡我一下泄了气，没法在那种气氛里跟他谈彼得·梅尔笔下的普罗旺斯，谈波尔多红酒，谈贝聿铭的玻璃钢骨质地的金字塔，谈卢浮宫蒙娜丽莎的微笑，谈丹·布朗的《达·芬奇密码》。我绕了个大弯子花了不少的工夫趋近老胡后，突然发现我跟他拍子踩得不合，无缘，完全不登对。那天我完全没有心理准备，我无法跟老胡兼容匹配。

我先是闷得一句话都不想说，后来喝了点酒就放任起来，自己把自己灌醉了，醉了便哭哭笑笑的，还跟小秋姐要雪茄抽，嘴巴子一串一串地往外蹦脏话，色眯眯、醉醺醺地问老胡，我是不是有点像海明威，海明威的女人是我这样子吧？老胡尴尬得不知答什么时，我哈哈地笑着说自己是母的、母的海明威。

我喜欢或者说爱一个人时是舍得花工夫下大力气的，我认为一对恋人应该志同道合应该有共同话题，那一段时间，为了跟老胡正式约会，我他妈买了多少有关户外运动的书来看啊，有关野外生存法则的知识我储备了一肚子干货，我想他是那螺丝我就是螺帽，我和他最好严丝合缝……

那天的场面很不好收拾。小秋姐生气地把我遣送回家。她叫了一个小弟开着车把我丢到度假区那幢空荡荡的别墅里，倒了杯白开水放在我手够得着的地方，然后气呼呼地走了。我模糊地记得，临走时老胡礼貌地说他可以送我，小秋姐挡了。小秋姐后来在车上一个劲地唠叨：你这个人，怪不得男人见了躲，情商指数低就不说了，绕那么大的弯子，弄这么个结果，我看你一辈子都难嫁人，丢人现眼的。

第二天，我被小秋姐的电话吵醒，她在电话那头，唉！母海明威！还活着吧？我咕噜两句算是回答。她在那边说，哦，还活着，活着就好！然后啪地把电话挂断。

这之后我有几个月不来悬铃木咖啡馆了，小秋姐也懒得约我。我跟小秋姐别扭上了。

后来还是小秋姐没忍住，发过一条短信来：亲爱的圣（剩）女斗士，亲爱的周梦清，我一门心思想把你嫁掉，你却情商低到地缝里,我是没办法了,你自修吧……瞧你,还真就不耐烦来我这里了?不来就算,再见!不过姐姐我倒是真心实意地等着你哪天自己带个男朋友来我这里约会嘎,那个窗边的位置给你留着……

收到这条短信,我打了电话给小秋姐,我说我晚上真的要带一个男朋友去咖啡馆。我爱上了那个男人,那个大号"易中天"。

也是巧,是我首次约杨天一的那次。我当时觉得杨天一的书柜门出毛病是老天助我,小秋姐伸出橄榄枝的那条短信一来,那简直就是为一段即将开始缠绵的美好恋情锦上添花了。

小秋这时端着一杯柠檬水过来。看着我和清清:嘿,你俩聊得欢嘛,咋个了,清清?脸色那么差,约会失败?

清清没回答她,却说,亲爱的小秋姐章大美人,老夫老妻了,有必要那样黏糊吗?做给谁看?刺激我?

章小秋乐意大家叫她美人,美人喊起来比喊美女高出好几个档次。她浅浅地露出一口洁白的烤瓷牙说:清清,女人跟男人,非得撒撒娇,发个嗲什么的,这你不懂,我会引导你的。就算你说的我们是作秀,我也要这秀的表面效果。

我把眼睛看向窗外,颇不屑章小秋的说法。温柔的太阳雨已经停了。

小秋不管,自顾说她的:清清,你说我虚荣吧,我不觉得。仪式感有效地坚持便会成为一种习惯,这种习惯执着下去,就成为本能，本能意味着欲望，欲望是会刺激人的，一刺激就荷尔蒙分泌正常了。嘿嘿，荷尔蒙是润滑剂！太重要了，一个人荷尔蒙分泌不正常就玩完了！

小秋说最后一句时凑过脸来差不多是咬着清清的耳朵说的——荷尔蒙是润滑剂……

小秋压低声音指着我们看不见的地方说，赵先生还在那里坐着。

赵先生是章小秋对她丈夫的指称，她从来不说我老公什么的，不熟悉她的人听她提赵先生赵先生的会以为她在说别人，当赵先生的面她也那样说。章小秋一向喜欢装佯。

我与清清的脸轰地一下子都红了。我对面的清清连耳朵根都烧红了。我全身也有一种痒酥酥蜜融融的欲望流，传导到全身，着起火来……

然而紧接着，对面清清的眼泪突然就汪起来了。

咋个了？到底发生了什么事？小秋让人搬了个员工休息间的塑料椅子来放在我们侧面，坐下来，从桌上抽了一沓面巾纸递给清清。

我听你的话就好了，不该约小美。清清的话音一下子变调，有点哽。

咋了？杨总被她勾走了？！怎么样？那个小妖精我一眼就看出来，不是啥好货色。清清啊，你在生意场上那么清醒那么能干，咋对这男女之事就弱智成这样呢？看你处的什么朋友！再也不准你带那小妖精来我这里！你倒说说看，她使的什么路数？

清清的眼泪当着我和小秋的面啪啪地往下落，落进她面前的那杯苦醇的炭烧咖啡里了。她拿纸巾揩干泪，一口喝干那咖啡，说了句，我就是不会跟男人相处，我就是笨！小秋姐、紫苏姐你们真的得教教我！

本来嘛，是你和杨天一的私人约会，你带上那个绊脚石干什么？

我知道小美有男朋友，才约的她。

那你怎么不让她叫上男朋友一起去？

我让她约的，她说她男朋友出差了。

唉，一男一女开车到了那地方，就纯谈情说爱，谈了情说了爱就该有点实质性的变化。整个小妖精如影随形地跟着，算啥名堂？！你也跟杨天一约过几次了，他也在进一步了解你，单你和他，在那里待上一夜，故事一定会有所进展的。你笨得要死！我挨你说噶，那小妖精眼里的杨总也是个精品男人啊，她有男朋友又咋地？她男朋友出没出差是另一回事，她也二十老几的人了，她一直在幻想更好的男人出现呢。就算她心思不坏，没有主观故意，她也会出于女人天性的嫉妒制造点小麻烦，借此检验一下她的个人魅力。莫看那小妖精嘴甜得抹蜜，左一个清姐又一个清姐的！她看你事业顺畅，穿名牌，泡咖啡馆，住别墅，她早就妒忌你了，这下子她跟着你们去抚仙湖，她绝对左一个清姐右一个杨总杨哥地喊，把你们生生隔开……

清清惊讶地盯着小秋说，仿你也去抚仙湖了，她真就是那样子的!像是不懂事一样,处处把我跟杨天一隔开来。我现在想明白了,她是佯装不懂事!

章小秋乜眼看着清清,哼,周梦清啊周梦清,你真是笨蛋,我能丢下咖啡馆不管,跟踪你啊?有那必要吗?我耐烦呀!我猜的,没猜错吧?只三秒钟我就看得小妖精没处遁形!

清清的眼泪当着小秋和我的面哗啦啦地又淌。

沉默了好一会儿,抹了泪,平静了一会儿,清清又接着说,天热,有一下,小美终于让开了……

章小秋不耐烦地打断梦清:别小美小美的,说小妖精!

小美,嗯,妖精,她现场买了一件两截式的比基尼泳衣,换上就跑进水里游泳去了。我和杨天一没动,租了沙滩椅,在太阳伞下半躺着说话。她在水里欢快地跟我们招手,游了一会儿,扭着腰肢走过来喝水,然后又下水。她就穿着泳衣那样坐在我和杨天一之间晃来晃去,杨天一禁不住,对我说,走,要不我们也下水去?那个时候我已经生闷气了,直后悔约了她来。穿着泳衣的她一会儿做下水前的准备,一会儿在沙滩上蹦,末了还兴高采烈地让我给她拍照,我懒得理她,不拍,她就去悠①杨天一,把相机给他,让他拍,他也看出我不高兴来,但不给她拍好像说不过去。她在那搔首弄姿的。后来他就追随着她、跟着她给她尽情地拍去了,我一边坐着,鬼火那个绿②呀。我恨得牙痒,在心里骂她小骚货,直怨他轻易就被她引诱。我的眼睛容不进这粒沙子,

---

① 悠,昆明方言,指缠着。
② 鬼火绿,昆明方言,指非常生气。

便把眼睛看向别处。半个来小时后,她和他像一对沙滩恋人一样朝我走来,那小骚货湿漉漉的泳衣外面竟然套着他的那件格子大衬衣,那衬衣被她的湿泳衣浸湿了,而他身上只剩一件黑色T恤,我的眼泪跑到眼眶里又被我硬忍了回去……

章小秋狠狠地剜清清一眼,端着盛柠檬水的空杯子走开了,牙齿缝里挤出个"活该!"甩给清清。

小秋一走开,清清的眼泪就又滂沱不顾了,泪水帮她冲洗伤口。她说,紫苏姐,对不起,你写字吧,我画画。

清清从包里拿出速写本来,真的画起画来,我眼睛的余光看见她泪眼婆娑,泪水滴在纸上。

过了一会儿,小秋不忍,为我和清清叫来两客绿豆沙冰,又坐下来陪我们。

清清又边掉泪边回忆那天的情景,她接着说,那小骚货继续装嫩、装憨、装有礼节。周六一大早,杨天一开着他的雪铁龙C5到我别墅接上我和她,周五晚上她就跟我回家了。周六晚上,天黑了好一阵我们才入城。她对杨天一说,杨总,先送清清姐吧,清姐姐是她爸妈的乖女儿,周末都要回家陪父母,我反正一个人住,没人等我,你后送我得了。

章小秋被清清的话气乐了:哈哈,瞧瞧,那小妖精一箭三雕啊,像是照顾了你,又向孤男暗示她是一个人住,没人等她!还就看扁你是个爹妈的心肝宝贝,没独立生活能力似的!着实厉害!你倒成多余人了!周梦清啊周梦清,你就甘心节节败退,应招都没一个?你比小妖精多吃那几年饭有个啥子用啊?

哼，我走，让他们勾搭去！成全他们，当我积德啊！

章小秋瞪清清一眼：胡你那个扯，屁！但愿你这回吃这么个大哑巴亏给我长点智慧出来！商界里呼风唤雨的一个大女人，会这么脓包啊？！这一拱手就把他让了？等我找个机会收拾那个小妖精，为你出口恶气吧，这次就算她赢，算她赢呗！别说，她赢得可真漂亮！

算了，我昨天想了一天，想明白了，那种男人，松松就被狐狸精勾引了，我要他做甚？真要是嫁给他，那他随时都会被勾走的，这世上妖精多了。

嘿，又犯傻了吧？男人都那样，再坐怀不乱，别人一勾，几乎没一个不花心的。但你得想想，你要学会防患于未然嘛！那小骚货湿漉漉的身子紧贴着他的衬衣，等她换好衣服，还他那件衬衣，他咋表现？绝对立马披上，是不是呀？到你家门前他们把你抛下车，立马就心急火燎地朝着没人等的那屋去了！白天在抚仙湖边人家已经把前戏做足了！

是，就算是那样吧。小秋姐，你也是个精了，你说的一点没错，事事都被你掐得准准的。昨天晚上，那妖精发了条短信给我，问他与前妻的孩子多大了。她又是故意的，转着弯告诉我杨天一属于他了。我回她，他在你枕头边没给你坦白交代？她没敢再回我。

唉，可怜的清清！也就这短信，算是给了她一巴掌。嘿，问题是有啥用？！紫苏姐，你说清清这巴掌是不是棉花做的？一点力量都没有！清清，我要是你，下车那会儿就甩她两个脆巴响的耳光了!

我低头吃起那杯绿豆沙冰来,里外都凉了个透。清清也不说了,也吸溜起那冰沙来。

5

得了,翻篇!不说那对勾搭成奸的狗男女了。

章小秋话锋一转把我们扯向别处。

哎,清清,昨天中午,咖啡馆里来了个气质很好的老太太。老太太穿一套玄色香云纱的衣裤,薄施脂粉,一看就是海外人士,乍看起来就五十多岁年纪,其实也靠近七十岁上下了。她坐在咖啡馆跟我款①了一下午的闲话。我想打电话给你么,又想你正跟那姓杨的在抚仙湖幽会呢,不好败你的兴,要是晓得你当天晚上就回来么,我昨天一定要把你约过来,听她款故事。

我抬眼看着小秋,小秋也看着我说:作家,你是文化人你也难猜着是谁来了!清清,紫苏姐,你们猜猜,是哪个来了?——唉,赌你们猜不到!你们要是猜十次猜着了,我让咖啡馆百分之十的股份给你俩!唉,你们要是见着她你们两个会比我还感兴趣,她原来就住在这同仁街上,清清,是你家的邻居呢,你一定见过她的。

小秋呱啦呱啦地说了一串,说得我们一头雾水。我摇头,

---

① 款,昆明方言,意思是闲谈、闲扯。

表示不猜。

小秋卖起关子，一字一顿地说：金碧路、法式硬壳面包、加炼乳的南越咖啡——想起来了吧？

南越咖啡馆？！

回答正确！来的人是南越咖啡馆继承人的夫人！你们晓得的，南越咖啡馆后来归属市饮食公司，但他们家的人一直在里面掌管着部分事务的。老太太的丈夫是南越咖啡馆老板的长子！老太太是地道的昆明人，款到后面，她竟然跟我款了她的情史，唉，真是羡慕呀。你们俩要是见着老太太，一定会喜欢她！

苦炭烧喝完，吃下甜甜的沙冰，小秋开了个甜蜜故事的头，我和还有点发呆的清清都耳朵竖直了细听。

老太太说她家就在同仁街上，她做姑娘时长相一般，比不上周围团转金碧路、南屏街、正义路上那些长相天生出众的姑娘。年轻漂亮的姑娘们都喜欢往南越咖啡馆那儿跑，有人说多数原因是沁①着那人家的长子去的。南越咖啡馆是昆明人向往的稀罕地方，因为那里不同别处，那里有好吃的面包，有香浓的咖啡，一些有想法的年轻人都以能跶头跶脑地走进那里为荣。清清、紫苏姐，我就听年轻时当过文艺青年的我大哥说过，他是从南越那里开始接触西方艺术的，我大哥早年跟诗人于坚是朋友，那时候他们在南越喝五毛钱一杯的现磨黑咖啡，啃过硬

---

① 沁，昆明方言，是"冲"（四声）的意思。

壳面包,甩①过越南小卷粉,后来才兴去尚义街六号玩的。

我自然知道诗人于坚写过的那首叫《尚义街六号》的著名诗歌。

清清抢了小秋一句:唉,老死板的我爹说南越咖啡馆是没有清除干净的资产阶级残渣余孽的老窝子。

小秋皱了眉头,烦清清打断她。自顾往下讲。

老太太说她小姑娘时就对南越那里很好奇的,巧的是那人家的长子是她的同学。老太太说她老公年轻时长得蛮帅气,兴往头发上抹发蜡,裤缝烫得笔直,看人的目光温柔,喜欢定眼看漂亮姑娘。每个被他那样盯过的姑娘都会心跳跳地恋上他。嘿,老太太说,她老公年轻时长得太像内地演员陈坤了,当年她像很多女同学一样暗恋着他。但后来听说南屏街上最漂亮的姑娘莎莎跟他好上了,她就退缩了。有一天,那个人的妈妈,也就是那个三十年代就跟着老公从越南来到昆明的阮姓越南女人,把她叫住,请她到自己家吃面包喝咖啡,还给她往咖啡里挑了一大坨炼乳,问了她家的一些事,跟她说了好多话。再后来那个姓阮的女人便说喜欢她的性格脾气,喜欢她说话软软糯糯的声音,喜欢她又粗又黑的辫子,还喜欢她朴实的打扮,说她的儿媳妇就得是她这样子的。她羞答答地跑了……

哼!臭小秋姐,气死我了!你咋个偏生不叫我来呢?我一定见过那个老太太的!你知道吧,我昨天在家里整整心碎了一天!

---

① 甩,昆明方言,是"吃"的意思。

莫打岔!小秋打断清清,接着讲。

后来那越南女人的儿子真的断了与莎莎姑娘的联系,听他妈妈的话一心一意地跟她好上了,再后来他们就结了婚生了子。老太太说她进了南越咖啡馆的门就得到她婆婆器重,家业后来主要交由她打理,她老公也没意见,一切听她的。老太太在改革开放后还入过市工商联什么的,八十年代后期他们全家移居香港。老太太说没想到昆明变化这么大,这一次她有十五年没回来过了,金碧路拆了南越咖啡馆没了,同仁街拆了还盖出一点老样子来,她来寻根,在这一带转,看见悬铃木咖啡馆的牌子就走了进来,她说她倒要尝尝这里的咖啡究竟煮得咋样。老太太说,她有个不太现实的梦,想让当年的南越咖啡馆再回来。老太太说她老公两年前去世了,他活着时也哈时①嘀咕着要回昆明来、要再开南越咖啡馆呢。

越听,清清越加埋怨小秋,急脾气的清清硬打断她说:你太应该叫我来了!我小时候就在这地方长大的,南越对我太有吸引力了!老太太在哪里?我来跟她合作吧,我要开南越咖啡馆!打垮你的悬铃木咖啡馆!

小秋白清清一大眼,我不是说了吗?以为你昨天跟杨总在抚仙湖边鬼混呢!

老太太是行家,她喝了四五种咖啡后,表扬了我们,说味道最周正的是现磨现烘焙的炭烧咖啡,老太太赞不绝口,说那

---

① 哈时,昆明方言,时时。

咖啡苦味浓郁香醇却没一丝涩气。她老人家还亲自到厨房指点我的咖啡师。清清噶，我太喜欢这老太太了，我以后老了是她那样子就好了，一个古稀之年的老太太。唉，清清呀，对不起，你没见到她，那绝对是件遗憾事！

那还不是？臭小秋姐，你气死我了，我可不饶你！清清龇牙咧嘴的很不高兴。

老太太一头浓密的银发，唉，真是漂亮！她婆婆说过喜欢她的粗辫子。唉，人家那皮肤，干净得只有细细的皱纹，那纹路像细白润眼的汝窑瓷开片，又慈祥又和蔼。我跟她越款越起劲，我还问起她的保养秘籍。你猜她怎么说的？打死你也想不出来！她笑嘻嘻地说，找一个爱你的男人。我一听笑了，她又说，你呢一定要学会跟你的男人撒撒娇发发嗲，他呢便会觉得你依恋他离不开他，就会跟你说些甜言蜜语。一个女人有那些甜言蜜语泡着，就赛过往脸上抹任何高档化妆品了！女人哪，哄开心了就啥事都愿意为男人做了，这是良性循环，你和他就会爱裸裸①的……

小秋讲得沉醉，清清呢开始打捞关于南越咖啡馆的点滴记忆。她记忆深处的南越咖啡馆特有的香味一丝一丝地往鼻子前飘过去……她使劲地去想当时南越咖啡馆的女老板，但想不起来了。她的记忆重点是它的味道还有些打扮出位怪异的男男女女……金碧路邮局的邮递员周正明鼻子一哼，清清，眼睛莫朝

---

① 爱裸裸，昆明方言，指很恩爱。

那里瞟,都是些什么人去那里啊,瞧别处!

清清,老太太可爱极了,她用手点着我鼻子尖用一口地道的昆明话说:姑娘家,要男人迷你噶,你得跟他撒个娇发个嗲的,要哈时地嗲迷他一下噶!不信,试试瞧,我不会哄你呢,我挨你说,这是真格呢!

小秋用她的手指点着清清的鼻尖把她从回忆里扯出来:姑娘家,要男人迷你,你得学会跟男人发嗲噶!省得世上的男人被人家挑完捡剩,没人要你噶!——好了好了,来,策划一下你的生日聚会吧。

什么生日聚会啊,没意思……清清淡寡寡地说。

小秋,老太太款的情史,咋个让我联想起法国女作家玛格丽特·杜拉斯的《情人》来呢?你们可读过《情人》这本书?拍过电影的,梁家辉演的男主角,唉,小秋刚才讲这些,我就老想些与越南有关的事情。

没看过。对了,死清清,可认得,网上把你们这些剩女分了四个等级,等下……

小秋说着点开她的手机,点出一篇她下载的文章,边念边点评:

25~27岁为初级剩客,这些人还有勇气继续为寻找伴侣而奋斗,叫"剩斗士"!——清清,你显然早已升级,不过小美那个小妖精倒是属这个级别,她还尖着鼻子尖着眼睛到处找男人呢,哼!这种人最后会把自己作成大剩的,清清,不信看着;28~30岁为中级剩客,此时属于她们的机会已经不多,又因为事业而无暇寻寻觅觅,别号"必剩客"——哈,那小妖精快到这级别了;31~35岁为高级剩客,她们都是在残酷的职场斗争中存活下来,依然单身着,她们被尊称为"斗战剩佛";亲爱的,到了35岁往上,那就是特级剩客了,当尊为"齐天大剩"了,唉,清清,你目前已抵达这个最高级别了。

小秋网上照搬来的说法逗得我和清清都笑起来,小秋看着我们坏笑。这一来去,止不住那笑,最后我们仨竟然都笑得筛糠似的全身乱颤。

清清的笑声算得爽朗大笑了,笑声穿越整个悬铃木咖啡馆,其他客人朝我们这边一眼一眼地睃。小秋先止住笑,起身离开,招呼别的客人去了。

小秋一走,笑声戛然而止,我和清清严肃起来。

6

我后来便要了两杯卡布其诺,嘬下厚厚的漫溢的奶泡沫,又要来两客提拉米苏,安适地享用起来,我对清清说,我请客。清清说她请,我说,算了吧,还是我请心碎的人儿。

其间,清清的助手挂过电话来讲了一单生意的事,对方订货要得急,她给出保底价,交他全权处理了。

挂断助手的电话后,清清的情绪调整如常,信心和智慧从头发窠窠里、从额头处、从鼻翼两侧以细密汗珠的形式往外冒了一层。她拿了餐巾纸,把手机屏当镜子轻轻揩拭了脸,然后歪头瞟一眼窗外，再收回目光，像啥事都没有一样打开先前那速写本，在纸上画起来，画了一桌生日聚会要请的客人。

小秋再过来时，清清把画好的一桌男女推到她面前。定了，这是我理的名单，你根据这些客人的身份兴趣给我策划生日聚会吧。

清清请的人差不多都是小秋的熟人了，因为她总是会热情洋溢地请朋友们来这里喝咖啡。

小秋瞟了一眼她画的来客，扑哧地笑出声来：紫苏姐，你看！她拿着画指着上面那个穿着比基尼、披着件格子男衬衫、头发在滴水的小人儿说，清清还请她？！

我也忍不住笑了。

清清一字一顿地说，是啊，小美、杨天一，都要请的。小秋姐，我家同仁街上的女人不会差欠的，潘婆婆、我妈、叶孃孃，还包括你。对了，还有那个南越咖啡馆的继承人，她可是我家同仁街上的呢。

章小秋止了笑，夸张地把眼睛弄成斗鸡眼，盯着我们。然后给清清竖起大拇指，说了声，OK，交我来处理吧。

我笑盈盈地看着周梦清和章小秋想，这清这秋可是寂寞梧桐锁不住的。

自欺并非是人有意做假,甚至在许多情况下人们不知道自己是在自我欺骗,但实际上他们就是这样的。或者说,这是人的一种本体状态,人不可能脱净自欺的成分,他顶多可以意识自己是在自欺……

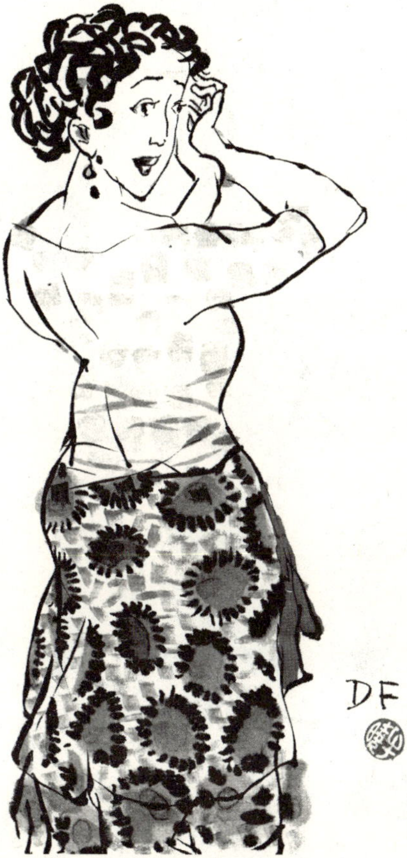
DF

清清生日那天，杨天一、小美都没有到场。清清群发了条短信给她要约的朋友，杨天一和小美都很快回复，表示一定要来的。但是到了那时间，他们都没出现。杨天一发来短信说抱歉，说他一个朋友出了点事，他得前去帮忙，短信里他还说，给清清的生日礼物都买好了，突然有事，过后再来赔罪吧。五分钟后，小美的私信也来了，说临下班，她妈电话来，说她爸心脏不舒服，让她快回家。小美在私信里发来一串表情：脸红、淌汗、洒泪、泪流成河、插着蜡烛的蛋糕、抱抱、会闪的心形玫瑰花捧。

清清一看脸就阴了，生日晚宴气氛便不对了。清清又买醉，一杯接一杯地喝酒，喝得二麻二麻的舌头打起转转还一再提着红酒瓶猛喝。章小秋一看情势不对，叫了邓霏开车送清清回家，邓霏跟清清一个方向，住得近。章小秋事先预想的惩治小美夺人之爱恶行的种种路数一样都使将不出，她的情绪便像煮烂的一碗面条，黏糊糊，拈都拈不起。小秋一再跟我无赖地对视，我也替清清咽不下那口气。别的朋友看情况不对，都找借口散了。我和小秋抱着大包小包的清清收到的生日礼物把清清送上邓霏的奥迪车。

车开走，小秋一看，时间才九点过几分。小秋说，真没劲，紫苏姐，不如我俩再去喝杯咖啡。

我俩回到咖啡馆，正是诗意浪漫时分，但又没了谈兴，我是随身带着电脑的，要了一杯炭烧，便开电脑调出刚刚杀青的小说初稿《悦己》，稿子调出来我忽然想到这篇短篇小说还没给小秋读。自从认识章小秋后，我的第一个读者永远都是她了，我便让她提意见。

小秋说，没心肠[①]看。我说，这小说是以邓霏为原型的，你上次说她很虚荣，有两个手机，两个号，两个QQ空间，两个微博，两个微信，她的微博一个捧另一个，一个的身份注册为小镜子、雌的，一个为小箭头、雄的，你捧捧我，我捧捧你，哄自个儿开心。我一听觉得这事很有意思，便构思了一篇短篇小说，小说名就叫《悦己》，那意思是自己愉悦自己，非"女为悦己者容"里的那层意思。我说，小秋，稿子不长，你看一眼，我猜你会喜欢的。

小秋一读，建议我改小说名为《自欺》，我接纳了。

---

① 没心肠，昆明方言，指没心情。

自　欺

1

环顾四周，购物中心这时应该是人流最多的时候了。在金格购物中心，所谓的人流最多也就是每层楼有个十多二十来号人，相对于柏联百盛购物广场那些地方来说，来这里逛的人实在是少得可怜。

戴霏和李毅手挽手走进昆明最时尚、高档的金格购物中心时是星期六的上午十一点多。

戴霏忍不住冲口而出：金格中心周末都这样冷清，怕是开不长。

李毅瞟一眼老婆：你懂个什么？金格又不是菜市场又不是大排档，有几个人敢迈进脚来？这里面的人不是富人就是对物质很有追求的人。但是不管咋个说，气定神闲地走进来的人——比如那边那个在看巴布瑞钱包的小美女,即使买不起那个品牌的钱夹,她也算得上是一个积极向上的人,攒足钱她也要来血拼一把。像我们这样子的人——你瞧瞧!那几个销售小姐的脸对着我们像烂柿子一样皱了,笑成那样子,那般谄媚!好,好!小霏,我们过那边去看看。

李毅给戴霏挽着的手一个力,就像跳舞时搂着腰的那只手轻轻地示意,一拨,戴霏便随着李毅缓步从容地走到了芝柏表专柜那里。

又是看表!

戴霏内心一百个不愿意。但是,她却毫不犹豫地、表情平和温柔地随着老公李毅,煞有介事地相当认真地研究起表柜里的手表来。

先生,想看一下芝柏表吗?这是刚刚进驻金格的世界名牌。营销小姐讨好地问。

小姐,拿这块和那块表看一看。李毅得体地打断营销小姐的话,脸上现出一副不必她多嘴、芝柏表嘛谁还不晓得的样子。

营销小姐殷勤地取出客人指的两款女表来。

李毅拉过戴霏那戴着两万多元欧米茄表的左手说:小霏,脱下来,让她给你试试看。

营销小姐羡慕地看看面前这个养尊处优的女人,又笑意盈盈地瞟一眼脚穿英国其乐皮鞋、米色万宝路纯棉布裤、巴布瑞格子长袖衬衫的男人,内心便雀跃,她笃信今天能卖出一块表……

戴霏想拒绝李毅的又一番好意,但是她最终没有说一句话也没做出任何暗示来。

李毅拉着被小姐戴上了芝柏表的手腕仔细端详……

那个营销小姐适时地恰当地评价着两块表各自的设计和审美特点。

戴霏脸上的表情得体地配合着老公李毅。但是,她左手腕戴表的那一段皮肤却明显有一种金属质感的冰凉。

戴霏其实是不需要戴手表的,因为时间的准确掌握对她来说是没必要的。戴霏自从与李毅结婚后有四年没上班了。李毅让她闲着,他说:我这样身份的人,你不能再去上班,我的面子没处搁。

现在到处都有时间显示器,电视上有,车上有,手机上有,而戴霏每日的生活却轻闲得不需要知道时间,因为那反倒会给她已经习惯的生活平添虚无感。现在不是三十年前了,戴霏的爸爸终于攒足钱花一百多元买了一块上海表时,家里像过节一样;也不像二十多年前,戴霏还是个少女时,妈妈送给她一个心形的项坠式电子表,挂在颈子上引得其他女孩嫉妒。

戴霏已经拥有六七块样式各异价格不菲的手表,都是李毅买给她的,有浪琴、雷达、欧米茄、CK 等等。当然要是戴霏当妈妈了,她也会需要时间的,如孩子睡了多长时间了,是不是需要把尿了,奶瓶消毒时间需要几分钟也要精确掌握。问题是李毅一直不想要孩子,他对总是一糊涂就想生孩子的戴霏说:

小霏，不生孩子的你会永远漂亮下去，我不要你变成婆婆妈妈的女人，我只要你永远给我优雅着，再说，我们家传宗接代的事情已由我的两个哥哥完成了。

戴霏每次母性恣肆，逼着抽烟、喝酒很厉害的李毅戒烟、戒酒，"封山育林生孩子"时，李毅都不干。戴霏一直试图在他们做爱时使老公给自己播"种"，李毅有一次识破戴霏的"诡计"后说：小霏，你的观念不现代啊！我这辈子只想丁克，倘若你实在想养个什么东西，就养只狗吧，我们做"丁狗族"①。

戴霏差不多是哭着说：做了母亲的女人也可以优雅的，杨澜、王菲不都当妈了？李毅就说：她们是公众人物，要不是那身份，也优雅不到哪里去。小霏，我们养个孩子绝对是可以给他最好的教育的，但是教育孩子就是一个系统工程，我没办法再分心，我的孩子就是我的这个装饰装修公司啊。戴霏说：孩子的教育我来负责，再说你的事业发展顺利，也需要有孩子来继承发展嘛。李毅说：不行。没有商量余地。我们现在多好啊，想去哪拔脚就走，没有后顾之忧。我的朋友们都羡慕我的这份潇洒劲。戴霏哭了。李毅心硬地说：一句话，也许就是我天生不喜欢小孩子。你的朋友莫珊不是很羡慕你呀？你瞧瞧她，孩子才两三岁，成天就为孩子上什么幼儿园上什么小学将来上什么中学而忧心忡忡的，麻烦死了……

就像李毅不喜欢小孩子一样，戴霏不喜欢戴手表。好朋友

---

① 丁克族指婚后不生孩子的夫妇，丁狗族指婚后不生孩子却愿意养宠物的夫妇。

莫珊一见戴霏就毒毒地盯着戴霏手上的表计算：你这块表就是我新房客厅里的全套家具！那一块差不多就是我儿子三年中学的择校费了吧？嗯，李毅对你可够舍得的，你们是钱多得没有花处啊……

小霏，你挑一下，喜欢哪一块？李毅转过脸问老婆。

戴霏心不在焉，声音轻飘飘地说：便宜的那块！

李毅看一眼老婆，转脸对营销小姐说：开单！我要这块，要贵的！老婆就是老婆，舍不得花老公的钱！小姐，是不是都这样呢？

营销小姐心领神会，脸又绽开成一朵花：先生，您对太太真好！

李毅拉开皮包，取出三叠百元大钞数也没数，交给营销小姐：手表你先收好。麻烦你，帮我们去交一下钱，这是整三万，应该不会错，我一早才从银行取的，谢谢啊。

营销小姐很乐意做这事，不过她马上对面前这个男人的年龄做出了另一种意义的判断：有钱的中年男人，不习惯刷卡，非得用现金显摆，哼！营销小姐年纪二十岁出头，刚刚看了报上一篇小文章：习惯花现金的人是四十岁的功成名就者，腰包正鼓得发烧；习惯于哗哗刷卡的一族是三十岁年纪，挣小钱的月光族；上淘宝网淘便宜货的是二十岁年纪。

李毅拉戴霏到旁边专供客人休息的尊贵的象牙色皮沙发上坐下。

戴霏脸上适当地绷上一抹悦色，情绪却有些难以察觉的委顿，她又一次感觉到在李毅面前她什么都不能做主。戴霏脸上耷着一缕头发，李毅抬手给她顺朝耳后。远处站着的另一个营销小姐看着这一对恩爱的男女，羡慕得把眼睛转朝别处，以平息内心的波澜。

戴霏眼角的余光也充分感觉到了周围其他人艳羡的目光。戴霏挺直腰肢表情重又端庄高雅起来。当然她也意识到李毅此刻的志得意满，方才她是配合着李毅，又完成了一次花钱找成就感、价值感、存在感的"仪式"。

李毅曾不止一次地说，小霏，成功男人的良好感觉是要靠给女人花钱来体现的，我心甘情愿为你花钱。戴霏起初是感动的，因为一本时尚杂志在教女人测试考验男人的爱情时说，女人物质欲望一般都很强，男人为你花钱的态度决定他的爱情浓度。可是后来，戴霏觉得李毅更多的是在为自己挣面子。所以李毅钱越挣越多，给她花的钱越来越多，可是她却再也没有感觉，也无惊喜了。戴霏私下也想过，自己是否有点贱皮子？

这一刻，戴霏肚子有点饿了，她坐在那皮沙发里发愣：我不需要那几万块钱的手表，我更愿意他现在给我买一个一块钱的热乎乎的烧饵块……一嘴咬下去，那红红的甜辣酱顺着嘴角淌出来，然后，他掏出纸巾给我揩干净……

小姐交了钱，找补给李毅十二元零钱后，毕恭毕敬地把表递给他。

李毅说：小姐，干脆你给我调准时间，给她现在戴上得了。

始终，戴霏都没仔细去看那块表到底如何，买表是李毅今天憋着劲要完成的一次花钱秀。戴霏不必说话表示什么，只要伸出她那截皮肤白皙而滋润的左手腕。

营销小姐小心地解下戴霏手上的欧米茄表，服务周到地给她戴上新买的芝柏表，然后讨好地说：先生，您真是懂表啊！这块欧米茄是限量发行的，而您今天挑中的这一块芝柏表也是限量发行的，都很有收藏价值的！

李毅不无得意地说：那是，买这样的表也是一种投资，收藏投资，永远不会掉价的！

戴霏没有插话。表是永远不掉价的，难道这样就意味着她在老公的心目中一直是保值的？戴霏只是感觉左手腕那儿又是一截新的金属质感的冰凉。

买了手表出来，已是午饭时间。李毅说：走，到心湖那边找一个环境舒适的地方吃饭。

戴霏说：回家吃吧，昨天我刚刚蒸了一碗你最爱吃的千张肉。我去农贸市场可是起了一个大早，总算买到了高上高肉联厂的生态猪肉，连着皮的标准五花肉，那皮子照你妈教的办法抹了菜花蜜煎炸，用了我妈给的冬腌菜，昨天起锅后一看，皮泡肉糯，作料用得正好，很正宗，我尝了一块，绝不亚于你妈的手艺……另外我昨天还买到了一窝野生的北风菌，今天给你做个三鲜汤……

李毅说：麻烦，肚子等不及了。

李毅开着车把戴霏直接带到了心湖边的荷风轩。

2

戴霏这一阵在家里专攻厨艺，进步很快，李毅享用后连夸过老婆好几次了，有两次他硬是推了外面的应酬回家吃的饭。戴霏当然是喜滋滋的，得了老公的鼓励更是情绪高涨，她还让李毅请了公司里的同事来家里吃了两顿饭，员工们都夸老板太太能干。戴霏的家宴挺给李毅长脸的。

真是，好女人是懂得用可口的饭菜把老公招回家的啊。贤妻当得有价值，戴霏甚至开始研究药膳，百合蒸肉润肺，黑木耳炒鲜天麻养心通血脉，枸杞、红枣、皂角仁、紫糯米熬粥补肾……最近她又在网上复习韩国那风靡世界的电视长剧《大长今》，戴霏甚至跟着电视里学做传统朝鲜泡菜、学做各色韩式美食，盼望着中国的出版商赶快趁势把《大长今》里的菜式编成一本《大长今菜谱》，好仿着做，李英爱饰演的仁德贤惠的大长今都快把中国男人们迷翻了！

然而只是两个月时间，也许是又没了新鲜感，李毅回家吃饭的次数又少了。有一次，戴霏做好满满一桌色香味俱全的饭菜，而且之前戴霏打电话给李毅，李毅还点了他想吃的蒜苗炒臭豆腐。因为老公专门点的菜没准备，戴霏放下电话兴冲冲地到农贸市场买回家做了，可是李毅忽然发短信来说回不来了。

戴霏失望极了，她并没问为什么，只好临时打电话让莫珊一家三口来吃她亲自做的大餐。莫珊自然高兴赴宴。戴霏席间不小心说漏嘴，说那蒜苗炒臭豆腐是李毅亲点的，吃得舔鼻子的莫珊这才知道自己是来救场的。把一桌美食风卷残云享用光后,莫珊临走时丢下两句咸话:下次早点打电话,我们倒是很受用,这类事多多益善,随招随到。后来有一次又是同样情况,戴霏拿起电话就拨莫珊的手机,莫珊说:几点了?天都快黑了,你还真拿我们当泔水桶啊?谢谢!等李毅回来吃吧!

  那一次戴霏被莫珊的话噎了半天,再也没有合适的对象可电话邀请,戴霏便看着满满一桌子菜愁起来。戴霏懒心无肠地一样吃了一点,便用保鲜膜把菜封起来,装进冰箱,那些菜够她吃两天了。李毅是个吃剩菜的,只有趁中午他不在家时自己一个人消化。

  与李毅结婚后,戴霏便与原来的朋友疏远了,原因是话不投机。那些上班族跟她这个有闲有钱不上班的太太谈不拢,她们喜欢聊的她也插不上话也没兴趣。生了孩子的注意力转到孩子身上,见面谈婆婆妈妈的育儿经,戴霏显然听不进去;而还愿意听戴霏叨两句的朋友都在背后议论戴霏生活面越来越窄,内心也变得狭隘了,人更是变得无趣乏味,她自个儿却一点不明白。因为衣食无忧,戴霏对大家议论的涨工资、评职称、个税起征点提高、医疗改革这些世事漠然冷淡,所以朋友们越来越怕接戴霏的电话了,没什么可讲还硬讲,讲的尽是从前那些馊事,试着说点新鲜的话题如"中国好声音",她两眼一抹黑竟然不知道!那大家没时间、精力看的韩剧她倒是讲得津津有味,可是朝九晚五的挣工资族又不喜欢听。就像前两天戴霏开着车大中午的接上两个朋友莫珊和汪洁,到滇池边的一家饭馆吃饭。

席间汪洁兴致勃勃地说美剧《纸牌屋》,讲《纸牌屋》里那个一心想当总统的野心家把越来越接近事实真相的记者情人一把推向地铁撞死的情节时,戴霏一头雾水,莫名其妙地看着两个朋友。

莫珊说:戴霏啊戴霏,莫一天在家只会看韩剧,仿这样下去,你快与世隔绝了。

戴霏脸上现出一丝尴尬,但硬撑着说:中国人看人家竞争总统真那么有意思吗?

汪洁和莫珊面面相觑,皱了皱眉,不再说什么。

3

吃了午饭刚回到家,戴霏就到卫生间给按摩浴缸放满了热水,溶了浴盐,娇滴滴地到客厅里拉李毅共浴。

李毅的手机这时响了。李毅一听电话兴致雀跃,挂了电话用手揪了戴霏的耳朵一下,说:小霏,有几个好朋友约我出去喝茶,"在水一方"茶室,喝那里最好的陈年普洱。

戴霏扫了兴致,不悦地说:那我也去!

李毅说:咦,今天怎么有点不懂事呢?!说是喝茶,其实是朋友约着谈事情,你就莫去瞎凑了。

李毅匆忙出门。

戴霏呆了一下走进浴室。透明玻璃的洗脸盆里有一个好看的青花碗,碗里装有淡淡清香的黄色菊花瓣。戴霏抓起碗——

连花带碗使劲地砸到高级的进口陶砖地上。

一地的碎瓷，一地的黄花……

戴霏先前在回家的路上就怀着一点浪漫的情怀了，见路边花摊上有鲜黄的菊花，便让李毅停下车来买了一大束。

秋天，菊花的清香沁人心脾，最能勾起人的诗意了……先洗过菊花浴，然后睡觉做爱……嗯，然后到附近的菜市场买两只大闸蟹清蒸了吃，菊黄蟹肥……

现在李毅一走，戴霏只感到一种身心从内到外的粉碎感、无聊感。

戴霏发了一会儿呆，然后又像是想清楚了什么，拿来撮箕和扫帚把浴室里的碎片残花收拾干净。

随便冲了个淋浴，随便收拾打扮了一下。戴霏拎上包匆匆出门，开上李毅去年送给她的生日礼物——一辆冰蓝色的小别克，戴霏直奔茶叶批发市场。

4

中秋节前戴霏跟朋友莫珊到过茶叶批发市场，在医院当护士的莫珊要买礼物送人。莫珊想从妇产科调到眼科，眼科的护理工作比妇产科轻松好多，收入却高。医院两年前从首都医科大引进人才，招了一个眼科博士来，这个眼科博士医技精湛，不负众望，挑起了大梁。眼科一下子红火起来，手术排得满满的，眼科医生、护士的收入就比别的科高出很多。莫珊正四处活动。

送礼不送烟不送酒送普洱茶正时兴，既时尚又有文化品位，而且好的普洱茶价格不菲，即使不爱喝，也可拿它当古董收藏。拿高档普洱茶送人是很体面的。

戴霏成天闲着无事，莫珊要办事时常常逮戴霏的差，何况戴霏有车，可以送她这儿去那儿去。

那天，戴霏在李毅出门后生了一会儿气，可是冲了个淋浴就泄了火。随便收拾了一下，戴霏匆匆出门，她要去茶叶批发市场买茶和茶具，在那里甚至可以买到陆羽的《茶经》，以及各种讲茶道、茶艺、茶具的书。

不久前，戴霏在电视上看到一个介绍普洱茶的节目：一个头发缨苏齐崭崭、着对襟绣衣的女孩气质高雅地表演茶道，旁边品茶的一圈本地文化名人眼睛直勾勾地盯着女孩，瞅他们那样子，那牛眼杯里的一小口茶喝起来便回味无穷了。其实，在戴霏看来，那个表演茶艺的女孩容貌太不怎么样了，和自己也是无法PK的，可是她在茶桌前一端坐，举手翘指时，面容眉宇间便有一种好看的韵味，仿佛瞬间就在茶雾的氤氲中变成了美女，她兰花秀指提拎着钢化玻璃的公道杯把透明而呈琥珀色的茶汤一圈敬献下来，那些品茗的文化人便都受了感染，优雅了几分内敛了几分……

戴霏买回了全套茶具：不锈钢自动电茶壶，两把泡茶的紫砂壶，一个竹制的茶床，简而古朴。茶匙、洗杯、茶夹全是竹制的，配一个镂空雕花的方形仿红木花筒，台湾产的钢化玻璃茶海、公道杯、不锈钢茶漏一样不少。茶共买了两种，一块用棉纸包裹价格三百元的茶饼和一块两千六百元的普洱茶茶砖，为存放这两种茶又买了贮茶的陶罐两种，最后在老板的热情推荐下买了四五本有关普洱茶的书，其中一本是台湾人邓时海写的，老板说此人的书一定要深入研究。

那天一共花了近五千元钱后，戴霏算是在茶商的指导下正式速成为一个新的普洱茶爱好者。

戴霏买了茶及茶具回来后，并未跟李毅说。每天，李毅上班后，戴霏就搬出全部喝茶的家什来，刻苦地按着书上教的程序图示练习起来，不仅是普洱茶的茶书，其他有关茶道的书也一并通看。认真地读进去后，戴霏收获不小，花了一个多月的时间专注此道，戴霏已渐渐成了一个满腹茶经的品茶人，那泡茶、上茶、品茶的功夫也像模像样起来。其间，她也把昆明城里的好茶馆差不多泡了个遍，到处广采博学。看看人家的饮茶环境，她也得些启发，还跑古玩城淘来了两把古旧的红木圈椅，外加一个红漆面的雕花小方几，那茶床往上一摆，正好！再买了些青花瓷，麻质方格的桌布，等等，又腾出原来家里的一个小客厅，戴霏花半天时间就布置出了一个居家的饮茶区域，那环境不亚于任何一个有品位、有格调的茶馆。

戴霏把她经营的这个小小茶室一直藏到李毅生日的那一天早晨。

那天，李毅如常起床洗漱停当正要出门，戴霏娇嗲嗲地喊住李毅：亲爱的，今天是你的生日，我要送你一个礼物。

戴霏把李毅拉到那个几乎就不用，平时都关着门的配给客房的小客厅前，突然打开门。

李毅瞪大了眼睛。

戴霏看到了她要的效果。

李毅把他手里的皮包一扔，紧紧地搂了戴霏一下，然后坐到一把圈椅里去，吩咐道：老婆！上茶，今天我不去公司了。

戴霏心花怒放，她跑进起居室，穿了一件粉紫的锦缎短旗袍，头发用一个银质的发簪绾了，然后像一个古代名伎，端坐在李毅的对面，开始烧水泡茶。

李毅看着老婆，赏心悦目。

细细品着老婆奉上的茶，李毅用手做出一个括眉的举动，问：老婆，你往哪里学来的，今天才在我面前露一手？！

戴霏打断李毅，一板一拍地轻言细语：首先听我给你上两节课——茶分绿茶、红茶、乌龙茶、白茶、黄茶、黑茶，凡茶中极品……

李毅会心地微笑，看着突然古典起来的老婆。李毅突然来了灵感，他说：戴霏，亲爱的老婆！我的美人！你是我的朋友们公认的美女，今天我又有一个新发现，你这样的美女可以称作普洱茶型美女——越陈越香啊！

戴霏两颊飞红，娇嗔地撑着，娓娓道来：品茶有"三看""三闻""三品""三回味"。"三看"看的是干茶时茶之形、茶汤之色、泡开后茶之叶形;"三闻"指干闻、热闻、冷闻;"三品"说的是制茶的工艺、滋味、韵味儿;"三回味"讲的是茶汤进口后,舌根的回味,齿颊是否有余香以及喉底是否甘甜……

戴霏边说边演示,仿很专业的一个茶艺老师,从最基本的品茶知识讲起。

戴霏看见李毅专注的眼神,像一个乖顺的孩子,她喜欢他这样。

因茶而雅的戴霏每天都浸润在茶文化中,李毅也支棱着耳朵愿意听大学建筑设计专业毕业的老婆说茶。

戴霏把品茶的感悟一一讲给了李毅,她问过他:那些茶艺小姐会像我这样讲吗?

李毅说:只是程式化地讲点皮毛,她们哪能跟你比?

戴霏一得意,把她喝茶喝出的哲学感悟倒了个干干净净:老公,所谓"茶"者——"草""木"中一个"人"字啊,既是草木中人,人就不应该违逆自然!茶人有句口头禅,叫作"茶有各种茶,水有多种水,只有好茶、好水,味才甘美"。我以为这是在说配合,在讲合作关系。陆羽《茶经》中说泡茶的水最好是山泉活水,"其水,用山水上,江水中,井水下"。这一点我以为是应和了墨子的"源头活水清如许",老子的"上善若水""水到渠成"等大道理。俗话说:"水为茶之母,壶是茶之父。"要获取一杯上好的香茗,需要做到茶、水、火、器四者相配,缺一不可。其实,老公,我这阵子潜心读茶书,独自品赏这茶,我自己悟到品茶这个过程是把"金、木、水、火、土"

这天地间的"五行"都包含在内了——金,烧水的器皿古时以铜壶、铁壶为佳;木,茶就是木啊;水,正是我们要饮啜的回味的东西;火,泡茶的水需要烧,火是提升水的温度,从而以涨水萃取茶之精华;土,泡茶的紫砂壶及盛茶水的杯就是它赋形而成。因而,古人在开门七件事中也没有把茶落下。饮茶是人生的大事,是通达世界根本的一种生活方式,学会饮茶最终是从物质享受上升到精神和艺术的享受……

李毅出神入化地听,戴霏灵感四溅地说,她真是愿意一辈子为老公李毅每天泡一壶好茶,然后夫妻对饮,分享人生的恬淡甘美。

李毅后来有两个多月的时间,一到周末他就把不同圈子里的朋友约来家里品茶。公司里那些年轻人也都来过两次了,有一个机灵的小伙子喝着茶,表情羡慕地问老板:李总,我要怎样才能找一个像嫂子这样能干漂亮的女人做老婆,厨艺一流茶艺一流?

李毅只是哈哈地笑,戴霏听了当然很舒服。

每一次,朋友们来,李毅都好有面子。戴霏那时既是漂亮大方的女主人又是精通茶艺的贤淑女子。

戴霏给自己的茶室还取了个名——"放心斋"。后来"放心斋"越来越有文化的味道,墙壁上挂起了些字画,有一幅字是说茶的一副对联:

雀舌未沾三月雨，

龙芽先占一枝春。

每个来品茶的人都很快记住了这副对联，戴霏每每都释义一番，那上好的茶树小雀舌似的嫩尖还没有被雨水淡化，那龙井茶的细芽独占春的枝头……

偏偏有个丈夫生意场上的朋友故意读出了另外的意思，自作聪明地说：有人娶了新媳妇，他人未尝得处女的鲜，被别人先霸占了，啊"雀"舌，"麻雀"的舌啊……

戴霏听了那下三烂的胡言乱语差点翻脸，为了给李毅面子，她忍了。

5

不过，一切都玩个新鲜。戴霏"放心斋"的茶终于还是淡了，凉了。

李毅又以种种理由和借口不回家来了。

戴霏伤心透了，她不知道自己为何箍不住李毅，她不知道自己哪点还做得不够好。

戴霏跟李毅开始吵架，她指责李毅成天不回家都是跟那些爱霸占处女的人在一起。

架吵多了吵厌烦了，李毅便懒得理她。吵一次，戴霏就感觉李毅对她冷淡一截。

后来戴霏就不吵了,她自个儿分析了一下,她不能把自己的老公往外推啊。怎么着李毅也是个优秀的、成功的男人啊。

其实,戴霏一直那么压抑着自己,那么贤惠地做着李毅的太太,而李毅也是满意的。但在内心深处,戴霏一直有一种害怕,害怕失去李毅。她如此小心翼翼地过日子是因为李毅方方面面都优秀,按现实的标准来看,李毅是很多女人打着灯笼拼命找的成功男人啊。

6

深秋的一个周六,戴霏约莫珊喝茶。

莫珊推说没时间,要带孩子去放风筝。

戴霏悠死莫珊,非见她不可。

莫珊说:难道又去你那"放心"的斋?

戴霏讨好地说:那茶室都落满灰尘了。我带你去一个位于滇池边的佳处,对了,那地方就在海埂大堤旁,正好给你儿子放风筝呢,你可以带上儿子和老公,让你老公带儿子到大堤上放风筝,我们正好喝茶聊天,然后一起吃饭。

莫珊推辞不掉,便想也好,正好可以搭戴霏的顺风车,从城里打车到滇池边,一个单边少说也要花掉三十元的车费呢。至于陪戴霏聊天,莫珊已经怕了,好长时间,她都借口忙躲着戴霏。

到达外滩一号,戴霏停好车走下车来时,戴霏的打扮让莫珊吃了一小惊。刚才上车后还没来得及看清楚戴霏的行头。只见阳光下，戴霏的头发闪着暗酒红色的光，烫的是时尚的大波浪，细瞧，戴霏脸上的妆精致得像一个时尚杂志上的平面女郎，眼睛里努力地调整出几丝妩媚。

莫珊说：戴霏有啥喜事？整个人转型这么大？

戴霏问：转型难道不成功？

莫珊再上下打量一番老朋友说：不错，一段时间人是得折腾一下的。

在外滩一号挑了一个临窗的餐位坐定后，戴霏问莫珊：我给你发了那么多私信，你怎么一条都不回呢？不会是你还发不来私信吧？莫珊，全中国人大概都在忙着玩微信，前两天报上有篇文章说的就是微信已经成了人与人之间离不开的沟通载体了，说微信迅速便捷，铺天盖地般地主宰了我们的日常生活，那篇文章的标题写得很妙——《统统拇指族，全民信生活》，不玩微信你就OUT了！

莫珊挑着眉盯着戴霏的脸心里想，戴霏的确是很为自己过上"信生活"而得意哟。

莫珊便不输戴霏，不紧不慢地说道：戴霏，人家都说全民"信生活"这事很危险，因为这种"信生活"乱了那种"性生活"的套，很多偷情的倒是得了这种"信生活"的好处了的，浪语骚言的你来我往也不必非得上网传邮件了，更不必压低声音说"在开会"①了,即使真正地在开会,也可以自顾低着头,悄无声息地发出各种"性息"。

戴霏说:莫珊,你也太夸张了,微信不都是这样吧?你老公不给你发私信?你不给朋友发私信?严格说来微信就是一种情感载体,我倒是很享受它的好处。比如,李毅天天都要抽空给我写几句话,搞得像初恋情人一样,含情脉脉的。现在进入智能手机时代,手机随拍随发照片给加了你微信的朋友,还不用出一分钱。

莫珊用一种有些酸的口吻说:啊哟,那好嘛,祝贺你!又调动起你老公的兴(性)致了,你总是有办法,为了他的胃口,厨艺也棒了,为了他回家,茶艺也精了,为了箍住他,微信直接把他捆绑了拴牢了。我老公只会发"你去接儿子,我开会不回来吃饭了",唉!没心没肺的,一点情意都没有……

戴霏就从包里往外掏手机。掏出一个三星S6大屏手机,白机身,桃红外壳。

给你看李毅发给我的私信,戴霏说。莫珊便凑过去。戴霏正欲按键调私信,然后又放下。

咦,不是这个。戴霏说着从包里掏出另一个手机来,那手机是最新一款苹果7大屏黑灰机身,加了个宝蓝色外壳。

莫珊拿起戴霏的三星手机对着戴霏照了一下,说:你是钱多得咬包包吗?同时玩两个手机,还尽都是时尚款,莫非是专

---

① 电影《手机》里很有名的一个噱头。

机专用？一个号是老公的，一个是情人的？！

戴霏的脸唰地红了：莫珊，莫逗了，我是拴死在李毅身上的小马，对他那么死心塌地，还会有、还敢有别的"情况"？

戴霏点开苹果手机上的私信，一条一条点开给莫珊看。

★秋凉，莫忘多穿衣。宝宝，想你！毅。

★感冒好些了吗？我忙，你自个儿吃了早点后去抓一服中药吧，西药也不能老吃。小可怜，我晚上会早些回家。毅。

★亲爱的，中午我和朋友约了在同仁街的大椰树泰国餐厅吃泰国菜，酸酸的，你在就好了，下次我一定带你去吃。毅。

说吃的这一条微信下面接着是对方发来的另一条图片信息，一大束蓝色妖姬玫瑰……

莫珊看得有点酸了。

李毅今天怎么不来，戴霏，发个信给他！让他来给我老公上上课！莫珊悻悻地说。

他这阵子接了一个大单，忙得晚上都很少回来。戴霏说。

不行，我们好久没见他了，他今天再忙来吃个饭总可以的。我回个信给他！莫珊抢过戴霏的手机。

莫珊点开戴霏先前给她看的私信后，开始回复，然后拇指熟练得噼噼啪啪地立马就写下一句：

李毅，今天你无论如何都得来见我们！我和你老婆在滇池边外滩一号泡着,我老公也在。莫珊。

莫珊写好后点"发送",然后把手机还给戴霏。

戴霏不知咋的,脸红红的。声音几乎是哽在嗓子眼那里说了句:他不会回的,他忙得很。

话刚落,《传奇》歌曲唱了起来,有私信!发出《传奇》歌声的是桌上的三星。

戴霏,是李毅回信了,快看!他来不来?

戴霏像是没听见,把脸侧向窗外的风景。

莫珊百无聊赖,就去拿桌上还在唱《传奇》的三星S6手机。

没想到戴霏一把抢过手机来,并把手上捏着的苹果手机也一并搂进提包里:不用看,他真的忙得很,李毅这两天没在昆明,去大理了。

莫珊盯着戴霏,觉得她哪点不对头,有点莫名其妙。

莫珊斜眼盯着戴霏说:他即使没有在昆明,在大理,他也会回信嘛,明明,刚才手机响了两声的,显示有私信,我看看他咋个说都不行?

戴霏转移话题:午饭时间差不多了,莫珊,我们点菜吧!你儿子放了这半天风筝,一定也饿了,我们今天好好地吃一顿,这里的烩鳕鱼好吃极了。

吃完饭出来,莫珊的儿子山山拿着风筝就往海埂大堤那边跑,他还没玩够。

正是天高云淡好时节,来自西伯利亚的海鸥又飞来昆明过冬了。莫珊和戴霏觉得不能负了这大好时光,要上大堤上去走走。

大堤上果然风光无限，不远处的西山睡美人仰睡在滇池的湖面上：空气透明度很好，山的轮廓线正是一个成熟美人柔和的胸腹部，龙门劈立的峭壁仿佛一张着色的中国画层次感很强，黛青色的树林子里间杂着一点点一抹抹浅淡的黄或红，大一些的树分辨得出树冠的弧度……

山山拉着风筝线在大堤上欢快地跑着，莫珊看着可爱的儿子想，今天出来玩竟然没想起带一个相机，应该给山山拍两张照片的。蓦地，她想起戴霏的 S6 手机，那款手机的数码像素分辨率高。

戴霏，把你的手机借我一下，我给屁狗山山拍两张玩玩，今天相机忘了带。

戴霏便犹豫着从包里摸出 S6 手机递给莫珊。

莫珊便拿了手机追着跑到前面的山山拍起来。一会儿戴霏和莫珊的老公便落在后面一大截了。

拍了几张，山山走过来要看自己的模样，莫珊便停下来操作。因为不太熟悉按键功能，也不知道按了哪个键，手机界面显示有信息，不小心，莫珊点开了手机上最新的一条私信。

莫珊看得一惊，心跳加速。

信的内容竟然是莫珊吃饭前用戴霏的另一款苹果手机发的：李毅，今天你无论如何都得来见我们！我和你老婆在滇池边外滩一号泡着，我老公也在。莫珊。

莫珊有点发蒙。但是她的大脑飞速地一转，便想道：戴霏拿李毅的手机干吗?查岗?或者是……难道戴霏自己给自己发私信?!

难怪,先前,莫珊发了私信后听见桌上的手机唱起《传奇》,莫珊不记得是哪个手机发的私信,要看,戴霏慌张着把两个手机都收进了包里。

为了进一步证明自己这个不可思议的发现和猜测,莫珊看了一眼在远处喂海鸥的戴霏,放心地抖着手点开了手机里的私信对话。

果然,很多已发的私信还在,滑动着屏幕看,就有先前戴霏的另一个苹果手机里拿给莫珊看的"李毅"发的含情脉脉的话语:

★秋凉,莫忘多穿衣。宝宝,想你!毅。

★感冒好些了吗?我忙,你自个儿吃了早点后去抓一服中药吧,西药也不能老吃。小可怜,我晚上会早些回家。毅。

★亲爱的,中午我和朋友约了在同仁街的大椰树泰国餐厅吃泰国菜,酸酸的,你在就好了,下次我一定带你去吃。毅。

为了证明另一个猜测,莫珊点开"联系人"项,手机里竟然没有存一个号码,若是李毅的手机,不可能不保存锁定一些别人的电话号码的。

莫珊抬头看远处正在喂海鸥的戴霏,忽然情绪低落。内心悲哀起来,莫珊没兴致再给山山拍照了。

莫珊捏着那款手机慢慢地朝前走着,她说不出自己对戴霏的做法是惊诧的成分多些还是怜悯的成分多些。

戴霏和莫珊的老公跟上来了。

莫珊把手机还给了戴霏:谢谢。戴霏,你要方便的话,回去把照得好的挑出来,发我原图。

当然喽,这点小事,举手之劳。我正愁如何打发大把大把的时间呢,我会给你编辑处理好后刻两张碟给你——唉,莫珊,你不喂海鸥?是怕禽流感吧?我才不管它什么"禽流感""情流感"的,它们要真有病,能飞一万多公里的路程?来来,你也来喂点,我买了很多面包——莫珊,我喂得可准了,面包块要往上抛,你看!你看!这些鬼精灵感觉太准了,面包在它的下方,它会俯冲下来,在它的上方,它会朝上蹿,在它的左边,它会头一歪逮个正着,我就没想明白它们靠什么来判断啊?难道是眼睛?眼睛就有那么尖?恐怕还有什么特殊器官吧?戴霏碎嘴婆一样地叨唠着。

莫珊从戴霏手里掰了块面包喂起海鸥来,边喂边说:这些鸟们,包括鸽子的脑壳里都有一个可以根据地球磁场辨别方向的东西,让它们找得着北。海鸥每年深秋来到温暖的南方,春天飞回西伯利亚老家,年年岁岁,南来北往,它们的一生活得明明白白,活得很有方向感。倒是人,却没有这鸟的本事,唉,经常糊里糊涂的,找不着东西南北……

7

经过几天的思考,莫珊还是决定给戴霏一个好心的提醒,毕竟她俩曾经是很好的朋友。莫珊不能看着戴霏一再丧失自我一再迁就一再找不着北。

莫珊在一张纸上写了好几稿,最终拟出一条短信,输到手机里发给了戴霏:

★我无意间看见了你三星手机里的秘密。你这是被窝里挤眼睛——自欺欺人。戴霏,这样下去,你会把自己完完全全地丢失掉。你得找点事做做,你得跟社会发生关系……

戴霏那一天睡足了懒觉后,睁开眼拿过床头柜上的苹果手机看时间,她读到了莫珊的私信。

没有人看着自己,可是戴霏的脸却烧得滚烫。

拉过被子蒙上脸,戴霏开始胡思乱想。

莫珊当然永远也不会知道戴霏的反应。

戴霏歇斯底里地钻起牛角尖来,她在被子里咬牙切齿地说:妒忌!莫珊,你是妒忌!我就是喜欢李毅!我就是自己哄自己!我就是自己愉悦自己!碍着谁了?

戴霏郁闷又羞愤地掀开被子,手抖着把收信箱里保存的聊天记录点了"全部删除"项,狠狠地按下功能键。

过了一阵,戴霏还是无法消解那被人看破一切的尴尬和丝丝愤恨,她再次点开手机调出保存着的莫珊的手机号码,住宅、办公室的电话号码,甚至莫珊的电子邮箱地址,一咬牙,通通删除。

戴霏的脸色变得黯淡,她呆坐着,表情有如烧过后勉强保持着原本形态的灰烬,碰不得。

莫珊没有收到戴霏的回复,从此也没再接到过戴霏的电话。

后续:作者紫苏写这篇小说后偶然间读到《百年萨特——一个自由精灵的历程》一书,其中一段文字有必要摘录于此(第18页最后一段):

> 这种对于人的虚假、做戏的体验在他(指萨特)的哲学作品里也有明显反映。例如他早期哲学代表作《存在与虚无》中有一个重要概念:"自欺"。自欺并非是人有意做假,甚至在许多情况下人们不知道自己是在自我欺骗,但实际上他们就是这样的。或者说,这是人的一种本体状态,人不可能脱净自欺的成分,他顶多可以意识自己是在自欺……

也许,我是疯了,我不知道我要干什么……我经常站在我那位于二十一层楼的工作室窗口边往下看,那下面的大街上是一个人来车往的十字路口,它模糊着、混浊着,像一个巨大的旋涡……

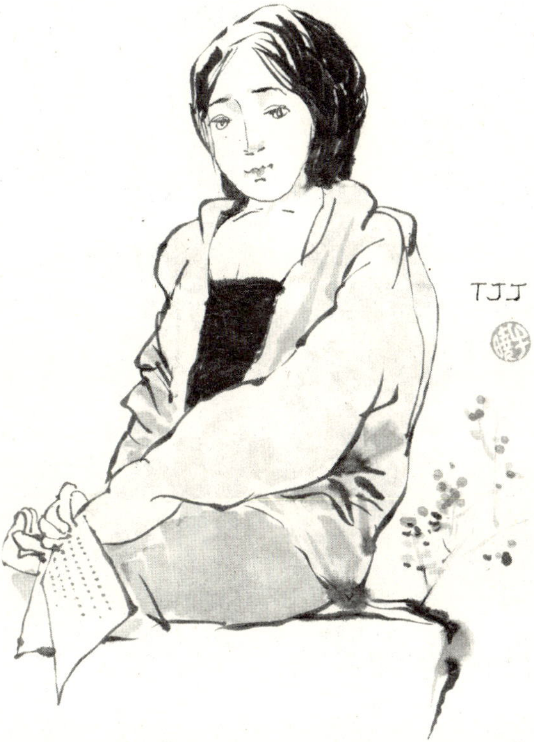
TJJ

章小秋花半个小时读完我那篇原本叫《悦己》的小说，除了建议我改小说名为《自欺》外，连夸好，抓人。她问了我一句，戴霏的故事真脱胎于邓霏？我说，嗯，我先前不是跟你说了？邓霏用两个手机的事还是你说给我听的，你忘了？小秋说，紫苏姐，你太会编故事了。说真话，我跟邓霏一样，有时也很虚荣，要面子。你小说里戴霏这种自欺行为我可能没有，但我会时不时地在生活里端出一种表演感、仪式感来。

我想到前两天清清说的小秋嗲她老公，当众人的面拥吻撒娇的样子。

紫苏姐，我好想有你这种本事，在一篇篇不同的小说里过着别人的生活。

我说，也许吧。小说里的戴霏是个男人眼里的好女人，成天想着讨好自己的老公，给老公面子，自己不断修为。但她却并没得着什么好，她的问题是太自我了。而现实中的邓霏没这么极端却也百无聊赖，自己虚拟个角色粉自己。周梦清呢，她若有戴霏这个角色十分之一的情商，早就不会剩到现在了，孩子怕都至少十岁了。

咖啡馆里只剩一对男女了。章小秋从包里摸出烟来，抖出一支点上，烟缕的灰在她表情寡淡的脸上画了几抹扭结的明暗。我说，也要抽一支。我抽假烟，只做出架势来，从不把烟子往肺里咽，只把那种吐烟子玩得煞有介事。

我接过小秋递来的烟，把过滤嘴倒插在我要的柠檬水里浸了一下，然后拿出来，嘴逗①在烟的另一头一吹，过滤嘴那一头便往下滴水沫子，然后才叼起烟来，拿过打火机啪地点着。我抽烟前习惯于这样湿润一下过滤嘴。

深夜了，小秋和我才从咖啡馆出来。觉察到拎包有点重，方想起来，我包里放了四本刊物，那是一本叫《她们》的文学刊物，只发女作家写女人的文字。这一期头条有我的一个中篇小说《螺旋结构》，我原打算送章小秋、周梦清、邓霏她们的。

悬铃木咖啡馆两年多来简直成了我的写作根据地，我那小说里的"陶锦佳"是小秋的闺蜜。她的故事是小秋讲给我的。"陶锦佳"从朋友圈消失有两三年了，所以我并没在悬铃木咖啡馆见过她本人。章小秋告诉我"陶锦佳"与情人的老婆是在悬铃木咖啡馆按事先达成的协议交接完一切的。那之后，她为情人生的孩子按约送到

---

① 逗，昆明方言，指紧贴、紧挨。

那个男人五百公里以外的老家。

小秋接过那几本杂志往她的车后厢一放,说第二天再拿上楼,我说一定送一本给周梦清,其他两本随她给,扔在咖啡馆专门陈列杂志宣传册页的架上也行。我说,我几乎没虚构,从你这捡了一个好故事,稿费一到请你去泡温泉去做泰式按摩。

第二天一大早,我在编发稿子,章小秋电话打过来:咖啡喝多了睡不着,只好读你写的她。还行,反正我是一口气读完的,拿它当我的安眠药。直话直说,我认为结尾不太好,你直接写她妥协了,收了钱离开了她的情人不就得了?她那样的人说来说去就是想再多讹点那个男人的钱,你在那打着旋旋,绕来绕去紧也不刹车,我都烦了,最后还又扯出她不甘心,决定去找律师要夺回孩子的抚养权,有完没完啊?现实里不是这样的,也不符合生活逻辑。我再抖点她的新作料给你。

我右手捏着的手机换到左手上,右手拿起笔来边听边改稿子。

大作家,紫苏姐呢,前些日子一个咖啡馆的老客说他在泰北清迈的酒吧里看见她跟一个脏兮兮的老外腻着。之前我还没跟你讲有关她的另一个传说,我不大相信的。有人说她胆子超大,拿了情人给的钱去缅甸金三角的赌馆里赌钱，输光了被人家关在水牢里，当然这个是不是真的我不敢确定，但愿她一切好。她是我打小一起长大的小伙伴啊，反正她后来不会好过到哪里去，她太乱了。对了，你这小说在每一节前都在讲什么缠来绕去的螺旋结构？那些文字有必要吗？卖弄！那些文字像是一篇科学论文的索引，不喜欢！

小秋电话里的声音夹着哈欠，睡意还没消，感觉得出她还赖在床上睡眼惺忪，慵懒地踢开被子在床上扭来扭去的。

旋 涡

1

每次见面,我的律师朋友孙丽都特别地关注我的着装,甚至很细致地打量我耳朵上又戴了一副什么款式的耳坠子,因为她觉得我总是给她别出心裁的时尚启发。

孙丽说我是她见过的第二个适合戴样式夸张的大耳坠子的女人,第一个适合者是众人皆知的舞蹈家杨丽萍。杨丽萍是穿什么都不俗的女人,可以这么说,杨丽萍是中国人心目中的云南印象之一种。我祖籍北方,生在云南,我的穿着固执地以舞蹈家为榜样,也大红大绿地穿,也戴一大串各式各样的银质手镯,也在耳垂上戴长长的大大的耳坠子。今天我戴的是一对泰银的长长的S形耳坠,长S形的下弯处是银丝盘绕的螺旋式纹,孙丽忍不住摸了我漂亮异常的耳坠子。

她说：锦佳，假若哪一天你不喜欢这对耳坠子了，一定要送给我！

我翻了坐在对面的孙丽一大白眼，用手摘下那对耳坠递给了她：给你了。你眼光倒毒得很，上个月我去泰国清迈淘的，花了我四百块人民币呢！

我说着，拉开手包链，从化妆包里拿出一个塑料袋，里面是另一副还没有撕去价码签的新耳环，也是泰式925银的耳环，是一对细细的银丝编成的蝴蝶。蝴蝶的长翅短翅包括那长长的卷须前端也都是螺旋纹饰。我熟练地把新耳坠戴上了，翘着下巴拿着粉饼盒上的镜子晃着头照来照去。

孙丽嫉妒地说：得了，新的更好看！你先戴，下次记着淘汰给我哟。

上次与孙丽见面是一个月前，我找她给我当法律顾问，我要起诉王旭东。因为是很好的朋友，她劝我别轻易那么做，她说我若那样做无疑是把王旭东推下悬崖，而结果是我什么都得不到，还自毁名声。那天孙丽说我是一株热带雨林里最阴毒的螺旋状攀爬的藤蔓植物，永远美丽神秘，但也很顽固很可怕，常常以一种温柔依附的形式就把一棵参天大树不知不觉地给绞杀了……

孙丽至今没结婚，她说入她眼的男人还没来到世上。她现在做律师，但她竟然大学学的是物理，自学考到执业律师资格证，学习能力超强，兴趣爱好驳杂，什么都有兴趣，她告诉我她的灵感来源于她近来对自然界无处不在的螺旋结构的着迷。

孙丽不厌其烦地给我讲她最近的研究：

很多年前，我在一本科学新知类的杂志上读到一篇文章《存在了亿万年的美丽——自然界螺旋奥秘无穷》，那篇文章说，在大自然中，螺旋结构几乎无处不在，它们构成的美丽图案具有一种神秘的规律性，与周围杂乱无章的世界形成鲜明的对比。只要你稍微留意一下，就可以看到自然界中最普通的螺旋——爬藤植物螺旋，另外在自然界的许多植物中，还存在一些更为复杂的螺旋结构，如松树球果和菠萝的茎、皮与种子果实都呈现奇特的螺旋，向日葵的种子也是按螺旋结构排列的。它们所组成的螺旋有的呈顺时针方向，有的呈逆时针方向，而且非常精确，符合数学上的螺旋数列规则。科学家证明，这种螺旋规则经过亿万年的遗传和变异才逐渐形成，它有利于后代的繁衍，是优胜劣汰的结果。

2

把亲了又亲的儿子梓梓交还给二姐后，我一扭头拖过沙发边的旅行拉杆箱就往门边走。两岁半的梓梓挣脱姑妈的怀抱追上我，抱着我的腿，仰着头哀求：妈妈不走！妈妈不走！

我的眼泪唰地流出来，不看梓梓。我站在门边背对着二姐嚷道：二姐！憨掉了？快点过来哄梓梓！打电话喊王旭东来！

王旭东躲我，他不能躲梓梓，梓梓是他儿子，他逃到哪里都莫想赖掉是梓梓他爹的事实！我半个月后回来，就去起诉他！我和他是事实婚姻，到时候，他头上的乌纱帽还戴得住吗？还想着正厅呢！他做梦！我糊他一脸臭屎，看他还躲我不？

我在呵斥，声音里只有怨恨和毒辣，我无法控制自己的情绪。

二姐放下手里刚拿起的拖布，赶忙过来抱梓梓。其实，我不愿意这样对待二姐的。我觉得自己像一个泼妇。

歇斯底里地扯着嗓子吼完，我拉开门头也不回地就走。噔噔地从五楼到了一楼。下到一楼时，我长喘一口气，出楼道门前揩干了泪。楼口，司机小丁早就等着了。

出门的那一刻，我就下定决心出差回来就去给梓梓落户口，非婚生子女户口难落，我有办法，我就说孩子是捡的，手续麻烦，我费点心思就能搞定，在电视台待过几年，鸡路鸭路总有些的。我要自己带梓梓，我不愿意再让王旭东的二姐带梓梓了，不是二姐带不好，是因为，再这样下去，梓梓跟我都生分了，每一次我刚刚跟梓梓亲近起来，就又得外出拍专题做项目去了，而王旭东现在完全躲着我，既不面对现实，也不管梓梓的养育，只把他农村老家的二姐叫来带着梓梓，每月拿点钱给自己的二姐，再往我的银行卡里打点抚养费就算是尽了对孩子的责任。要自己带孩子我得重新寻找一个项目，如开个店，我不想老是出差老是不着家。

我知道，二姐夹在我和王旭东之间所受的气，是无处去诉说的。王旭东的家在城中心的机关大院里，二姐带着梓梓像贼一样地躲在这城东北的旮旯里，想带梓梓上街、上公园都不敢，生怕碰到弟媳李惠或者那已读高中的侄女王丹。二姐明白，王家天大的机密是不能捅破的，这关乎王家的荣耀，关乎王旭东的前途。

两年前，王旭东携着我抱着半岁的梓梓悄悄回到县城里，他把二姐单独找到宾馆来，当着我的面，给二姐跪下，求她帮他收养与我生的儿子，那时梓梓才有半岁。他涕泪横流地对二姐说，这事既不能跟老父、老母说，甚至也不能跟二姐夫说，走漏一点风声，他就不能当领导了。他不能当领导，他就没有钱来给农村老家的父母盖一院新房；他不能当领导，二姐在读大学的儿子阿龙毕业后就不可能在省城里找个好工作；他不能当领导，他就什么都没意思了。

二姐只读过两年小学，但她是明事理的，她答应了弟弟。在这之前一年多王旭东悄悄带着我回过他的老家，他当时对家人说我是他的同事，一同出差路过老家来看看。那天我住在了老宅子里。

第一次见王旭东的父母，我买了很多礼物，还给二姐夫送了烟酒，给二姐买了一件羊毛衫。二姐后来跟我说过，她当时就看出我跟她弟弟的关系不同一般，但她是不会问弟弟这些事的，村子里那些有点蚂蚱大权力的干部都要偷偷腥，何况自己的弟弟是省城里的一个大官。二姐认为弟弟王旭东太给他们一家长脸了，每次弟弟回家，县长都会陪伴在左右。只不过他私下带我回去就不会让那些人知道了。

二姐在我和王旭东走后几天就从老家上来了。二姐对二姐夫兴顺说，弟弟给她在城里找到了一份工作，吃住在人家里，帮人家带小孩子，每月可以得到八百块钱，八百块钱正好是在湖北读大学的儿子阿龙一个月的生活费。在农村，现在是不愁吃不愁穿就是很难弄到现金用，每年的余粮卖掉也只能换得两三千块钱，家里茶地里摘的茶一年可以卖得现钱两三千块钱，两棵核桃树打的核桃可以卖个三四千块钱，全家一年的现金收入也就万把块钱，可是需要花钱的地方多得很。

二姐一说弟弟给找了个工作，二姐夫兴顺便很支持，他说家里的农活他一个人就盘弄得过来了，媳妇能去城里人家挣钱过城里人的生活是多好的事啊。二姐心中揣着弟弟的秘密悄悄地来到省城。

二姐对我表过态，她暗下决心，为了报答弟弟对家里、对自己儿子阿龙的照顾，她一定全心全意地给弟弟带好王家的这个独孙子，王家就王旭东一棵独苗，王旭东的老婆李惠生的是一个姑娘，现在我为王家生了个儿子，我们就是一分钱不给她，她都有责任来带好这个王家独苗的独苗苗。

有一次，我在客厅看电视，听见厨房里二姐悄悄跟王旭东说：阿弟，我觉得你跟小陶蛮合适的，为啥不离婚来跟小陶过？梓梓没爸爸，可怜。王旭东压低声音：二姐，我这事是你管得了的吗？你最好永远闭嘴，对李惠闭嘴、对王丹闭嘴、对家里人闭嘴！我的事我自己会把握轻重。你懂什么？！

我知道二姐是巴顾我的,平时我跟二姐闲聊的内容一般离不开梓梓,其他不讲什么,但是那一次我在王旭东走后,专门对二姐说:二姐,你对我一心一意我知道,我和你弟弟的事你管不了的,我不想逼他,他只要对我们好就行了。

二姐困惑地看着我。

3

在二姐的印象中弟弟几乎个把月才会来看梓梓一次,而且大都是选在小陶出差期间,只有她和梓梓在家的时候。二姐看得出弟弟是很喜欢梓梓的,他每一次来都会跟儿子没大没小地疯玩。二姐有一次跟小陶闲聊:梓梓他爸那天来,把梓梓架在脖子上玩,梓梓毫不客气冲了他一泡尿,他竟然还大笑着伸出舌头舔了一点,啊啊地欢叫——儿子,你的尿尿爸爸都尝过了,咸丝丝的。他一高兴把梓梓从脖子上弄下来,又把梓梓高高举起,用嘴亲了亲儿子的蛋蛋。梓梓被逗得咯咯地笑个不停……梓梓他爸临走时扯起自己的衣领闻了闻,闻出一股尿臊味,连忙脱下来让我给他洗了,又让我拿你的电吹风吹干,穿上才回去。他说,李惠的鼻子尖得很,要是让她嗅出点什么来就麻烦了!

二姐在小陶面前提到王旭东的老婆李惠,她说这些是想跟小陶套近乎。二姐不喜欢李惠,但小陶好像并不爱听二姐讲这些。

二姐记得只有一次是弟弟、小陶、梓梓"一家三口"碰到过一起，那一次小陶很高兴，她开着车跑很远去海鲜街买了好多海鲜来，亲自下厨做了一大桌菜。仅有的那一次全家人拢在一堆，还是弟弟到外省出差神不知鬼不觉地匀出一天时间提前回来，直接从飞机场打了一个的士到了小陶这儿。

二姐是偷听了弟弟的电话后自己猜出来的。二姐看见弟弟王旭东站在阳台上瞧着小陶开车买菜去了，才拿出手机来拨电话：……明天十点的飞机，不误机的话一点多钟到达，回家洗个澡收拾一下正好可以赶上下午四点钟丹丹的家长会……你不用请假了，我正好可以去开！我去开也更好些，丹丹的班主任唐老师上次托我办的事我给她办成了……这次我给你和丹丹各买了一条羊绒围巾，哦！不对，给你买的是披肩，提花的，单是这披肩就花了我两千多块钱，丹丹的也四百多块钱……谁叫你是我老婆呢？谁叫丹丹是我的女儿呢？

小陶买菜回来，弟弟拿出他给小陶的礼物，一条细长条的红格子羊绒围巾。

小陶看了一眼说：送给二姐吧，这样的围巾我多的是。

弟弟边逗弄着梓梓边说：我姐不会围的，你瞧清楚了，是羊绒的！好几百呢。

小陶说：知道，我有。谢谢你的暖心牌围巾，还是转送给二姐吧。

吃完饭，二姐谢过小陶，拿起沙发上的羊绒围巾回到自己屋里，她看见围巾上标着448元的价码。二姐的心咚地跳了一下，难道在弟弟心目中，李惠的位置比小陶更高吗？弟弟又是为哪样呀？看得出来，小陶是很爱弟弟的，反而是那个李惠脾气坏，跟弟弟结婚后就只回过老家一次，跩得很，看不起农村人，谁都不爱理，只在家里住了一夜就嚷着走。二姐花了三四个月时间精心绣的一对花好月圆图案的枕头套，送给他们，李惠很看不上眼的样子，都没说声谢谢。小陶就不同，看见二姐腰间系着的绣花围腰，伸手就要，二姐说绣新的给她，她说这旧的最好，硬给她从身上解下来拿了去。

小陶第一次跟着弟弟去老家，专门点着喝老母亲泡的蜂蜜米花茶，讨得老母亲欢心，巴巴地一杯一杯给儿子的女同事泡茶。小陶坐在老宅院的天井里喝着米花茶眯着眼睛惬意地说：王旭东呀，你家这院子住着真是舒服，有好几十年了吧，翻修一下，重新请人漆一下那些梁栋，在那面照壁上写上"紫气东来"几个大字，让你官运亨通！现在这"旭日东升"四个字也太直接了，一看就晓得是从你名字来的，这么大的院子，起码可匀出三五间房子开个客栈，一准赚钱。

小陶激动地跟弟弟呱啦呱啦地讲，仿佛那院子是她家的。她说：我专门看书研究过你们的照壁了，民间又叫"风水壁"，照壁上面还是青瓦漂亮，琉璃瓦有点俗气，这琉璃瓦是你回来弄的？马屎外面光，你家这宅院得彻底翻修，也得像保护世界文化遗产一样，修旧如旧，不能搞新了……青瓦配白墙才合适……

二姐没啥文化，但她听了小陶讲的那些个事就觉得很对。

弟弟那天说住宾馆去,小陶说住这老宅子才有味道。小陶在老宅子里看来看去,抚摸着那些烟熏火燎过落满岁月风尘的木雕格扇门,又是相机又是DV机地换着角度拍各种细节。

靠木雕手艺过日子的老父亲高兴地对着儿子的女同事说:我家这堂子格扇门你数了不?总共有六扇门哩!每扇门上镶着四幅精美的木雕画,六扇门就是二十四幅,其中的十二幅是主画面,讲的都是我们的老一辈传下来的故事,在格扇门的主画面之间和门头,还配有两幅装饰图案。

二姐记得老父亲手里拿一管长长的竹烟锅,用烟锅把指着那些图案——金鸡富贵、喜上眉梢、麒麟呈祥和蕴含富贵、平安的牡丹花,对小陶说:我带着一个徒弟停停歇歇雕了三四年才雕好这堂格扇门。有人要来买我家的这堂门,我家旭东说,给多少钱都不卖!

二姐看出小陶与李惠是太不相同的两个女人。上次儿子阿龙放假回家过年,返程时,当舅舅的买了一张昆明到武汉的回程卧铺车票给外甥,李惠当着阿龙的面就说王旭东,他一个学生坐什么卧铺?小陶知道二姐的儿子回来,掏了一千块钱让二姐转给他。阿龙临走,小陶打电话让王旭东悄悄送外甥过来与自己的妈告别。

阿龙看见妈妈所在的这个人家条件不错,而且那位漂亮的阿姨人很好,还亲热地称呼妈妈为二姐。临走阿姨送了阿龙一双耐克运动鞋,阿龙推辞,阿姨说,这双鞋不是专门买给他的,是孩子他爸爸的,没穿过,他出国了,在家放了两年都没人穿,再搁着就搁过时了,现在看见他突然想起来,送给他正合适,孩子他爸的脚是四十二码,一看就跟阿龙的码号差不多。阿龙一穿合脚得很。

二姐知道那是小陶找弟弟打听了阿龙的鞋码后,按码号专门给他买的。

王旭东叮嘱过外甥不能在舅妈面前、表妹面前说妈妈在省城给人家当保姆的事。阿龙问舅舅为什么,舅舅说,你舅妈原本想过让你妈来我们家帮忙的事,说你表妹丹丹要高考了,我们工作都很忙,我没同意。你妈现在来给人家看孩子,是我给她找的活计,人家除了吃住给解决,你妈妈还可以挣笔钱供你上大学。你舅妈让你妈来我们家,她是不会开工钱的,即使开工钱,你妈是不会要的,你舅妈这个人,人很好的,就是有些小气,时间长了也不会跟你妈处得拢……算了,你不要管大人的事,你以后成家立业后记得你妈的恩情就是了。

自从王旭东让二姐莫管他的事后,二姐对弟弟与李惠、小陶之间的关系就琢磨不透,二姐知道李惠是不可能晓得弟弟有外室这事的。只是二姐也没想通小陶这么年轻漂亮的一个女人,又为什么不好好嫁个男人,偏偏选择了当弟弟小老婆。

小陶的工作具体是干什么的二姐不太清楚,但是她做的事好像与电视有关,有一次二姐抱着孩子正在看一个电视剧,小陶过来把频道调了,电视里播的是一个村子里修水池的事,小陶边看边对着梓梓说:儿子,快看,这是妈妈弄的专题片,挣的钱够你读完三年的幼儿园了!是最贵的幼儿园哟!

弟弟不来小陶这里,二姐只单纯地猜测是弟弟在避人耳目,她想,弟弟和小陶在别处还有房子。但随着时间的推移,二姐觉察出他们的关系不是那么简单,小陶好像在逼弟弟与李惠离婚,可是弟弟不表态。而且她也真的感觉出来弟弟在躲着小陶。

一个月前梓梓生病了,很严重,小陶出差不在家,梓梓先是发烧,打了针退烧后,咳嗽起来,听着都咳到肺里面去了,二姐心慌慌地打电话给小陶,小陶急得不知道怎么办,可是手上的工作没完成,一时回不来。小陶让二姐打电话找王旭东。电话打过去,弟弟王旭东推三阻四说工作很忙,让二姐带孩子打针去。二姐说医生认为有肺炎症状,必须马上住院,二姐做不了主。

王旭东在电话里很生气地说:二姐,你莫给我添乱,孩子有病该吃药就吃药该打针就打针,你知道不知道,我正在跟别人争一个正厅职位,我现在什么事都不能出,你莫再跟我打电话!二姐在电话这头哭起来。

王旭东脾气很大地在那边咬着牙,压低声音说:是不是她让你打电话给我的?这个莫名其妙的女人,她还要怎么样?她不把我缠死,她不舒服!我的前途要毁在这个烂女人手里,我中了她的圈套了……

二姐第一次听弟弟那样骂小陶,她吓着了,再也不敢吱声。弟弟是王家的骄傲,小陶虽说不是明媒正娶的王家媳妇,但在二姐心头,小陶为王家生了一个传宗接代的儿子,这贡献也是大了去了。弟弟怎么突然对小陶这样了?当初他们第一次去乡下老家,二姐几分钟之内就看出他们俩的关系黏糊得不行,亲密得肉麻,现在弟弟竟然说小陶是烂女人。

二姐不识几个字,但她是个明理的本分人,梓梓的亲爹、亲妈不管咋个吵闹,梓梓她是不可能不管的。

不敢马虎,二姐天天抱着梓梓转两次公交车去医院打吊针。二姐对医生谎称,这孩子的爸妈都在外地,她是受托照顾这孩子的,孩子爸妈给她的钱住不起院,只能天天来打吊针。住家附近的小诊所她不敢去了,敲竹杠不说,院子里的冯大妈说不久前斜对街一家小诊所的医生给人打针,把人打死了,那家诊所的医生都被公安带走了,诊所也被打了封条。

4

梓梓打了三天的针,我从外地赶回来,看着孩子的可怜样,我大哭了两场,随即送孩子住进了儿童医院。

我在医院陪侍了两夜,脸颊就窝瘪下去,白天二姐去医院换我,我就没好脸嘴。

二姐看我咆躁的样子,小心翼翼地替自己的弟弟圆场:他专门拿来了两千块钱,让我来回打的,每天都揪心地打电话来问梓梓的情况。

我拉下脸说:二姐!你编谎!事情都到这地步了,还往你弟弟脸上贴金,有什么意思?他现在都不接我的电话了!我打他办公室电话,他干脆把电话线拔掉,我知道,他现在还野心大大地想往上爬，他不想后院起火出事，可是他也太薄情了，梓梓是他的骨肉啊！哼，二姐，你瞧着，他不让我好过，我也不会让他舒服的！

那天儿子出院，才回到家，我怎么也没忍下那股火，咆躁地夺过二姐手里的小灵通，按了王旭东的电话。这一次可能王旭东看号码是自己姐姐的小灵通，他接了，我在电话里大骂：王旭东！你这个杂种！你这么不仁义，我不是好欺负的，你记住。你不是想再往上爬一截吗？我让你爬！我让你现在的乌纱帽都保不住！你不会不记得吧？西双版纳热带植物园的那棵藤子！莫小看了一株细藤子，可以绞杀一棵参天大树！

我挂了电话，冲着呆站着的二姐，指着客厅一角当工艺饰品用的手腕粗的螺旋状枯藤说：二姐，你们乡下有这种藤子吗？它可不是田间地角上那豌豆苗、南瓜尖的卷须，随便找根小树枝小棍子纠结瓜葛一下，这棵枯藤可是把一棵大树都绕得死的！

那截枯藤子是我下乡时花几十元钱从一个做根雕的匠人手里买来的，拿回家来，我把它放在客厅的一个角落，买了些仿真的植物枝叶插在那枯藤的缝隙中，客厅的一角于是有了一株"葱郁"的树。

我想，二姐听懂了我的话。

5

二千三百多年以前，古希腊最伟大的科学家阿基米德发现了螺旋的能量和魔力，他的名字遂与这种神秘的螺旋规律永远连在了一起，这就是自然科学领域里人们津津乐道的"阿基米德螺旋"。螺旋结构在今天得到了较广泛的应用，如水泵的汲水装置、抽水马桶的螺旋式冲刷以及钻头、螺栓和螺丝钉等。自然界绝大多数的螺旋结构成因，对人们来说还是一个难题，其鬼斧神工背后的真相为人们带来探秘真知的乐趣，远远超过了人类最丰富的想象。

我坐在卫生间的马桶上，眼睛一红，泪就淌下来，我听见二姐在客厅里哄梓梓吃饭，梓梓顽皮地追到卫生间门外：妈妈！我不要吃饭饭，我要拉屎！

这一段时间，我总是背着人哭，无声地哭。虽然该出差时我还得出差，写策划案时我也还是可以到一僻静的地方住上两天就拿出一个漂亮的工作方案来，在外人面前我依然是那个能干漂亮、衣饰打扮像个艺术家的陶锦佳，可是谁会晓得我的内心已经是一种没有生机没有支撑的虚弱和挣扎，处在崩溃的悬崖边。

我知道跟王旭东的情爱关系彻底破裂了，我们的关系再也回不到从前。我现在还拼命地找项目接项目外出应酬，是因为我不知道这个男人什么时候就会断了给梓梓的抚养费。我当初不顾一切地爱上他并不是指望着过一种靠别人养着的日子，我为他私生一个儿子也不是想把儿子做一个筹码，然后依附上一个前途光明的高官，获得生活无忧的保障。我到现在都认为自己当初就是一根筋地、没心没肺地爱上了那个叫王旭东的男人。

四年前，我是电视台颇有名气的一个编导。负责一档子地方文化类专题节目的制作。节目因为展示的是原生态的民风民俗，尽管不像经济类节目那般赚钱，可是因为这类人文地理类的节目展示的奇风异俗一直获得文化主流人士的首肯，电视台的领导也舍得投钱来制作这档节目，以提升电视台自身的文化品位。我大学里学的是影视人类学专业，能把自己的兴趣与工作结合在一起我很满足，在别人都往经济类节目挤的时候，我一直坚定地做着我感兴趣的事，而这个专题节目的制作更多的时候都是在县上、在乡上、在村寨里泡着。

那一次，我在乡下拍摄一个瓦猫①制作的专题节目时，省级领导王旭东恰好下来检查工作，县里几套班子招待上级领导时把来拍专题的电视台工作人员也一并请去作陪。

晚上在KTV的包间里，四十岁刚出头的前程似锦的官员，和我擦出了爱的火花。喝得微醺的王旭东频频请个头跟他般配的我起来跳舞，在合唱了两首歌《红河谷》《糊涂的爱》后，我们两人都有点飘飘然。

我大学时代的恋人是我的师兄，在考到北京读博士期间他

---

① 很多民间建筑的屋脊上安放的一种类似猫虎动物的烧制器物，它们张着大嘴露出獠牙，面目狰狞，用以驱避鬼邪。

跟一个澳大利亚女人去了澳洲。情感生活受过伤，我一直也就不轻易恋爱了。我是家里最小的孩子，父亲是南下干部，离休前是副省级，家境很好。两个哥哥一个姐姐都有很好的工作。我是最得父母宠爱的小女儿，读书读到研究生毕业，只是婚姻问题一直没解决。

妈妈，我要拉屎！梓梓还在拍门。

我一按马桶的冲水按钮，那肮脏的粪便就被抽力很强大的一股旋涡状水流吸走了。要是那些困扰自己的烦恼也像粪便一样干脆、迅捷、干净地被抽水马桶冲走该多好啊。

6

三年前孕检表明怀上王旭东的孩子后，我第一时间告诉了王旭东。我在电话里向王旭东撒了娇，他没表示任何态度。当然，王旭东若让我拿掉孩子，我也不会有什么意见。大学时代的恋人曾让我怀孕，我做过一次人流。人流手术是痛的，很痛，可是几分钟也就完事。王旭东有家室我一开始就知道，但他现在爱我陶锦佳，我也狂热地爱着他。我暗自希望着王旭东以此为契机正视我们的爱情，他能够离婚娶我。

王旭东在电话里什么也没说，但他第一时间打了一辆的士冲到医院门口，打电话给我：小佳，我已在医院门口，等你啊！

上了出租车，王旭东一把搂过我，紧紧地，什么也没说，也不顾前排的司机,只把我的脸、耳朵、脖颈子亲个不停。然后让司机把车开往离城最近的一个县,那个县因特产天然放养的土鸡出名。

王旭东始终没有表态,我肚子里的孩子是否要人流掉。王旭东那天专门带了我去喝土鸡汤补身子,并一路上呵护备至,我决定冒一次人生的险——为热爱着的男人王旭东生下那个孩子来。

生孩子这事是我自己决定的。我那时真的很幸福,我真的是被他宠着爱着,我的每一寸肌肤都感受到了他的爱。我躲在西安待产时,王旭东曾悄悄去看我,他给我剪脚指甲,把我的脚抱在怀里给我进行足底按摩,给我洗澡搓背……我记得他全部的好。

我未跟王旭东商量便从电视台辞了职。然后收拾了几件衣物带着存了十万元的银行卡就飞到西安隐居起来,紧接着跟哥哥、姐姐闹翻,断绝联系。

西安是我最陌生的城市却有我最喜爱的面食和文化环境,我想好了,趁着怀孕的日子把西安这个十三朝古都琢磨个透,让我肚子里的孩子从小就受灿烂的中国古代文明的熏陶。我除了喜欢大学时学的影视人类学,最想研究的就是那关中平原上一座座高高矮矮大大小小的封土堆里的秘密,高考填写志愿时,我把招生通讯翻了个遍也没看见一个与考古有关的专业。

喜欢考古专业与我中学时迷恋英国作家阿加莎·克里斯蒂的悬疑探案小说有关。阿加莎的人生经历太奇特了,她跟着做外交官的第一任丈夫克里斯蒂先生周游世界，乘坐东方快车到了埃及、希腊这些神秘的东方文明古国，在丈夫背弃她与她离婚后，阿加莎又爱上并嫁给了一个在这些国家有很多考古发现的著名学者，考古学家夫人的经历让她的人生更加丰富、神秘，因此她写下了大量的以那些国家为背景的系列探案故事。

在骨子里我与一般的女孩子太不同了，决定做的事我是不会打退堂鼓的，这种犟脾气得自我那军人出身的老父亲。在西安的日子，我去武则天的乾陵膜拜、去法门寺看珍宝、去秦俑坑看古代军队布阵的恢宏气势、去历史博物馆泡，虽然挺着大肚子却并不忌讳那些阴气十足的地方，我每天都上古城墙去走走，心情很放松、很愉快。

我猜测，王旭东现在回想起他与我之间发生的这一切时，他是直后悔得想像陶渊明一样找个地方遁世去的。当时王旭东犹豫不决的态度是今天这杯想喝不想喝都得喝的苦酒酵母，他知道我怀了他的孩子后，就做着一个美梦，儿女双全，传宗接代。王旭东自信有很好的平衡能力，不就一正室一外室？在王旭东的意识里，古人的"齐家治国平天下"里的"齐家"就是里里外外都处理得好关系，后院不起火，就是花好月圆的大好局面。

7

直到把孩子生了，我才给好朋友孙丽发了一封电子邮件，此前只是偶尔给她发个问候短信，自称在深圳、在上海、在北京等地。我在邮件里详述了我的情感生活现状，自认为很幸福。

除了王旭东和我，以及我的家人外，孙丽可能是知道我真实情况的少数两三个外人之一。我不必强调，孙丽也知道给我守死这个秘密，因为她知道王旭东是个吃公家饭的，头上还有一顶分量很重的官帽子。孙丽给我回了信，三个惊叹号后，只有一个问题：他决定娶你吗？我回信：那是迟早的事，我不急，这种事不能逼男人，逼急了，他跳墙啊！我很自信。最后还添了一句：我相信自己的判断。

孙丽从朋友的角度祝福我心想事成。

从怀孕到生产，我一直窝在西安，王旭东找了两次出差机会去西安探望过我。

我自理能力很强，怀孕七个月时才请了一个四十多岁的乡下妇女做保姆，我称那个保姆为阿姨，我对朴实的保姆说我的丈夫出国了。

王旭东给我的卡里打过五万块钱。我非常知足。月子里王旭东去看我时，一直抱着儿子舍不得放下，我瞅着王旭东看儿子的眼神很欣慰。放弃很好的工作，割断亲情，为了这个我爱的男人冒这么一次险，我觉得值了。

梓梓半岁时，我抱着孩子回来了。我已经完全恢复了身材，我又跟从前的朋友们联系上了，疑惑的朋友们都不知道消失一年多后，我已经是一个孩子的妈。面对穷追不舍打探的人，我只说为了一份异国他乡的爱情也为了从工作压力中解脱，我跟一个加拿大籍的华人结了婚,还生了一个孩子。说着还拿出梓梓的照片来给人家看,人家就说要瞧瞧我老公长个啥样子,我就说:你们看我儿子,像我吗?人家说不像,我说,我儿子就我老公那样。大家就仔细拿着梓梓的照片看,然后一致认为我的加拿大籍老公应该属于帅哥级别。人家问那你怎么不在加拿大待下去?很多人还抱着钱揣着技术移民加拿大呢!我说那个人爱国,他还想回来建设祖国呢,他的事业在哈尔滨。我说哈尔滨的生活没法和我们南方比啊,我带着儿子实在是待不下去,只好回美丽的春城来。两地分居总不是个事儿啊,有人好心地为我担忧着。我一笑:我喜欢水到渠成也喜欢顺势而为,顺其自然吧。

没有人不信我的说法,在朋友们的印象中我从来都是来去一阵风式的神秘女人,不好琢磨的。朋友们习惯我的处世方式了。

8

植物螺旋只是自然界中螺旋现象的一部分。对于爬藤植物来说,亿万年的进化使它们呈螺旋形生长:它们在抓住其他附着物的同时尽可能使自己多接触阳光。许多植物属于另一些更为复杂的螺旋结构,它们奇特的螺旋规则在数学上极为精确。研究向日葵种子螺旋形排列的植物学家发现,向日葵的种子若有21个顺时针,就对应有34个逆时针，若有34个顺时针就对应有55个逆时针。有趣的是，这些数字属于一个特定的数列——著名的斐波那契数列，即0、1、1、2、3、5、8、13、21、34……每个数都是前面两数之和。向日葵这种植物的种子懂得斐波那契数列吗？科学家为此苦苦思索了几个世纪。一九九二年，两位法国数学家证明，斐波那契数列保证了向日葵花盘顶端的种子数最多。它们只是按照自然的规律才进化成这样。这似乎是植物排列种子的"优化方式"，它能使所有种子具有差不多大小却又疏密得当，不至于在圆心处挤了太多的种子而在圆周处却又稀稀拉拉。科学家把植物的螺旋状缠绕茎称为"生命的曲线"，藤蔓类植物总是要借助其他生物体，来保证自己的生存。为了找到依靠，有的植物，要不停地变换生存空间，以便在树林里、在激烈的阳光争夺战中保留一席之地。著名的菟丝子以寄生的姿态，攀附于邻近的植物，以便从那里获取营养。相对于宿主来说，菟丝子是一位极不受欢迎的入侵者。

我带着半岁的孩子回来前，王旭东在城东北买了一套装修很好，前主人只住过半年的二手房。我很满意那房子，住了进去。

后来二姐来了，闲不住的我便四处找工作，原来的工作单位听说我回来，希望我能回去，因为要找一个热爱人文地理肯下乡出差的熟练编导太不容易了。我离开后，那个栏目换了几拨人都难以为继,但是台里的领导说给我的工作待遇只能按招聘员工的算,我不干,我说好马不吃回头草,我另起炉灶成立自己的工作室,苦死苦活是我自己的事,我不想让别人对我说三道四,更不愿意成为"打折"品。

我成立了自己的文化工作室。王旭东给了我五万块钱,又以我的名义花三十万元买了那套二手房给我,这一切要背着他那精明小气的老婆,王旭东太不容易了。向阳花的种子呈斐波那契数列螺旋状的排序是亿万年的遗传积淀,一种不会动脑筋的植物都可以凭着自然的筛选以最优化的方式完成自己的一生,何况是人。我一直没有逼王旭东离婚,我认为他也是在寻找着契机。而作为一个并不想依附男人的女人,我得做事,我不是寄生的菟丝子。

我把孩子交给二姐,又开始跑到县上去找项目了。然而,辛苦地做了两个项目下来,我便明白我把事情想得太简单了。以前我是电视台的正式编导,这么个大平台我一撒手抛开后,做起事来就难了。器材在哪里?可以租借,租借成本增加了;人员呢,还得偷偷叫上原来那些哥们儿,但现在是干私活了,他一个摄像师不可能长时间地只听你调动啊;编片子呢,可以租借电视台的非线性编辑系统,又是一笔租借成本挂账;出差费用自己抬着,交通住宿费用自己担着,为拿项目请人喝酒吃饭的费用没人再给你报销了……

我艰难得哭了两场,都是在与王旭东秘密约会时哭的。我让王旭东用自己的权力帮我疏通一下关系。王旭东不吭气。

王旭东有些异样地看着哭泣的我说：你莫再想着出去做事了，养你和梓梓的钱我还是有的。两千块钱你看够不够？

我一下子就止住了哭，我的眼睛都哭得泡肿了，我说：我知道你的情况，但两千块钱怎么够？梓梓要受好的教育，我得穿好质地的衣服、用好的化妆品，我得为你保养好我自己，我得做事！做事！我不想被谁养着，成为攀附着你的寄生虫，我怎么说也是研究生毕业，我会做事，能做事，做漂亮的事！我不是吸男人血的二奶，为你生孩子是因为我们相爱，我不会苟且得为了一个男人丧失掉自我，我自立自强自信自尊，我不允许别人把我看扁了！

也许吧，王旭东就是从那时起开始躲我的。朋友孙丽对我分析说：这完全可以理解，一个男人看着哭泣的情人那扭曲得很难看的脸，他的心只会一个劲地往下掉，因为他闻到了一丝丝不好的气味，像是一场极具破坏力的飓风来临之前那飞沙走石的土腥味。王旭东在你陶锦佳的身上、在你们的私生子身上花了不下数十万元的费用了，而那些钱不可能是他的工资收入可以挤出来的啊……

9

二姐再也不能容忍她弟弟和我之间的恶战，所谓的恶战就是每次我都在电话里与她弟弟吵架，吵得很凶。王旭东把电话挂掉，我就又是手机又是座机的一个劲地拨电话。电话接通，我会试着用缓和的口气跟他说话,但是不出两分钟,就又是一场粗皮辣胯①的臭骂。他已经半年不来看梓梓了,二姐拿着我给她买的小灵通打他的电话,打一百次他九十九次都不接,因为他认为那是我打的。有一次我出差时,二姐终于挂通了他办公室的电话,他的手机号换了两次了。二姐求他无论如何来看看自己的儿子,他竟然冷冰冰地说:二姐,陶锦佳拿什么收买了你,你胳膊肘往外拐,我跟她断绝关系了,她是一个可怕的女人,我现在是躲她不及。我为了避开她,手机号换了几次,但因为我是上级领导的下属,是下属的领导,我不能这样无休止地换下去。我的工作事务非常繁忙,她天天打电话骚扰我,我的工作已大大受她影响,她是把我往大崖子底下推啊!二姐,你克服克服,带好梓梓,我对你感恩不尽。

二姐生她弟弟的气,忍不住就把王旭东电话里说的话一并告诉给了我,也是难为了二姐。当然后来我认为二姐始终是王家的人,她还是护着她弟弟的,她之所以给我说这些话,也是想唱一出隔壁戏,提醒我该注意些什么细节。

时间处长了,我发现王旭东的二姐吃苦耐劳,忍辱负重,是中国广大农村妇女里面最明白事理的善良女人,我陶锦佳始终是感激她在我最困难的时候来给我带孩子的。

那天,我出差回来,二姐没事人一样,像要出去买菜似的,把梓梓抱到我的大床上,我那时还赖在床上睡懒觉。

---

① 粗皮辣胯,昆明方言,指粗俗。

我不知道二姐悄悄拎上她的两个包出了门,直奔长途客运站买了一张回老家的车票。

车开动后,二姐打了个电话给我:小陶,你和我弟弟之间的事我管不了了,对梓梓我是万分舍不得的,但是我也真的不能再夹在你和我弟弟之间受你们的气了。我曾想着把梓梓带回老家,但是梓梓两岁半了,越长越像他爸爸,父子两个一个模子脱的,明眼人一眼就看得出来,我是一个农村人,我晓得我不能伤害我弟弟的前程,我也不想伤你的心,因为你待我太好了,可是我真的没法子再这样待下去了……

我一骨碌从床上翻爬起来,去到二姐住的房间里。二姐的衣物都收走了,床头柜上有两千块钱,钱下面,二姐留了一张语句不通的字条:小桃("陶"写不来,"桃"也写不来,二姐画了一个"桃子"),两千元你朋(用)。

钱是我给二姐的工资,她攒下来的,不告而别,二姐觉得实在对不起我们母子俩。

我发了十来分钟的呆,脑子里很乱,也理不出个头绪来。

我走到阳台那边看着窗外的远山,嘴巴里便哼唱起黄梅戏《夫妻双双把家还》的片段:树上的鸟儿成双对,绿水青山带笑颜。你耕田来我织布,我挑水来你浇园……夫妻恩爱苦也甜,你我好比鸳鸯鸟,比翼双飞在人间呢……

反反复复地唱,词不大记得清,唱得颠三倒四的,后来就只是哼那曲子了。曲哼得倒顺溜,但我内心有一种紧绷绷的隐痛,老想咳痰,却咳不清爽。

哼着小曲洗了脸，刷过牙，从衣柜里挑出一套运动衣穿上，背上一个双肩包，我站到了穿衣镜前，扭着身子前后照了照，抱起梓梓便出了门，嘴里哼着的曲子戛然而止。

我胸腔里涌着惊涛骇浪，眼眶里却只是大浪潮头袭来之前的一抹湿气，没有凝成泪水流出来，我知道我脸上的表情是越来越坚定的一种凛然不可侵犯。我没动自己的车，而是随手招了的士直奔城中心的肯德基店。

我点了一大堆东西。我想起了冯小刚电影《天下无贼》里的最后一个镜头，怀孕的王丽（刘若英饰）在情人王薄（刘德华饰）死后，挺着大肚子，在餐厅里狼吞虎咽地吃烤鸭，满脸的泪水止也止不住……

吃下两个鸡腿汉堡，风卷残云般地消耗干净两包麻辣鸡块，喝下了一大杯可乐，我感觉浑身是劲。

两岁半的梓梓吃了一客冰激凌后跟着服务生到儿童活动区玩去了。我远远地看着梓梓开心的样子又发了会儿呆，然后从背包里拿出化妆包来开始描眉画眼，画得慢条斯理，很有仪式感，也不管旁边有等空位的一对小情人不耐烦的暗示。弄完，我看见化妆镜里的面容从先前的灰暗松弛变得局部生动和轻盈起来。我看了一眼手机，时间是中午一点差十分。

我忽地站起身来，背上包走到儿童玩耍区，拉上梓梓就往店外走。梓梓往后面挣我的手，不愿意走。服务生就跟我说：姐姐，让他再玩一会儿，他玩得正高兴呢。我脸无表情地说声"谢谢！"扯起梓梓搡了一下，往外拖，梓梓便哇地哭起来。我转过身,在梓梓屁股上狠狠地打了两巴掌,我知道旁边的顾客纷纷侧目。我听见那个先前带梓梓玩的服务生,很小声地骂了一句:神经病!

10

　　极具破坏力的飓风也是一种典型的螺旋,飓风可以蔓延数百公里,再加上近百公里的时速,其毁灭力相当于十万颗原子弹。这可怕的力量一部分来自太阳的热能,后者加剧了热带地区的蒸发作用,使大量热能进入大气层。飓风就是携带着乌云、狂风和暴雨的浓密螺旋。

　　我打了的士,让司机开到一所高门大院的门口。那里是王旭东住的机关大院宿舍区。

　　有一次,我与王旭东两人约会时开车经过那儿,王旭东随口告诉过我,他住这院里。

　　我抬腕看了一眼手表,时间是下午一点十四分。我抱着梓梓和颜悦色地问门卫:师傅,请问王旭东家住哪里?门卫愣怔间,一位院子里的老者热心、详细地指点了一番,给我说了幢号、单元,楼层门牌号老人不太记得清了。老人好奇地插话打听我是他家什么人,我随口说:我是他老家来的亲戚。

　　谢了老人家,我朝着人家指点的地方走去。

　　机关大院里的道路宽展,安静,是午休时间。

抱着梓梓不好打伞,头顶上是灼热的午后阳光,惨白的光线饿得我有点晕,正是秋老虎咬人的时节。路两边是高大的开得正盛的黄槐,花树下是浅浅一层凋落的黄色花瓣……我的脑子里晃过"昨日黄花""明日黄花"这样的词组,黄花前面是"昨日"还是"明日"呢?我脑子木木的,接着又想起一句"人比黄花瘦",这么想着,我抱着梓梓走到了宿舍区第12幢2单元的防盗门口,正好有一个老太太出门丢垃圾,问了这个老太太,我抱着梓梓爬到了4楼401室门口。

嗯嗯地清了两下嗓子,几乎没犹豫,我举手就按门铃。

开门的是王旭东的老婆。她可能是正在厨房洗碗,手里还拿着块洗碗布,她疑惑地看着门口抱着一个小孩的我,问:你找哪家?

我在脸上皱出一丝笑来:哦!我找王旭东,我是他老家来的亲戚!

李惠诧异地问:你找他?有事吗?——现在是午休时间,请你上班时间到办公室找他。

我脸上挂起一丝笑:你是他太太吧?不好意思,打搅了,我找他有点私事。

李惠的脸上已是一种不悦:公事私事,都请在上班时间找他。

这时,听见动静的王旭东从里面走了出来。

看见我和梓梓,王旭东完全傻了!

爸爸!爸爸!

梓梓高兴地挣脱我的怀抱张着手奔向王旭东。

我笑眯眯地看着莫名其妙反应不过来的李惠说：不好意思，我是平底鞋，就不换拖鞋了！

我径自走进王旭东家的客厅。

李惠愣怔了几秒钟后，扯着嗓子嘶声吼道：王旭东！讲清楚——怎么回事？！

王旭东腮帮骨咬得脆响，脸红筋胀地压低声音说：李惠！关上门！

李惠看看我这个脸上始终浮着笑意的陌生女人，看看正闭着眼只晓得摇头叹息的丈夫，反应很快地转身砸上门，然后完成了一个连续性的动作，一坨洗碗布朝我这边飞来！

洗碗布还湿答答的，甩到了我的肩膀上，我一把扯过来随手朝李惠那边甩。

李惠像一只被激怒的孔雀，刺着毛冲将上来就撕扯住我：哪里来的烂货？私闯民宅还打人？！

我和李惠扭打成一团，梓梓吓得抱住爸爸的腿哭起来。身材瘦小的李惠与我这个身形高大的北方人打架显然不占便宜，但她死死地揪着我的头发狠命地挣……王旭东撇开梓梓冲上来拉架。

王旭东抓住他老婆李惠的双手，扑通给她跪下。

王旭东压低声音哀求：别打了！李惠，听我说，现在是午休时间！为了我，为了你们，停，停下来，好不好？李惠，你莫激动！

哀求了老婆，王旭东转过身来对着我：请你息怒，我做的事我负责到底！

我退到沙发上坐下，抱着手，咻咻地喘着气。儿子惊恐地跑到我旁边，紧紧地抓着我的手。

我捋了一下散乱的头发，斜乜着面前的一切，像是看戏一般，嘴角又浮起一丝笑意。

王旭东的脸痛苦得欲哭又哭不出来的样子，左脸的面部神经不由自主地抽搐……

我看见他老婆的泪哗地淌出来，但没哭出声。

王旭东家刮起了一场破坏力极强的飓风。

李惠眼里的仇恨，射线一样打在我的脸上，我用我的眼睛迎接那两束尖锐的射线，并不示弱。

僵持了一分钟，我和她出奇地安静下来。

梓梓看看好像没事了，便坐在沙发上玩起了锻炼手部关节灵活性的两个玉球……

11

我们所熟知的遗传物质 DNA 是双螺旋结构，它包含着人体的遗传信息。在受精卵中父系与母系的各一条链相结合，就诞生了综合二者信息的新生命。一九五三年詹姆斯·沃森和弗朗西斯·克里克两位年轻的学者，发现了 DNA 的双螺旋结构。有科学家指出，"从本质上来看，螺旋结构是在一个拥挤的空间，例如，一个细胞里，聚成一个非常长的分子的最佳方式，在细胞的稠密环境中，这不仅让信息能够紧密地结合其中，而且能够形成一个表面，允许其他微粒在一定的间隔处与它相结合。例如，DNA由于受到细胞内的空间局限而采用双螺旋结构，就像是由于公寓空间局限而采用螺旋梯子的设计一样"。这样的结构符合能耗最小原理。

王旭东发现，他设想的游刃有余地周旋在李惠和我之间的生活彻底乱套了，像双螺旋盘绕着他的两个女人——老婆和情人并不想成就螺旋结构的美德，在有限的空间里遵循墨守一种秩序。

我跟李惠打了一盘恶架后，左手上留下了两道抓痕，一小撮长发被扯掉，这于头发浓密的我来说无伤大雅。李惠的嘴角却红肿起一大块。

看着王旭东跪在老婆面前讨饶的样子，我觉得目的达到，可以收场了。我丢下梓梓，背起包冲出了王旭东家。

王旭东惨然地抱起梓梓追到门口，我转身斜睨着王旭东丢给他一个轻蔑的笑：对不起！二姐今早不辞而别，而我马上要出差，孩子么，你这个当爹的操下心吧。

梓梓伸着手攥妈妈。王旭东抱着梓梓站住，他不敢再声张，正是下午上班时间，楼道里此起彼伏地响起关门下楼的声音。他得忍下。他家今天午休时间动静已经够大了。

我跨出王旭东家门槛的那一瞬间，楼上下来一个中年男人。我身后的门即将被很大的力量拉过来砸响的一刹那，我又迅速地完成了朝后挡一下的动作。门关上的声音是正常的，并没有泄露一丝粗暴的情绪。让过那楼上下来的人，我并没听见身后的门里面有任何动静，那是一种异常冰冷的沉默。

出了楼道门，我撑起伞戴上墨镜。走出机关大院抬手招了的士，坐上车，我的泪终于从眼眶里滚落。我掏出手机给王旭东发了一条短信：王旭东，事情是你先做绝的，孩子的抚养费一百万，打到我账上，我们两清。我承认儿子永远是你的儿子。不然我会借助法律手段，等着。

陶锦佳拂袖而去，门锁上的哐啷一响并没有让闭眼等着的王旭东感觉有震天动地之撼，而他整个人却几乎崩溃了，顿了一下，王旭东放下儿子，走到老婆面前。

李惠的泪水还在淌，她两手夹在腿间，低着个头，异常安静地悲痛着。她的这种情形让王旭东万分害怕，李惠是一个直肠子的人，对王旭东的家人不管不顾，但对这个小家是倾尽心血的。这些年她除了上班就是相夫教女，王旭东的事业发展顺利，她的所作所为是一个有力支撑。这些王旭东心里是有谱的，所以陶锦佳希望他离婚，他却找不到理由弃李惠和王丹而去，而他的事业、他的职位似乎也不容他在个人问题上授人把柄。

陶锦佳怀了他的孩子，辞了职躲到西安去，他无奈间，却也认了陶锦佳做事的干脆、决绝和一往情深。他当年和陶锦佳坠入情网，是因为她给了他婚姻之外的一个大世界，给了他作为一个男人的活力包括一些时尚的观念，这些是按部就班的李惠以及他个人的生活环境、工作环境都不能给他的。陶锦佳给他生了个传宗接代的儿子，这让他很欣慰。梓梓是一个健康的孩子，这桩人生的大事情，是他最想让天下人知道而又最不能说出的隐私。

王旭东对梓梓在情感上是有偏爱的。他工资以外的收入一大部分都用在了梓梓身上，只是王旭东算是个清官，工资以外的钱不外乎是些开会的误餐费、评审费、出差补贴，加起来并不多。王旭东家有一个收藏室，堆满了各种土特产品和工艺品，如各种年份的普洱茶饼，如糖、烟、酒、山珍干货、珍贵药材，如紫砂茶壶、烟灰缸，单是烟灰缸就有水晶的、景泰蓝的、青花瓷的、树化石的。可是那些东西不能变成现金，王旭东内心里常常懊恼不已。而要与情人维持好的和谐的情爱关系，是需要有经济基础的。对于陶锦佳，王旭东感觉她并不是转算钱财、拿他的地位和权力打主意的女人，她知道王旭东家的境况，跟着他去过老家后陶锦佳便有了一个心愿，想挣一笔钱给王旭东的父母翻修一下那底子很好的老宅。

陶锦佳辞职后，一直在坐吃老本，那些钱是她卖了自己原来在电视台的房子和从前做电视专题节目积攒下来的。她现在住着的房子是王旭东买的二手房，是一个托王旭东办事的朋友半送半卖的，王旭东帮那个朋友拿到了一个小水利工程项目。那房子市值约二十万元，人家要送给王旭东，王旭东胆小，自己出了五万元钱，算是买的。因为那个朋友的房子是福利房，当年出的钱正是五万元，这样，王旭东心里踏实，当然老婆李惠不可能知道这一切，那五万块钱也是王旭东悄悄存下的私房钱，想着给父母翻修房子用的。情人陶锦佳希望给他的父母十万元钱修整房子这个愿望曾深深地感动了王旭东，所以陶锦佳带着半岁大的孩子回昆明来，他是毫不犹豫地就拿出钱买下了那套二手房，房子过户时落的是陶锦佳的名。只是他对陶锦佳说，那房子是他花了近三十万元钱买的。

12

王旭东打了电话给办公室，他说老婆急性肠胃炎，他陪她在医院就诊。然后他便把手机关了，也没理会陶锦佳刚刚发来的短信。他随手拿起沙发上的痒痒挠递给梓梓当玩具，然后开了电视，从碟片堆里翻找出《猫和老鼠》，塞进DVD机，按播放键，声音开大，总算是把梓梓打发了。

接下来王旭东拿出最沉痛的表情，主动把他与那个女人之间的一切按时间顺序，串成一个干巴巴的意外事件一五一十地交代完，等着李惠发落。

李惠在王旭东讲述的时候什么也没说，因为太突然、太失望、太悲伤，王旭东的两片嘴皮子发出的声音她都没听进去多少，没听得太清楚，她只知道结果：自己的丈夫和另一个女人生了一个孩子——那个在沙发上像一个肥胖的蛆虫蠕来蠕去的臭小子!

王旭东时不时大着胆子瞅一下闭眼流泪的老婆。李惠一直不说话,他怕得脊梁骨簌簌地凉,他准备好了等着她狠扇他耳光,可是她什么都没做。中间只见她睁开眼恨恨地瞅了梓梓两眼。

王旭东忽然想起得给李惠请个假。打开手机,王旭东像收音机调频道似的把声音变得和蔼可亲,他给李惠的领导打电话:马主任,李惠突然肠胃不舒服,又吐又拉的,上不了班,请个假啊!

王旭东那边打着哈哈刚给老婆请完假,李惠突然神经质地意识到什么,她大声地吼道:王旭东!王丹马上就放学了!突然冒出一个野娃娃来,长得这么像你,王丹会怎么想?

天哪!幸好王丹方才不在家啊。王旭东抬手看了一下表,竟然四点半了。王旭东的额头上冒出一层细汗来。他张皇失措地拨了二姐的小灵通,当然是什么都联系不上,他立即打电话到二姐家,二姐家的电话是陶锦佳出钱装的。

二姐夫兴顺接的电话,他说:你姐刚进家门。王旭东让二姐听电话,二姐不接,她对拿着话筒的兴顺说:让我弟待会打来,我洗把脸喝口水嘛。

王旭东依稀听见二姐的话,便在电话里对着二姐夫兴顺咆哮:让她来接,马上!

二姐害怕地接过电话,只听弟弟说:二姐,小陶把孩子丢在我家就跑了,李惠知道这事了!二姐!你怎么什么都不商量就回去啊？二姐，我请求你现在就赶快买张车票，赶上来！天都要塌下来了，你一定要帮我这个忙啊！二姐，你的大恩大德我永远都不会忘记。请你快点，快点上来啊，我的事处在最关键的时期，这个时候不能出乱子啊，求你了！二姐夫那里我过后跟他说清楚。你什么都不要说，现在就快回来，求你了，我的好二姐！

二姐听着眼泪就掉下来，二姐夫不明就里，但不敢吱声。

二姐对兴顺说：你送我到车站，我得赶快回去，我没有跟我弟商量，那边出事了。

二姐夫是个老实巴交的农民，听说小舅子那边出事了，也不敢多问，拎起还没打开的包就说：走吧！

妻弟是王家的主心骨也是王家的荣耀，家里大大小小的事得他多少照顾和实惠啊。到王家来上门兴顺从来都没觉得委屈，在外面读大学的儿子王绍龙不随他的姓，他也不觉得亏。舅子对他好得很，哪次回老家来都记着给他两条烟拎两瓶好酒。穿不完的衣服鞋子新崭崭的，也老是一包一包地带回家来，都不用再花一分钱。舅子每次回来都说：二哥，你就是我的亲哥，我不在家，你辛苦了，你是替我给父母尽孝啊。

舅子有事，怎么都得帮他呀。二姐没有跟丈夫说什么，抹了泪就又往县城长途汽车站赶。

13

王旭东终于看见了陶锦佳的短信,他立即就删了。陶锦佳做事一向决绝。

困兽一般,王旭东拿手机敲着自己的头,一会儿看表,一会儿看伤心的李惠,在屋里踱着步,手足失措。

梓梓不知什么时候在沙发上睡着了。

李惠瞅着那个睡着的孩子,忽然抓了纸巾盒里的两张纸,动作很大地抹干泪擤了鼻涕,果断地拿起座机电话。

李惠拨通了妹妹李思的电话:李思!叫上陈文,开车到我家楼下,半个小时内必须赶到!家里出事了!——什么都不要问,什么都不要说,来了就知道。快点!

李思听到姐姐带哭腔的声音立即挂了老公陈文的电话。陈文吓着了,迅速开车接上老婆,直奔姨姐家。

路上,陈文担心地问:什么事啊?难道是你姐夫犯事被双规了?不会吧!你姐夫不像贪财的官啊。

李思心咚咚地乱跳,她也万分诧异,听姐姐电话里那种声音可真是大难临头了。姐夫要是出事的话,姐姐的好日子就没有了,姐姐的好日子没了,李家的日子就不好过了。老公陈文三年前从一所中学调到市教委,是姐夫一手帮忙弄的,教委的工作是肥差啊,在中学当老师苦死累死拿不了几个钱,教委就不同了。陈文两年内就混了个科长当着,欧洲十国游都逛回来了,教委工作人员的孩子从小学到初中到高中,读好学校是任选的,一分钱赞助费都不用交,陈文现在是正儿八经的国家公务员,听说年底还要涨工资呢……

从接电话到站在姐姐家门口,前后不到二十分钟。李思、陈文两口子心慌慌地按开李惠家的门。

李惠指着沙发上的梓梓对妹妹两口子说:来了就好。请你们快点把这个臭娃娃带走。这个娃娃叫你姐夫"爸爸",他的妈刚刚把他扔在这里跑了。王旭东已经交代了跟他妈之间的事。李思、陈文,这种烂事不能让王丹知道,她明年就高考了,不能分她半点心。她马上就放学回家了,先把这孩子带走,快点!不能让丹丹碰上了!

王旭东听见门铃声就遁进了卧室,他没脸见小姨妹两口子。听着客厅里李惠那般处理事情,他既羞愧又佩服李惠的处事冷静。他一点都没考虑到王丹回来碰上这等事情会如何反应,太可怕了。丹丹是个敏感的孩子,平时两口子吵架,嗓门大点,她都会心事重重。丹丹初中时处得最好的同学林晓玲在爸爸跟妈妈离婚后,期末考一下子掉到全班倒数几位,她妈妈不但不安慰还打了她,受不了妈妈成天的怨气,后来林晓玲竟然用一条丝巾把自己吊死在卫生间里。丹丹在高考前这半年多的时间里不能受任何刺激啊。幸好,陶锦佳不是在丹丹回家时来闹事的,不然给王丹多大的打击啊。二姐回来后,他会重新给二姐租个房帮忙带孩子的,事情到了这地步,他找不着地缝钻,但是得一点一点地把这事处理干净,此刻他真的无脸见李思和陈文,平时他们对他这个姐夫都是毕恭毕敬的。

陈文压低声音说:姐,你现在切忌跟姐夫吵。发生这种事你心里不好过,我们都知道,你放心,交给我和李思来处理。这种事千万不能走漏了风声,我姐夫一定后悔得很,你要冷静处理……

李思扭了陈文身上的肉一把:快点,少啰唆,别让丹丹碰上!

梓梓还没醒。李思去抱他时,他哼唧两声依着李思的怀抱睡得更香了。

一切进行得很顺利,李思两口子出门时,李惠扯了一块铺沙发的毛巾盖住梓梓的脸,那个臭娃娃长得跟王旭东一个脸模子。

陈文开车出了机关大院后,长喘一口气:嗯,把我吓惨了!还好!不是双规这等事!我一直以为他……唉,姐夫脑子注水了,玩女人玩出这种水平!竟然搞出个私生子来!

李思丧着脸,狠命地掐了陈文的大腿一把,嘴里挤出一句:哼!王旭东,这个憨杂种!孩子都两三岁了……我姐是天下第一笨蛋,她就什么都没察觉?

14

我把梓梓丢在王旭东家后,感觉如释重负,我想借着这次出差的机会可以想清楚一些事。王旭东这一年来显然已没有再把我当情人来对待了,而且还越来越回避我,我在他心中越来越没位置,虽然他是爱孩子的,但我们的关系也越来越疏远。他明白,梓梓是他的儿子这事是铁定的,他虽然不能亲近他,等他长大了,他认这个儿子,儿子认他这个爹都是最自然不过的事。他一直给着儿子抚养费,还算一个有责任的男人,但是他对我的无情让我的心寒到了沟底。严格说来我没有明火执仗地逼过王旭东硬要离开他老婆,我可以没有身份,但是我希望依然拥有他的爱,而他却力不从心,我看透了他,王旭东骨子里更加看重的是他的仕途前程。吵闹过无数次了,没意思。我决定断了攀附在这个男人身上的情感之丝,那瓜葛着、纠缠着的情爱已经无依无靠,已经纤细脆弱。我现在只希望获得抚育孩子的良好保障,短信里我要王旭东拿一百万,那是我故意的,打折吧,他能拿出一半,拿出一半的一半就不错了。在这个时代,在这个一切都可以用钱搞定、用钱平衡、用钱置换的世界,情感也是可以讨价还价的。

　　我再也不挑肥拣瘦地只做自己喜欢做的事了。自己当老板,不容易,我不愿意在世人面前、在情人面前示弱,我希望用我的倾情付出换来成就感、换来经济保障的踏实感,因为我不容许自己的生活标准有所下降,如今我得考虑孩子将来的教育,这是越来越重的一笔支出费用。这次出差我要开车去横断山脉深处的一个很偏僻的傈僳族村寨,这一次我没有带摄像、带录音师,因为这一次我并不是去做一个电视专题。我的行动有点诡秘,这次我是悄悄地为国外的一个人类基因实验室做一件隐秘的事——采集某个人类族群的纯净的血液样本,以供那个基因实验室做人类基因组的研究，做 DNA 片段的比较研究。

在全世界的科学家都按"人类基因组计划"加紧解密人类基因图谱时，人类学家、遗传学家、民族学家几乎开始共同关心一个课题：建立目前仍存在的民族、分支与隔离群的人类永生基因库。全世界基因研究专家都知道中国云南省少数民族众多，特殊的地理环境又使各民族之间长期隔离，形成了云南少数民族遗传结构的多样性和民族背景的单一性。因此，云南成了中国乃至世界人类遗传资源最丰富的地区之一，各国的生命科学家们都觊觎云南少数民族地区的人类基因样本。科学家拿到更多的基因样本，就可以破译双螺旋结构的 DNA 所包含的人类全部遗传信息，揭开生命与疾病之谜，使人类第一次在分子水平上全面地认识自我。现在人们去医院看病所有的医生都开同样的药，将来如果到医院去看病，医生就可根据个人的基因图谱来对症下药。

急需纯净的人类 DNA 基因片段——学影视人类学的我能理解这种生命科学的前沿竞争态势。我知道私自采集人类的血液样本是违法的，我查过相关资料，国家二十世纪末就出台了《人类遗传资源管理暂行办法》，其中就有如下明文规定：单位和个人违反本办法的规定，未经批准，私自携带、邮寄、运输人类遗传资源材料出口、出境的，由海关没收其携带、邮寄、运输的人类遗传资源材料，视情节轻重，给予行政处罚直至移送司法机关处理；未经批准擅自向外方机构或者个人提供人类遗传资源材料的，没收所提供的人类遗传资源材料并处以罚款；情节严重的，给予行政处罚直至追究法律责任。但为了可观的经济利益我顾不得了，我知道这是破罐子破摔，但我想狠赚一票，然后走人，出国。

很多年前，一个日本人在云南西部的高黎贡山旅游时偷偷藏了一些植物的种子在自己的皮带里，被中国海关扣下，成为一个外交事件。我帮人家干的事说白了也是一种资源出卖，我自己说服了自己，我想，外国人花钱研究这些人类的基因样本，最后也是要造福人类的。我整理了一个样本采集计划出来，这些年拍电视专题片跑出来的人脉资源将很容易地让我赚上一大笔。

打着"造福全人类"的幌子，我往那些偏僻村寨去。

15

在王丹面前，李惠和王旭东是没有任何异样的。李惠在第二天继续请病假，高效率地在城西北郊区找了一家中介租了一小套房子。二姐一上来就带着梓梓离开李思家住过去了。

李惠痛定思痛，给了王旭东一个最后通牒：那个女人是又毒又狠的，她竟然可以不要自己的孩子。王旭东，我认了，但记住——你再也不能跟那个女人来往。孩子那儿你莫去，一切我出面。那个女人你用钱去了断。你不能出事,你出事,我们就完了。我这两天彻头彻尾想清楚了,她不是一个不明事理的人,你最好让她远离这座城市。

王旭东向李惠保证,他把事情想透了,想明白了。

王旭东在我出差期间,给我发了一条短信,现在来看应该是他给我发的最后一条短信:情有迁异,缘有尽时,而相知则可如新,爱惜之心不改,人世无成无毁,无了无不了。——胡兰成谈他与张爱玲情感关系时言。我无时间和空间与你继续谈情说爱……

我当时出差途经大理,寄宿古城,正在一老客栈酒吧里枯坐,我回了他一条信息,还是禁不住地有些缠绵之语:蝶来风有致,人去月无聊。我现在是无聊的"月",按我的修养我应该可以理解你的行为。我发现人是不得不在名利上行走的,但却时时梦想着浪漫诗意,我现在是把心留在荒村听雨……

他没有回信,显然他并不愿意与我没完没了,我在大理古城像一只美丽的孔雀又开了一次屏。

回来后,主动约了王旭东。王旭东答应见面,地点选在邦克大酒店的酒吧间。

赚了一笔,我心情不错,打扮得花枝招展,踩着约会时间到达酒店。

万万没想到的是,在一个落地窗边的座位上等着我的竟然是打过一次交道的李惠!

李惠优雅地半欠着身子招呼我过去。

来的不是王旭东，而是他老婆！我的脑子轰地就有点蒙了，但我马上就调整了姿态，骄傲地很跩地走过去，坐下来。

所有的人都不会猜出面对面坐着的两个女人是情敌，几天前刚打了一架。我们的姿态就是司空见惯的寻个好地方谈心的闺中密友。

盯着对面这个大我七八岁的女人，我抖擞精神准备迎接挑战。

李惠这天穿着一套冷灰色的小青果领裙装，松松地在脖颈上系了一条玫红的丝巾，颇优雅。我依旧是一身环佩叮当的红红绿绿，艺术气十足。

我不言，等着她亮剑。

盯着我的眼睛，李惠心平气和一字一顿地开腔：小陶，王旭东不方便见你，他让我出面。我要告诉你的是——我不追究你和他之间曾经的一切。孩子你不要，我和王旭东要。王旭东说他对你已没有感情，但他和我认为你不是一个讲不通道理的人。我们商量好了，给你一笔补偿，你离开这座城市。当然，你不离开这座城市也可以，但要看孩子得经过我们同意，你要见孩子时由二姐带他到你住的地方。抚养孩子的事你放心，我已给孩子做了亲子鉴定，结果虽然还没拿到，但我认为他就是王旭东的孩子。谁都看得出来，两个人就一个模子脱的……

李惠说到这里顿了一下，我听出了她在极力地掩饰声音里的一丝哽咽。我还不打算接李惠的话。

李惠接着说：我和女儿王丹离不开他，他也表明不离开我们。我和王旭东二十年的情感不是任何力量可以瓦解的。——你放心，孩子很可爱，我们会尽心尽力。你很年轻很漂亮，你可以重新追求爱情。我认为你对王旭东的感情到现在也只剩下恨和怨气了，就算他与我离婚，你们俩走到一起，恐怕那也不是你想要的生活了……

我仔细地竖耳听着，手里捏着小勺一直在搅拌那杯她要来的拿铁咖啡。此刻，我应该比对面的女人更有内涵更有品位，我不想打断她的话。

像拿铁咖啡的奶泡沫子，李惠的话一个劲地往外冒：小陶，也许你不爱听，但我说的全是大实话。我这些年积攒下了二十万元，是给女儿准备的留学欧洲的费用，王旭东都不知道有这笔钱，我告诉他时，他简直不相信，而且我决定全部给你时，他都哭了，一个劲谢我。他说，留下十万给王丹，他自己想办法再找十万给你，我没同意。你知道，王旭东负责的部门是很清水的，他这个人不贪，我不能让他关键时刻逼急了出大岔子……我已经把二十万元打在你的卡上了。王旭东给的账号，他说每个月他都往那个号上打孩子的抚养费给你……

我的心咚咚咚地加快了跳动的速度，我停止搅拌，把勺轻轻搁在咖啡碟上，表面镇静地抬起咖啡杯，喝了一口。

我看见李惠也抬起咖啡杯，左手抬杯，右手用勺取咖啡往自己的嘴巴里喂，勺碰了杯壁弄出清脆的响。看她那样子，我有点得意，占了上风地在心里不屑起对面的女人来。咖啡怎么喝她好像还不知道哩！我曾经纠正过王旭东喝咖啡用勺舀着喝，还像呷酒一般闭眼陶醉的土气。

李惠放下杯子和勺，继续说：我很干脆，我想你看出来了。我只请求你做一件事，唯一的一件事——不要再纠缠王旭东！你知道他从那个破地方靠着读书一步一步走到今天，真的很不容易，你没必要做出别的什么事来伤害他的前途，他是你孩子的父亲，曾经，你深深地爱过他，他也爱过你。我想人还是要多结善缘……

李惠说话时像个诲人不倦的老师，态度温和端庄。

后来我才想明白，我根本就没有说话的份。其实，王旭东的老婆就是专门来对着我发表郑重声明的。

很突然地，她站起身来提上包，说：抱歉！我得先走。明天王旭东将去中央党校学习，我回去给他再收拾收拾行李。——王旭东真的已不可能回到你身边，你是聪明的女人，莫对他抱幻想了。其实他现在就在外面的停车场里，要不，我们一起走出去，你跟他告别一下？

李惠并不打算听我讲什么，李惠的话发表完了。

我半张着嘴，完全蒙掉了！很可笑的是我好像还站起身来，半欠着身子要送她似的！

我贱啊！

16

一塌糊涂,我在李惠面前输得好惨,我显然没有任何的准备,完全是措手不及。先前还感觉良好的我看着那个拎着包、身子挺得很直的女人的背影发呆。我一直绷着的身子突然像缺水委顿的牵牛花,耷拉下去,闭合了花瓣,我朝后一靠——幸好有五星级酒店柔软的布艺沙发把我抱住。

深陷在沙发的怀抱中,我开始咬牙切齿,我想追上她跟她再狠狠地打一架,但是我竟软得站不起来。

我料不到王旭东不来,我更想不到王旭东的老婆这么厉害,我根本不是她的对手,我只有呆愣愣的份,脑子半天转不过弯来。

我要了一瓶进口的苦杏仁酒,一个人喝。

屈辱的泪在眼眶里开始打转转,我转脸朝落地窗外看——西边的天空挂着即将落山的太阳。那太阳散失了热量在往下落往下落,但却艳红如血,它烧着了我的心。

城市高高矮矮的建筑之间肮脏的灰色空气满满当当、浮浮沉沉。

泪眼茫无目的地往下看,一个拥堵的街头,十字路口车密人挤,看着看着,我眩晕起来,好像那里成了一个螺旋状的旋涡中心,一股强大的力量有如马桶里那种旋涡状的水流,抽紧我的心,一下子就把我吸空掉了。

我身不由己地沉溺其中,世界污秽得像一张用过的手纸。

深深的沮丧进入了我的身心,这种绝望粗暴地瓦解着一切,周围的世界变形瘫软,时间像诡异的西方绘画大师达利画作里的钟表——液体般地流淌,混乱不定;空间从三维的立体全部坍塌成平面的模糊——咖啡杯软了,酒瓶子倒了,桌子变形……

一瓶酒喝光,我迷离起来,付了款。我摇摇晃晃地走向酒店大厅服务台。

我大着舌头问酒店里是否有银联的柜员机,服务员指给我看,我摇晃着走到一排柜员机前,瞧清交行的柜员机,拿出太平洋卡塞了进去。

果然,我的太平洋卡上多了二十万块钱。

我数着那个数字,数了好几遍,终于确定小数点前总共有六位数。

突然地,我不可遏制地哈哈大笑起来,酒店大堂里进进出出的人都看向我。

多年以后,我再回想,就好像在看别人的故事——

酒店大堂值班的女经理跑过去:小姐,需要帮忙吗?

醉了的女人:哈哈,谢谢!我刚刚得知我用四年的时间赚得二十万块钱,哈哈,哈哈……

大堂值班经理扶住比她高半个头大声狂笑着的那个女人时,看见她的一张脸被泪水画花了,脸上的化妆品被冲刷成一股股纵横交错的痕迹,万般不堪。

那个女人醉得不行,她哈哈地笑着软瘫在值班经理瘦小的怀里。跑过来救驾的门童用他高大的肩膀支撑住了摇摇欲坠的女人，一种金属的冰凉触碰了他的手，他瞟向她，那冰凉来自醉酒女人耳朵上长长的有着精致螺旋纹饰的一对银坠子。

17

孙丽几乎成了我情绪垃圾的唯一倾倒箱，现在还充当我的法律顾问。她阻止了我的起诉冲动。孙丽说：锦佳，没有一个人获益，这种事不划算做啊。

孙丽看着我脸两边荡来荡去的螺旋纹饰的耳坠，再次拿螺旋比喻了我和王旭东的关系：螺旋结构意味着一种秩序，在特殊的狭小的空间里它是最为合理的一种。王旭东是弹簧一样的螺旋，最后没有超过弹性限度，他总是要恢复到过去的状态。你陶锦佳是棵螺旋状的藤，依附在一个男人的身上，失去方向时，只好把你纤细的枝努力地伸向别处，你没必要一蹶不振嘛，人生的棋势哪一着都是从断处生啊。王旭东他老婆李惠是个螺旋状的平面的圆盘，很像一个同心圆，她始终围绕着那个自己认定的中心点旋转着。

孙丽像个哲学教授，最后总结说：事物的发展在平面上呈波浪形前行状态，在三维空间里呈螺旋形上升状态，循环往复、周而复始……

18

螺旋状的形态在自然界存在得相当广泛。从分子到生物体器官、动物行为，随处可见。鹦鹉螺的壳体结构，人的精子在行进中尾部的运动方式，人耳窝内的螺旋骨质构造，等等。可以说无处不在的螺旋是生物体构造的基本形式之一，同时也包含了许多内在的合理性和外在的力量。

今天上午，我打了一个电话给孙丽，我咬牙切齿地说：孙丽，你得帮我！我要夺回儿子！我不能没有梓梓！

孙丽在电话那头顿了一下，然后不耐烦地说：陶锦佳，你疯了？！

也许，我是疯了，我不知道我要干什么。我浪迹天涯花费了大半年时间，在东南亚的缅甸、泰国、柬埔寨乱逛，钱花得差不多了，我回到国内。我又恢复了曾试着遗忘的孤独，我想到从我身边消失的儿子。我现在经常站在我那位于二十一层楼的工作室窗口边往下看，那下面的大街上是一个人来车往的十字路口，它模糊着、混浊着，像一个巨大的旋涡……

小彭刚准备出门打个散线,一个穿着灰白两色运动衣裤,夹着一大股生汗味的小伙子斜挎着个书包,一脚跨进门来。他个头好高,直把打灯光抬录音话筒的小彭比矮了半个头。

××

章小秋是我最好的读者,我自己再次读了一遍《她们》上印成铅字的小说《螺旋结构》,像是读别人的作品一样,一旁观的确就发现绕了点。如章小秋所说,干脆利落或许更符合人生的常态。她说得也有道理。但作家之作,不做出点高深高明的样子来不提炼提升拔高生活一下子,似乎没多大意思,不如记流水账得了。我用了一个物理学的概念显然是在隐喻嘛。螺旋结构符合内部能耗的最小原理,但是人对人的纠结缠绕就是外在的恐怖力量。

等稿费来了,好好买一件礼物送章小秋,再请她到滇池春天温泉馆去做SPA。

这天,我开心地从邮局里取出四千元稿费后打车去了悬铃木咖啡馆,稿费涨了。此前我在一家外贸小店花五百块钱给章小秋买了一条真丝的高仿A货爱马仕丝巾,花口很好看,花几千元钱买的正品也难有那样好看的花口。我想小秋一定会喜欢,反正我预算着,当天花掉两千块钱寻个开心吧。

前些日子,我老胸闷烦躁,时不时发热,盗汗,容易疲倦。一位好心的大姐说，更年期开始了。吓得我去了医院计生科查了性六项激素水平。医生朋友说，看数值，是更年期早期症状，雌激素水平有所下降，你这年纪很正常。我说，我还不想就此老去，我不愿就残花败柳了。医生朋友说，那就天天补雌激素吧。我问这样做是否可行，有副作用吗？医生朋友说，国外的妇女一般都靠补雌激素维持性激素水平，保存性魅力，倒也没见报道有不好处，但一般也就自行往后推迟平均绝经期不超过十年的样子，四十五岁有症状的话，补雌激素最好不要超过五十五岁，还要特别注意乳房的变化，定期做妇科检查，体检时也要注意子宫的情况。

听医生话，我开始补雌激素了，补了三个月，发热、盗汗的症状真的消失了，那下面原本有些干涩的，现在潮润了，又有性欲望了。离婚十年了，孤寂的十年，其间跟两个男人相处过，都没处长。

最近特别地想身边有个男人。这事想通了，对自己就慷慨起来。前一阵在章小秋的怂恿下买了好几套衣服，几双好鞋，几个好包，花了近三万块钱。小秋说，紫苏姐，女人还是要多爱自己一点，别人也会更尊重你一点的。

小秋说来咖啡馆的女人，她看上两眼就晓得有没有爱情，拥有爱情的女人通常就美滋滋的，男人的体贴呵护比什么护肤品都好上一万倍。我跟小秋开玩笑，把脸凑给她看，让她看看我是否有爱情。小秋果绝地说，显然没有。

我心里咯噔了一下，小秋也不是什么都掐得清算得准，老想跟小秋谈谈我最近的一段情感经历，差点冲口而出，但还是强压住了。八字刚画了一撇，还是忍着点吧！章小秋比我小七八岁，好些见识倒常给我启发，我真是得谢谢她。

满心欢喜地去到悬铃木咖啡馆，走过前台收银处，一拐弯，我那紫苏阁有人占着，是周梦清，她埋头在一个速写本上画着。

我轻轻地走过去，突然问，清清，又画"易中天"？清清吓一跳。有半个月没见她了，我一高兴便也邀请了她。

下午是小秋开的车，载着我和清清一径往滇池那边去，我宣布当天的开销我全负责到底。小秋很喜欢我送她的那条仿爱马仕丝巾，当即系上。清清憔悴着的脸也放出一点红润了。我说，清清，上次你那精心策划的生日晚宴没过开心，今天给你补一补。

没想到，这次去度假区温泉SPA跟我的邻居遇上了。

我的邻居是电视台红爆的主持人马红丽。是周梦清先看见她的,她悄悄跟我和小秋说,隔壁柠檬草池子里说话的好像是电视台的方言节目主持人"红丽孃孃"。我竖直了耳朵一听,果然是。泡在玫瑰花池里,认出隔壁池子里我邻居那很正宗的本地老腔调。我站起身来,凑近那个池子,叫了声:"马老师!"

哦,原来是作家老妹噶,你也来泡温泉?我最近腰膈不舒服也来泡泡。

是呀,和朋友一起来。

清清便用手暗地里捅捅我,说让介绍一下,她说有事要挨"红丽孃孃"讲讲。

我一介绍,我们仨便一起从玫瑰花池里去到马老师泡的柠檬草池里。寒暄几句后,梦清把事情跟主持人马红丽讲了。

周梦清的哥哥周学东是城西边一家老国企的工人,媳妇也是那个厂的,梦清有一天回父母家里,全家人盯着方言节目《有事噶?找红丽孃孃!》看,她嫂子忽然就提起对门杨三的事来,说杨三很可怜,老公不回家,即便回家来,就是打她,现在男人跑了,读初中的儿子竟然打起她来,打得非常狠,隔三岔五地打。那小子是个无法无天的忤逆种,隔壁邻居也去拉劝过,但打成了家常便饭，谁也就不怎么管了。杨三的男人是个高级技工，长年在工地上，下面有个姘头，不回家了。

梦清说她嫂子一直想打电话给电视台举报这事，让"红丽孃孃"采访一下，制止那小子对自己的妈再施暴力，杨三真的太可怜了。

"红丽孃孃"马老师是个热心肠，她说，这件事还真有点蹊跷，采访没问题，我倒要看看一个读初中的小杂种为何会狠揍他的妈，这背后有什么深层的原因？这样，小周，你让你哥嫂把这事写成一封信的样式寄我们台我这个节目组，唉，也可以交你，你拿给作家，她跟我住一楼道，我们抬头不见低头见的。不过最好是由你嫂子打热线电话到节目组来，我会给你个电话号码的。

又说了些别的，"红丽孃孃"自己又把话题扯回来。她说，我想马上做这件事的采访，刚才让小周把这写成一封信送来，是为了我们讲故事时好有个噱头。小周，你提供的这个线索非常好，我很感兴趣，谢谢你。这个节目让我用方言来讲，说的都是街头巷尾的喧斤事①，老百姓爱看，我们就得好好做。这节目贴近民生关注社会现实，我们是有价值取向的，扬什么抑什么我们有谱。

一个月后，马红丽拿着一个光碟敲开了我的门，她

---

① 喧斤，昆明方言，指鸡毛蒜皮事，人斤斤计较。

让我看了他们采访杨三被儿子施暴后的录像,她说节目最终没播出,但这是她做这个节目以来,最花工夫也是给她触动最大的一次采访。"红丽孃孃"让我跟她一起在电脑上看这节目时,边看边给我又讲了些她们采访的花絮以及她的一些心得感受。马红丽说,她原本已经是边边上稍息立正等待退休的人,没想到台里领导去外省考察后学来人家办方言节目的经验,如法炮制,于是她这根老干草又活转过来。马红丽说她这辈子就玩个嘴巴子,她的节目现在火得很,出门她得戴墨镜了,不然街上买个菜都有人扯着她说这说那。

马红丽后来直截了当地说,紫苏,你个大作家,你看了这片子,给我写个采访手记出来,我是玩嘴巴子厉害,叫写个字就头大。我想在退休前把我的职称问题解决了,弄个正高职称,退休后除了多拿两文钱,我这慢性病患者看病吃药的也可少出点医药费,得趁着我这节目红得发紫的时候,趁着我这花灯调调唱得字正腔圆的时候,一并解决喽!大作家,你一定要帮老姐这个忙!我可是知恩图报的人,我会靠着我的人脉好好给你相个好男人做伴,你也单身十来年了,你独守着个空房干什么?

马红丽拍着我的手背说,紫苏,女人还是要有个男人来疼的!

"红丽孃孃"快嘴快舌,容不得我一丝丝推脱。

一周后我敲出了一个中规中矩的采访手记,交给马红丽。

在写那采访手记的过程中我萌生了在其基础上添枝加叶的想法,丰满它的细节,这么鲜活的素材决不能浪费掉,可把它弄成一个别样的作品。

后来,我只是把这个盛夏里的"采访"放到了阳春三月里"发生",一篇很板扎①的非虚构作品便诞生了。我暗自高兴,这类"非虚构"文字《她们》杂志很喜欢,这简直是我的意外收获。总之,我又可以进账几千块钱稿费了,稿费比从前可是涨了好些。

一高兴,我不由得哼起花灯里的爱情小调来,我一直跟着马红丽老师学唱花灯调呢。

你是哪家花上花——栀子花来芙蓉花,你是哪家花上花?妹是哪家天仙女?惹得小哥懒回家。

百样草木百样花——百样草木百样花,桂花不如毛瓜花;桂花谢了无人采,瓜花谢了才见瓜。

两个银毫打朵花——两个银毫②打朵花,送妹戴在鬓底下,鳏夫寡女配成对,哥爱风流妹爱花。

栽花要栽粉团花——栽花要栽粉团花,选郎要选十女

---

① 板扎,昆明方言,表示认可,在这里有夸奖的意思。
② 银毫,指旧时银币。

夸，哪料选着沾人草，人人笑我烂眨巴①。

马红丽老师是得民间文化滋养的人，接地气，主持那档子方言节目非她莫属，她话音的正宗腔调就是这城里人的日常生活调调。

---

① 烂眨巴，指眼睛有眼病，眼屎巴拉地随时糊着，眼不好使。

腔　调

1

弯的呢树,弯的呢花,弯的呢树上开红花啊,弯的呢歪脖子树上开了一朵大红花啊……

显然,离打卡的时间还早,长长的走道两边还没有哪间办公室开着门。我踩着花灯小调的节奏,头左摇右摆地唱说着现编的词,掏出钥匙扭开了办公室的门。东边窗户那儿斜刬进一束阳光来,阳光的金针刺晃晃的,白雾雾的光束里细微的尘埃衍射出些细碎的七彩来。我微眯了眼,放下包。办公桌上那盆肥绿葱茏的镜面莲提醒我,我拉开抽屉,取出一面圆镜来照了照,拢拢头发,抿抿嘴。嗯,先前走了四十分钟的路来上班,算早锻炼,脸上有细密的汗珠,亮光光的,精神。

弯的呢树，弯的呢花，弯的呢树上开红花啊，弯的呢歪脖子树上开了一朵大红花啊……

自从揽下《有事噶？找红丽孃孃！》这档方言节目以来，我的人生仿又刮起春风。

出名趁早，谁说的？不一定的，年轻时我可没这么风光过。谁想得到呢？在电视节目主持人的岗位上，我这截朽木歇了七八年后竟然还有怒抽新枝的机会。明年初我就满五十五岁了，就要光荣退休了，谁知新来的崔台长有一天突然把我找去，说要让我主持一档方言节目。崔台长说，马红丽啊，这档节目的主持非你莫属，它的宗旨是贴近群众、贴近生活、贴近现实，这可是最符合都市类媒体主流精神的节目，关乎民生，搞得好会是我们台一个新的利益增长点，就看你的发挥了。

我脑瓜子轰地就蒙了。新的利益增长点？就凭我这块皱皮麻瓢的老脸？

崔台长四十岁刚出头，一到任便想整出些火色来。他找了些人成立了一个专家班子，然后花两个月时间全国各地转了一圈，专门研究办得有特色的地方电视台节目。学习考察回来，拿出一套伙的整改意见。于是台里来了一场小海啸，好几个拉不进一分钱广告，长期赔钱赚吆喝，苟延残喘着的节目通通一刀切，停播了。这其中包括口碑很好的捕捉文化新视点的《书间如意》，讲述少数民族奇风异俗的《风情大不同》。几个年轻漂亮、综合素质蛮高的主持人说下岗就下岗了。

偏偏我倒啃甘蔗,日子越过越甜,好运找上门来。崔台长在全体员工大会上说,我们要有创新意识,我们要用科学发展观的理论来指导工作,既然国家有央视那样人才聚聚的大台,既然北京、上海包括长沙的电视精英们极尽才华地策划制作各种精品脱口秀,涵盖男女情感、保健医疗、家居时尚等内容,我们还跟在人家的屁股后面干什么呢?我们做死熬死也赶不上人家啊,砸钱做这类节目不是很傻吗?不疼不痒地硬撑着干吗?劳民伤财的。我们只要做好本土新闻报道,瞅准收视率高的现成节目,花钱买来播就行了……我划算过,这样做,我们的投入成本将大大降低,何乐而不为?中国的电视剧多棒啊!生活专题类节目人家做得多时尚呀!人家请出大牌明星往那一坐,节目就保证收视率了……好节目引来广告赚了钱,我们便可买更多更好的节目来播,节目越好越吸引广告。同志们,我们出去转了一圈,发现了一条好路子——台里要倾全力打造包装的节目是什么样子的?!就是关乎本乡、本土、本邦老百姓吃喝拉撒睡的方言节目!方言是什么?街坊邻居间熟络热乎的问候语,生下来就学着讲的母语,张口就顺嘴溜的话,亲切啊……

我听得一愣一愣的。

新节目出炉了,这个栏目的名称直接成了公共汽车上一句打眼的广告语——有事嗄?找红丽孃孃!

这么一句土话刷在公交车上,车在大街上穿来梭去。我马红丽出名了。

身为中学高级名师的老公常故意用手刮刮眼眶，老孙一样搭起凉篷看我，眼睛一乜，奇了怪了，越老越来事了？年轻时候也没这般风光过呀，烧着哪门子高香了？

一到高考季节就上教育台讲课的他还真是不服气。十年前我从新闻主播的位置上退下时，人很失落，老公宽慰我，你退我上呀，全市那么多中学生、那么多学生家长、那么多同行开始记我这张脸了，反正我们家总是有一张脸在电视上挂着呢。

哈，一张五十多岁老太婆的脸笑眯乐呵地上公交车了。现在，出去逛个街什么的鼻梁上非得架副墨镜了。这档节目不要年轻漂亮的主持人，就要我这种说一口地道方言，看起来面熟的老街坊邻居来串节目，那形象男女老少通吃，和蔼可亲便可。在我们这座城市，喊一个女人"阿姨"那只是一种尊称，隔着距离的，对陌生人才兴那样喊，显客气。若被喊作"孃孃"，那是把她当作亲人来喊的。我这把岁数这形象不需要打整，就天生一股子亲和力，因为我一副孃孃样呢。

应了崔台长来做这节目，哈，我还是有些底气的，我有大把的时间有使不完的精力来投入地做节目。儿子大学毕业在外地工作了，老公精气神好得很，老母亲住我大姐那不需要我照顾。这么个重新发光发热的机会，逮着也就不想放手了。

这档节目的策划班底由一个叫胡军军的80后挂帅，小子留着一撮火焰式发型，全身上下永远是黑色的紧身衣裤，只在颈间随时绕一条艳色的麻布巾巾，那样子更像一个形象设计师。

这小子从来都直呼我的大名马红丽,偶尔叫我声红丽孃孃。不跟他计较,我性格打小开朗,爱跟人开玩笑,也爱自嘲。跟年轻人做事,我特晓得怎么跟他们相处。

胡军军一再地洗我的脑子:马红丽,你不是新闻主播了,你也不是出镜头的现场电视记者,你是一个人们见着就张嘴喊孃孃的人,明白吗?明不明白?你就你这本色的形象,你不用特别化妆,你就是现在的你!一个五十岁出头年纪的,从中年向老年过渡的一个妇女!一个妈妈!一个孃孃的样子!忘记你从前当过十年新闻主播!忘记你做过五年生活类节目主持人!忘记,彻底忘记!OK?OK?!明白吗?你就是那个喜剧演员,叫什么来着?对,那个姓蔡,蔡什么的,管她叫啥,她演过的那个管闲事的热心助人的马大姐,马大姐!正好你也姓马……你知道我们为何不拿来主义地叫你"马大姐"呢?我们就光喊你"红丽孃孃",这就是地方特色!地方特色啊……我们不要红丽孃孃端着,我们假若要孃孃端着,我们找你干吗?那我们不会叫《书间如意》的李澜来?叫《风情大不同》的赵小可来?她们又年轻又漂亮。红丽孃孃,明白我的意思吗?到底明白不明白?!

可以当他妈的我点头如鸡啄食,一副非常佩服他非常明白他的样子,OKOK 地应着。

我下意识地拍拍他的肩,胡总监,红丽孃孃啊,老是老了点,但就爱听你们这些小年轻的话,我儿子跟你们是一拨人啊,放心。

姓胡的臭小子，说话嘎嘎的，比爆豆子还快。我不在乎他那样无礼貌地领导我这个资深老同志。儿子在上海工作，那脾性那范也就那样子无二。

马红丽，天生一股子可亲、可信、可掏心窝子的样子，又能包容、宽容别人……

崔台长及他的智囊班子在全台人里扒来扒去，就觉得我是这档节目最合适的主持人选。

当过两年知青，从知青点考到县广播站，性格开朗，爱说爱笑，会自编自唱花灯小调，会完整地把阿庆嫂智斗刁德一胡传魁那一段京戏有板有眼地演唱下来……二十五年前电视台成立，揣着这点看家本事我跨进电视台大门。不是胡吹，这经历跟央视新闻主播邢质斌差不多的。

谁预料得到呢？节目火了，节目的灵魂人物我名声大起来。台里曾经搭档做主播、一口标准普通话的老陈私下里揶揄我，马红丽，红得发紫了，紫成桑葚儿了。老陈是北方人，当年我可跟他学发音吐字呢，现在我呱嗒一口方言倒蹽起来了。花开二度，稀奇。

《有事噶？找红丽孃孃！》引来的协办企业、商家乌泱乌泱地排长队等。

2

弯的呢树，弯的呢花，弯的呢树上开红花啊，弯的呢歪脖子树上开了一朵大红花啊……

哼着那花灯小调，我开开电热水器，然后抓起喷壶嗞嗞地对着那些观叶植物洒了一通。水涨，泡了一壶普洱，坐下来自品。瞅一眼手机上的时间，还早，离打卡时间还有一刻钟。

有这空闲，拿起桌上的采访备忘菜单，我又细细地过了一遍，这菜单是节目策划组的小秦电脑打印的。

每次要采访的人和事其实已提前安排计划好了，每次的策划会、节目选题论证会，我是要参与讨论的，有时我的意见他们也会很重视。八个人的节目策划班底成员里我年纪最大，他们都是我儿子年纪，最小的孩子就是打杂的小秦了，大学毕业刚一年。小秦负责把策划会的采访提纲写出来，然后拿给总监胡军军过目，胡总监通过后发回交由我再备份，采访时有什么新的碰撞，便由红丽孃孃我即性发挥了。

最近胡总监老在策划会上表扬我，说我做得越来越好，棒极了。他说，马红丽，天生你材就是为这个节目量身定制的。

今天的采访对象是杨莉和她儿子。我奢想着最好还能采访她老公，杨莉她老公是高级技工，长期在工地上，不一定能碰上。

杨莉是个四十岁的女人，她十五岁的儿子打了她，把她打得鼻青脸肿的，鼻梁骨都打歪了。不是杨莉来找我这个孃孃求助的，是她的邻居代为求助的。

杨莉家对门住的叶女士打了个电话到节目热线上来，她说她要帮助她对门的一个可怜女人,她经常被她老公、儿子揍。

热线电话的文字记录拉拉杂杂的。杨莉的儿子是个初三学生,那孩子平时楼道里遇着隔壁邻居时倒挺有礼貌,嘴很甜,邻居们私下打听过,那孩子学习不赖,但是那孩子近来经常打他妈,她妈一被打就不管不顾地号啕大哭,隔壁邻居听不下去,去劝,敲门没人开,可她就是哭啊,哭得惊天动地……接下来隔壁邻居会看见她鼻青脸肿没事人似的照常出门上班,出门买菜,出门跟小区里的人搓麻将。

热线接话人小秦把这事报节目策划会。我很有兴趣,一个初中生为什么会下得狠手打自己的妈呢?

选题基本定下来后,我找小秦要了线索提供者叶女士的电话号码。

3

那天是个周六,我们在小区花园里的凉亭下摆了一桌麻将,杨莉在座,她住我对门儿。

周末休息,哗啦哗啦地摸上几圈麻将,日子就爽了。我们是老麻将搭子了,这天,工资刚到卡上两天,大家腰包里还鼓囊囊的。谁约都应……

我依着习惯喊你红丽孃孃嗒,本来喊你大姐才对,你也就大我个七八岁吧,平时看你的节目,我们一家老小都叫你红丽孃孃的……

　　红丽孃孃，不晓得你对我们厂可熟悉？我们住的这个小区是老厂掀翻掉重新盖的，厂区搬到很远的郊外去了，我们上班都坐公交车。我们厂从前是很了不得的，现在么是衰了很多。不过，厂里的人也没啥好怨的，我们厂算不错的了，虽然效益没好到哪去，也没发生过机床厂、纺织厂那种发不出工资的情况，也就日子难熬难淘一点吧。当年我们厂大得自己办中学、小学、幼儿园、职工医院，食堂就有三个，大礼堂可以坐一千人开会，工人俱乐部里灯光球场、棋艺室、旱冰场、碰碰车场，哪样没有？独立小王国呢。后来我们厂被一并一改的，冶炼厂干脆搬到更远的地方去了，老厂区上就抽建起了七八幢小高层的宿舍楼，全厂职工都有份，我们知足了……

　　平时我们这些上班的霸不着那样的好地方打麻将。这两日小区花园里的海棠花开得灿烂，我头天晚上约齐人，起了个大早就坐在那亭子里霸着地盘。那亭子中央有个方桌，不知是哪户人家淘汰的餐桌。平时我们上班去，一些老人家就霸在那摸小麻将，周末他们不来，最多过来看我们打大麻将。麻将说大小，红丽孃孃晓得的，就是输赢一张牌多少钱，老人家们玩一毛两毛钱的，一天到晚腰都坐酸掉输赢不会超过十块钱，我们一输赢随便就是五十、过百……

　　春天了，干燥，雨也不下，在屋子里打麻将憋闷……人到齐了，开打。风吹来，粉红色的海棠花瓣飘到桌子上来，点点粘在那绿毡子上，拂不去。嗯，使劲吸鼻子嘛，还闻得见隐隐的一股花香，码摞洗牌的声音哗啦哗啦，听着舒坦。

坐我对面的杨莉刚烫过的大波浪卷发上落了好些花瓣儿，不知何时，她儿子小西站在了她身后。妈，你头发上落了些花瓣瓣，我给你捡噶。

我抬眼瞟一眼小西，这孩子，拿杨莉自己的话说——像是泼了大粪似的，噌噌，一下子蹿得老高了。小西今年要中考了，他斜挎着个书包，乖顺地帮他妈拈发间的花瓣儿。

杨莉没应儿子，只歪头瞥儿子一眼说，去去！讨厌！我正忙呢。小西停了手的动作，脸色一下子垮掉，随手就扯了一根杨莉的头发，杨莉脸一皱，唉哟尖叫一声，侧头盯她儿子，搞啥子鬼名堂？

小西咬着腮帮骨，嘴里蹦出：咋个了？帮你拔一根白头发也鬼吼辣叫①的，拿钱来！至少一百！

我坐在杨莉对面，方才小西温顺地给她捡头发窠窠里的花瓣时，我正感慨这小子一下子蹿成大小伙子了，懂事了，个头都赛过他爸了……

小西瞬间变脸吓着了我们几个。

杨莉左手捂紧了膝上的拎包，右手忙着摸牌，说了声，滚！我不欠你！

小西忽地一把去抓杨莉的拎包，杨莉不放手。我们全都顿

---

① 鬼吼辣叫，昆明方言，指大喊大叫。

住了,看着眼前这母子俩。

牛高马大的小西鼻息粗重地逮住那包狠劲一拽,包到了他的手里。杨莉一屁股从高脚塑料凳上滑落,跌坐在地上,杨莉脸色煞白,挣扎着起来抢小西手里的包。

小西早已抽出里面的钱夹,从中取出一沓百元大钞,然后把那钱夹及拎包朝她妈扔去。

我呆掉了,一起打牌的另两个人也木愣愣的……

小西扬长而去。杨莉坐在地上喘了两口气,嘴里咬牙切齿地骂,小杂毛,等你爹回来收拾你!然后,杨莉扶起歪倒的凳子,坐下来,没事人一样开始理牌。一起打麻将的韩姐推倒了牌说,秒气,今天这牌打不成。韩姐站起来就走,杨莉一把扯她衣袖,唉,韩姐,不好意思,坐下来打几圈嘛,好不容易。桌上唯一的男人老许跟我对了下眼,点上一支烟,狠吸一口,吐出一句话,杨莉,你钱都儿子拿去了,还玩什么玩,拿什么抵着玩?回家,该肿脖子①喽!韩姐、老许走了。杨莉坐着,眼睛呆直,我开始收摊理牌,幸好,那一刻是吃饭时间,周围团转倒也没人看见这一幕。

突然,我听见杨莉老牛使倔般的一声怒哼,抬眼看,杨莉的牙齿使劲地咬了自己的右胳臂一口。我惊得叫了一声,杨莉,干嘛样②名堂?!

杨莉车转过身子,脸色很难看地瞅我一大眼,捡起那被小

---

① 肿脖子是粗话,形容吃饭吞咽时的野蛮相。
② 干嘛样,昆明方言,指干什么,搞哪样。

西丢在地上的包，不顾我，噔噔地走了。走出几步，高跟鞋被那花园小道石块间的缝隙崴了一下，差点绊倒。我又惊叫了一声，杨莉！她还是不理我。

杨莉甩着她那朝下坠的大屁股走得更快了，脊背上胸衣勒出的几嘟噜赘肉透过那黑色的纱质衬衣晃得我不忍看。杨莉那死样子，像是我得罪了她似的。我也生起气来，一盘好麻将没打成，还尽吃些馊气，莫名其妙。

我提拎着麻将盒、毛毡子气瘪瘪地乘电梯上到十一楼走出来时，对门屋里传来杨莉杀猪般的号叫声。我站住尖着耳朵听，感觉得出那屋里杨莉和儿子在打架，杨莉号着，撕扯着嗓子骂：小杂种，还我的钱来，还我的钱来……看我把你剁扁了，反正我也不想活了……

楼道里没人，我干脆把耳朵贴近杨莉家门听，瓷砖地上发出些吧嗒吧唧声，我感觉是杨莉那一身肥肉赖在地上，正搓来扭去撒泼打滚的声音。

听不见小西的任何声音，但听得见音响里周杰伦震天动地地唱着《菊花台》那首歌。我因随时在唱，我都听会了的——北风乱　夜未央 / 你的影子剪不断　徒留我孤单在湖面　成双 / 菊花残　满地伤 / 你的笑容已泛黄 / 花落人断肠……

说不出那是什么滋味，我眼一翻，转身开自家门进了屋，懒管她！杨莉这个人有时候挺让人厌烦的，住她对门真是倒霉……

关上门，在看电视的老公瞟我一眼，咦，麻局结束了？才多大会儿?我丧着个脸,气呼呼地说,都被杨莉搅的,小西差不多掀了我们的麻将桌!老公说,哦,怪不得,刚才提垃圾到门口,听见对门又呼天抢地的。

那天的好心情都被她搅黄了,这个死杨莉,以后再也懒得约她玩。

当然喽,反正杨莉的号叫总是会歇下来的。过后,她会没事人一样,该上班时上班,该买菜时买菜。她心中憋屈,她不这样闹腾一下她不舒服。反正她还要顾面子的话,就不会弄那么大的响动,我想,让她跟空气去哭吧。她儿子小西都不听不理她的,她跟空气、跟地板、跟家具、跟墙哭她的去吧!

可是,这一次,我实在是看不下去了,杨莉的脸差不多被打烂了……差不多被打成中国第一换脸人了。红丽孃孃,前阵子看见你做的那个节目了,被熊撕破脸的山民去西安做了中国第一例换脸手术……杨莉这一次就被打成那样子了!

红丽孃孃,快点来采访一下杨莉吧,我担心接下去还要出更大的事,小西那孩子不该那么下狠手,毕竟是他的妈呀!这孩子的行为叫我打寒噤。他没事人一样,见着我笑眯眯地照常喊我孃孃,见我手上提拎着很多菜,一时半会掏不出钥匙开门,他顺手就帮我提过去……红丽孃孃,你们快来噶!杨莉这个家完蛋了,小西那孩子不能这样下去,真的……我家囡囡跟小西是一个学校一个年级,他的学习成绩比我囡都好,我想不明白啊……

前些天,路上碰见小西,他叫我声叶孃孃后就要闪,我堵住他说要跟他谈谈。那孩子挺礼貌地说,孃孃,我今天作业太多了,以后再谈噶。他还想跑,我硬是拽着他。

我给小西留着面子,我不扯他打他妈的事,我只说,小西你爸长年在工地上,你妈一个人管你,她不容易。小西这孩子,嘴上有点绒绒毛了,声音也变了,前额上冒了几颗青春痘。小西说,叶孃孃,我烦我妈,我烦死她了!孃孃,对不起噶,我知道她那种死乞白赖尖声哭叫的破声音吵着你们了,我以后会让她闭嘴的,别人家是家丑不外扬,她是生怕别人听不见!摊着她这样一个妈,我已经烦透了!叶孃孃,真的对不起噶。叶孃孃,我爹因为烦她,都不愿意回家来,我恨她厌恶她!哼,我就光想揍她!

这话让我急。我说,小西,小西呀,你听叶孃孃唠叨两句噶,你妈有她的苦哇。我跟你妈是和泥巴一起玩大的!你晓得,你外婆死得早,到你外公死的时候你妈才读高一,你舅舅和你姨妈是读书猴,他们的名字常挂在人家的嘴巴子上成为榜样,全考进外省的重点大学。你妈虽然在家是老小,你外公一死,她就退学顶你外公的名额,进厂当了个小工人。那年头,你妈一个月六七十块钱的工资,还要供你舅舅和姨妈读书,每个月给你舅舅寄二十,给你姨妈寄二十,十块钱一件的乔其纱衬衣都舍不得买件穿穿,每天带的饭盒里就一坨腐乳或者青椒炒豆豉下饭,人家都怎么说你妈的,一个咸鸭蛋那筷头要戳一个星期……可是你瞧瞧，你舅舅、你姨妈连你家门槛都不兴跨一下，我就没见过他们来看看你妈，厂里的人背后议论，说你妈可怜，到头来没落个好。

红丽孃孃，我知道我像是在盘弄人家的是非了……

叶女士在电话里跟我唠起这事来就刹不住车了。我问叶女士，杨莉真愿意接受采访吗？叶女士说，知道她也喜欢看你的节目，我建议她打电话给你说说，没想到，她点头同意了。她同意，我才给你们打的电话。

我说，想见见小西那孩子。叶女士话没说死，她说，你们先过来看看杨莉再说吧。我又问，杨莉的老公会否接受采访？叶女士叹口气说，她老公差不多有半年没回家了，偶尔回来，也待不长，回来就跟她吵跟她打。听说，她男人在下面与其他女人裹绞着了。唉，这次杨莉挨儿子揍成这样，她这日子咋过呀……

4

昨天下午我跟胡总监谈了我的想法，说采访得早点去，那女人这两天请假待家里，我要看看她的整体生活境况，如她的厨房，她中午吃些个啥，镜头既要对着她被儿子揍烂的脸，还要对着这个女人的其他方面。我感觉这个女人的故事复杂着呢，会很抓人，会有些出其不意的东西。我说，我还要电话采访她老公、她哥哥和她姐姐，据说她哥哥是个正处级领导，她姐姐据说是某大学搞环境评价的教授，然后我想在她家等他儿子下午放学回来……

胡总监认可，但他叫我不可太过发岔，只补充了一句，或许我们的采访重点是她儿子小西。

我让小秦来上班时顺便买些脐橙和土鸡蛋烤的蛋糕，送杨莉。

采访小组成员到齐后，拎上器材，我们出发，策划会上大家对这个线索都很有兴趣。

叶女士到小区门口接的我们。她呱嗒呱嗒地嘴不停：唉，一刻钟前她人还赖床上，趿个拖鞋来给我开门。我生气地挨她说，别等电视台的人上门来，你还睡着。头不梳脸不洗的，太难瞧了。她竟然嘟囔着说不接受采访了，说她没脸见人，我又软下来哄了她好一歇。我说，红丽孃孃多好一个人啊，也就是跟她扯扯你的事，人家能帮你……我监督着她换掉睡衣，帮着她顺了下家什，打开门窗透了气。唉，红丽孃孃，她家里我怕你们跨不进脚去……唉！到了到了。

从电梯里出来，叶女士朝前帮按的门铃。响了好几声，传出个沙哑的声音——来了！叶女士听见这声音，很知数地往后一闪，说，红丽孃孃，我那边炉子上还熬着汤呢，你们采访噶，完了来我家坐坐，我在家公休呢。叶女士四十岁出头的样子，热心热肠，做事得体，她拉上她家的门时，杨莉开开门。

我有心理准备，叶女士电话里形容她的脸被打得像那个换脸人。小秦乍眼见她，手上提拎着的脐橙和蛋糕差点掉在地上，倒抽凉气地"啊！"出一声。小孙扛着摄像机眼睛贴着取景器开拍，做摄制助手的小彭吓了一跳，身子往后让了两步，现场文字记录小潘呆了。

5

你好，你好！你就是杨莉吧？打搅了噶，我是马红丽，来，握个手。

我朝她伸出手去，她愣怔着，没伸手过来。

惨不忍睹的一块脸，像发过的一坨面，泡肿着，上面几处乌青，皮下瘀血，肿胀的眼睑厚厚地包着眼球，她努力地睁眼睛打量门外的我们。也许被我、小秦、现场文字记录的小潘、摄影小孙、摄影助手小彭五个人那阵式吓着了，她也退让了两步，嘴里挤出一句，进来嘛！那声音沙哑，还有丝颤抖。我瞥见她一只眼球是充血的。这个女人被打得不轻，不知咋的，我心里辣疼，一个十来岁的孩子把自己的亲妈打成这样，她真那么可恶可憎吗？

杨莉，不好意思，今天我们来搅扰你了，住你对门的叶女士打电话提供的线索，她跟你讲了这事吧？

跟在杨莉后面走进她家的客厅时，右手边敞着的厨房操作台上堆着几摞用过的脏碗筷，旁边的水池里面也尽是用过的脏碗筷，锅啊铲啊，水上漂着一层油腻，像是就要漾出来了。两只干瘪的莴笋，一棵抽薹的大白菜蔫蔫地被剥得只剩菜芯，干皮料草①的葱姜脏巴巴地在橱柜跟墙的旮旯里堆放着，浅色的瓷砖地上是污渍杂乱的脚印……小孙的镜头毫不留情地把这不堪尽收镜头里。

杨莉不知所措地站着，颇难为情地说，红丽孃孃，你们随便坐嘎，我刚起来，家也没收拾下，随便坐嘎，我，我烧水给你们泡茶。

站在热水器旁的小秦看见慌乱的杨莉摁热水器开关，但那水桶里没有水了，水龙头下有一个纸杯里的茶水上漂着灰色的毛毛霉。

杨莉慌乱地瞪着她青肿的眼看了桶上的送水电话，要去座机那打要水电话，小秦说，杨老师，你去跟我们红丽孃孃说话，我来。

小秦一直还提拎着水果和蛋糕，没找着合适地方搁下呢，搁地上？地上沙发底东一只西一只的脏鞋，进门处有鞋柜的，那上面堆满了大大小小的药瓶子、钥匙什么的，一盆绢花落满了灰尘。客厅、饭厅通连用的，餐桌上尽是塑料袋或者餐盒、咸菜瓶子什么的，衬底的两张旧报纸上堆着些啃剩的骨头、菜渣。小秦拉出一把餐椅，椅上丢着空的餐巾盒和脏袜子，椅背上担着男人穿的夹克衫，另一把餐椅背上担着些女人的衣服，

---

① 干皮料草，昆明方言，此处直义，指枯干无水分，另有引申义，指某人说不上话，参与融入不了，被撂在一边。

还露出个脏乳罩的一角来。小秦拿起空餐巾盒扒拉掉脏袜子，把水果和蛋糕放了上去，然后掏出手机来拨水桶上印着的电话号码。

摄影小孙找机位，拿出脚架来在那调高低。小彭抬着高高的录音筒录音。兴洒男用香水的小潘皱着眉，吸鼻子，分辨屋子里的一股怪味从哪里来，那酸腥气从厨房来的，伤湿止痛膏药的味自女主人身上来（不定全身都巴满了膏药呢），关键是那股让人想呕的霉馊味不知自哪里飘过来的，他与打了要水电话皱着眉的小秦对视时做了个鬼脸。

哼，这伙小屁孩的脸嘴没有逃过我的眼睛，趁杨莉抱沙发上摊着的衣物腾坐处的当口，我把杨莉家细细打量了一番。超级邋遢婆呀，家里毫无收捡，阳台上栽着两盆植物，那仙人球是枯死了的，另一盆金刚纂也萎缩得歪倾着了。两个花盆里按着些烟屁股……谁干的？小西？不像，是旧的烟屁股，可能是她老公干的。感觉就是两口子吵打后，男人一支接一支抽闷烟时整的。窗台上，水泡吊兰叶的根须巴在玻璃瓶壁上干死了，叶片全枯黄着，没人爱它们，憋屈得慌。

杨莉把那沙发上的衣物分两次抱到她的卧室里去，透过罅着的门缝可看见一张大床，床铺自然是没打理的，衣物往上一堆，堆成了一座小山，那阳光从敞亮的卧室窗子里照进来，满屋子飞着扬起来的纤维毛毛，我没忍住，打了两个很响的喷嚏。

我拉杨莉在沙发上坐下来，摄影小孙指点着我们移位置，杨莉紧张地老歪脸看那镜头，我问她话她听不进去，潜意识地拿手挡脸。为了照顾杨莉的情绪，我说，来，杨莉，我们对调个位，你坐这边，这样你的脸不对镜头，只拍个侧面噶。再说，回去，编片子时也会对画面上你的脸做虚化处理的。来，我们这就实话实说，开始了噶——

杨莉，你的脸现在疼不？

不疼。

不疼？！会不会是太疼了反倒麻木了，感觉不到疼了？嗯，杨莉，看见你的脸，我的心都揪着疼啊。

嗯哪，疼得发麻就不疼了呗。

杨莉，这些青肿起码也得十天半个月才会消散，这样子你咋个上班啊？

没事的。我早就想上班去了，对门叶四硬鼓着给我请了病假，叫我在家养两天，这一养，就懒得动了，明天我就去上班。

杨莉，还是多在家养两天吧，这样子，别人见了总要问上两句，不问不合情理，问嘛，你又心头难受。

谁问？没人问的。

杨莉低着头，声音有点哽，右手帮着左手卷裹着一件薄线开衫的衣角。我看见杨莉那只充血的眼睛里有泪汪起来，一闪。我的心又被揪了一下。

嗯，杨莉，为个啥子跟儿子打起架来？这种情况有过几回了？

杨莉的眼泪从那泡肿着的眼眶里滚落。

方便面、快餐盒、电视遥控器、茶盘、茶杯等物什搁满的茶几上,找不到纸巾盒,小秦看我那样,从自己包里拿了一包纸巾递过来。我抽出两张纸巾来递给杨莉,示意她揩下眼泪,杨莉抓过纸去眼角那一抹,顺势捂着鼻子很响地一擤,泪水泅潮的纸巾上便见渗出了红的血丝。我抬手示意小孙、小彭他们歇一下。

6

儿子是个忤逆种,跟他爹一样,没爹管的……这个小杂毛,他撵我们的麻将桌抢走了我钱包里的钱。我撵回家,叫他还我钱来,小杂毛就冲过来对我拳打脚踢……他一身蛮力,我打不过他,就去咬他的胳臂,咬疼了他,他狠命一拳打过来,又逮着我的头发把我按在沙发上……我疼得拼了命地哭叫,他揍得更狠……算我白养他了,白养了。

杨莉的沙嗓子说这过程的时候,我听得皮肉都麻了,咝咝地倒抽凉气,我的余光看见小秦抱着手身子直打冷噤。

杨莉,儿子第一次这样打你是什么时候?

杨莉闭上眼,干干地咳了两下,像是在回忆这事。我使了个眼色,做手势让小孙拍一下那孩子的屋子。那孩子的屋子好判断,门上贴着一张美国 NBA 篮球明星的大招贴照,门是虚掩着的。我想一个人的窝是最能看出他的生活状态的。

恰这时门铃响,小秦去开门,送水的来了。我对发呆的杨莉说,拿水票……

杨莉在厨房、卧室、客厅里转了一圈出来,手上拿着十元钱,钱递给那送水员,说,水票搁哪点,找不着了,先买一桶。

提着空桶的送水员看着屋子里这么些人的架势,又猛地撞见杨莉那张老害怕的脸,讶异地插了句话,哟,你们在拍电视剧呀?做文字记录的小潘瞅着送水员说,嗯哪。那送水员是个黑瘦的民工,带进屋子里一股长时间不洗澡天天干力气活积攒下的汗臭味。他傻傻地指着杨莉的脸问搭理他的小潘,唛唛噻①,演员的脸咋兴画成这样子?看着就难过。

小秦嫌送水工身上的味道熏人,不客气地吆人家走,哎呀,以后电视上会放的,演员在酝酿情绪,不能有外人影响,不好意思噶……

重新坐下来,杨莉呆呆地看着我,红丽孃孃,你刚才问我喃样?乱了一头,忘了。

我看着她,看着这个小我十来岁的女人想,这个女人到底是在生活的哪一环断链子了?把自己的生活过得这么糟糕,这么不堪!

杨莉,刚才我问你,你儿子是从什么时候开始这样对你的?

杨莉怔怔地盯着我问,红丽孃孃,你说喃样??

我的心往下落了一截,可怜的女人。其实打心里我不愿明

---

① 唛唛噻,昆明方言,表示惊讶的语气。

明白白地说她儿子打她这事,我想站在她的角度尽量少提。难道儿子打她是家常便饭?她都木成这样子了!

我嗯嗯地清了清嗓子说,杨莉,我问你噶,你儿子小西是从什么时候开始打你的?

春节。这一次杨莉随口就答。

为啥子?

那个死鬼年三十前一天,打了个电话来说,春节期间他被派了在工地上值班,不上来过年了。小西从我手上抢过电话问那死鬼,为什么不回家过年?不晓得那死鬼咋回答他的,小西对着电话听筒恶狠狠地说,你不上来,我们下来陪你过!不晓得那死鬼又说些啥子,小西脸色难看地砸了电话听筒……我在旁边多了句嘴,小西,莫那样狂躁,我晓得的,你那个杂种爹在下面有野婆娘了……

我就说了这么句话,小西像头山豹子朝我扑过来,一拳头把我打得跌坐在沙发上,我哭骂起来,他又冲过来狠狠打我,边打边骂我,你这个憨婆娘,憨婆娘,你生一张臭嘴尽说我爹的坏话,他要找野女人,也都是怪你!怪你!……

红丽孃孃,你给我评个理,我是他妈啊,我打不过他,他一米八的个头,他会把我打成肉饼的……这个没良心的小杂种,竟然这么骂我怪我,跟他爹一样,良心锅底一样黑……红丽孃孃,七岁不到,我妈就跷脚了,我爹人呢日脓包[①]一个,没几

---

① 日脓包,昆明方言,指傻瓜、愚笨、不争气。

年也脚一翘走了。我爹一死,公家给的那点抚恤金不够用啊。我哥哥、我姐姐读书猴得很,都在外省上重点大学,虽然都有奖学金、助学金,可是那点钱就是一点饭票、菜票钱,我大哥是参加工作后考上大学的,年龄大了,在学校处个女朋友也得手头有点钱使;我姐姐,一向学习刻苦,家里穷得叮当响,她舍不得吃穿,营养不够,人长得又瘦又干,人家给她一个绰号"平板玻璃",说她胸部平坦得奶都不长……我学习成绩差,就算撑到高中毕业,也最多考个技校的样子,我也没跟哥哥、姐姐商量,就退学顶我爹的班进厂了。每个月拿了工资第一件事就跑邮局……我哥现在是农科院的高级农艺师,还当着一个主任,正处级干部;我姐姐本科毕业后又直考上研究生,研究生毕业分回来,直接分到工学院当老师,现在是教授了……我么,连他们的小脚指头都抵不上……

杨莉讲起她哥哥、姐姐来简直换了个人,心花怒放的样子,先前说儿子打她时还愤愤着,说到后面她哥哥、姐姐时只差眉飞色舞了。只因为那块肿胀着的脸,她的表情生动不起来,显然她以哥哥、姐姐为骄傲。

你哥哥、姐姐知道儿子打你的事吗?

不知道。不会让他们知道。他们工作都很忙,经常出差,我哥经常要到地方上去,搞农业的嘛;我姐姐除了给学生讲课,带着研究生,还经常到外面去给人家做环境评价,我姐姐叫杨荟,红丽孃孃可听说过?她在那个行当挺有名气的,给人家做一次评估挣的钱是我几个月的工资……我这人很差欠,尽丢杨家的丑，我自觉的，不会去带害他们。

哦哟，你哥哥、姐姐有头有脸的嘛，又有钱，平常可接济你些？你们厂效益差啊。兄弟姐妹间，平时可兴串串门子？

唉，他们忙啊，都是我去他们那，他们一般不过来，他们住在城中心。我这里边边角角的，环境又不好，他们不爱来。我才不要他们的钱，我嫂子人小气，我哥的钱都交给她掌管了。我姐姐么会塞些钱给我，但她晓得我会打麻将赌钱后就不给我了，不给就不给呗，我可不想欠她的。再说，那死鬼在水电站工地上班，工资收入高，他找了野婆娘不回家来，但每个月都准时往我的卡里打三千块钱，我不缺钱花……早就想通了，那死鬼不回家算球！只要他还寄钱来养儿子、给我用就行了……

小秦打电话订了盒饭，饭送来时，我们歇活。小孙、小彭、小潘脸色寡寡的，他们有点不耐烦，杨莉显然不可能做什么给我们吃的，她抢着要付盒饭钱，我拉住了她，我说给我们倒点水吧，话说多了，口干。杨莉就忙不迭地拿了那几个茶杯说给我们泡普洱茶，小潘嫌那敷满茶渍的杯子不洁净，忙说，这牛眼大的茶杯太小了，拿纸杯给我们泡得了。杨莉就去那热水器的底座里找纸杯，拉开来，空的，杨莉很不好意思地说，唉，用完了，我去叶四家要两个来。她便开了门去敲对门，要来几个纸杯。杨莉叫叶女士叶四。叶四跟过来说了几句客气话便回去了。我捧起饭盒来时，看了眼表，下午一点多钟了。

7

吃完饭喝了水,杨莉点开电视,搜到她要的频道,那个台正在重播电视剧《我的团长我的团》,讲"二战"时国民党远征军在滇西及缅甸北部丛林抗日的故事。她一下子就陷进去了,看得入迷,显然忘记了家里还有这么一群陌生人所来为何。我示意小秦把那些餐盒拿一个塑料袋装了,拎出门外,主人杨莉像是没看见似的。那三个小伙子,小潘在玩手机,小彭歪在沙发的一个旮旯跟着看电视,小孙嘴里叼着一根烟,听手机下载的音乐。

我像是也看电视似的,再次悄悄地打量起今天采访的这个女人来,一个孤寂的,没有收拾的,甚至是完全不懂人情世故的中年女人。

她是个好老婆吗?看她这屋里乌烟瘴气的,乱舞乒乓,谈不上,哪个男人愿意守着这样一个女人过日子呢?她是个好母亲吗?在这个角色上她显然失败了,挨儿子打成这样!她是个好姐妹吗?她是个好女人吗?把生活过得一团糟的女人,我们的镜头如何取舍剪辑?对她的怜悯变得很复杂。

吃饭时,我问过杨莉,儿子下午何时放学,杨莉木木地看着我说,不一定,不过他终归得回家肿脖子的。杨莉的粗俗在她沙哑的嗓音和她粗鄙的话语习惯里暴露无遗,这样一个妈,孩子会尊重她吗?

跟我来的四个小年轻都极不耐烦了,像是一分钟都坐不住的样子。小孙已直啪啪地问我,红丽孃孃,镜头已用不完了,我们还要干什么呢?我说,难道还想再跑一次?策划里还要采访那孩子呀!大家事前不都讨论得清清楚楚的?你们实在憋不住出去溜一圈吧,别超过一个小时。

唉,小西若是六七点钟才回家,我们不一个个等成呆瓜?屋子里那股子卫生间、厨房、卧室包括杨莉身上的膏药贴混杂出来的怪味道,先前被忙碌的采访屏蔽了一阵子,这会儿,再次浓浓地袭来。我起身推开了杨莉家阳台的一扇窗子,连那纱窗都梭开了,小秦把最外的房门打开来。

没忍住,我说,杨莉,你家里要注意通风,这对你养伤有好处,多呼吸新鲜空气,血液循环加快,那些脸上受伤的组织康复才快些。

我这是乱拿些看似有道理的说法蒙人呢。真是啊,有什么事会刺激杨莉的血液循环加快呢?唯有破口大骂,歇斯底里地哭喊,外加肢体动作上的激烈碰撞,如跟老公、跟儿子干上一架,才会有点效果吧?

只顾对这个线索的重视,冲动地领着四个小屁孩一早就过来,时间安排上不妥当,有些歉疚。我对小屁孩儿们说,红丽孃孃晚上请你们吃"开封菜"噶。"开封菜"是这些小屁孩对肯德基(KFC)的别称,成天跟他们混在一起,我得拿他们的语言方式跟他们套近乎,而他们认同我的表现是,拍着我的肩膀说:红丽孃孃,你有颗年轻的心!

8

谢天谢地。小孙和小彭刚准备出门打个散线,一个穿着灰白两色运动衣裤,夹着一大股生汗味的小伙子斜拐着个书包,一脚跨进门来。他个头好高,直把打灯光抬录音话筒的小彭比矮了半个头。小伙子诧异地退后半步,以为进错了门,惶惑地四下望了两眼。

我坐的位置正好对着那门,看见他,我就知道他是小西。他的宽腮帮、方脸盘长得多像杨莉啊。

杨莉粗门大嗓一声喝,今天咋回家那么早?又逃学了?!

我胳臂肘拐了一下杨莉,连忙从沙发上站起来,笑着问,你是小西?你好!瞧出来我是谁了吧?

我对自己这张老脸的认知度蛮有信心。零点调查公司为我们台做过的调查显示,我主持的这档节目收视率是全台第二高,第一高的是《大街小巷》那档社会新闻节目。我这档节目用方言讲百姓故事,跟观众挨得近。

小西笑了,一脸憨厚,用还处于变声期的干粗嗓子瓮声瓮气地说,晓得,红丽孃孃!

喊过我后,小西极有礼貌地一一喊了他们几个"哥哥""姐姐"。小孙、小彭马上归位,开工。

小西的前额上冒了几颗青春痘,我打趣地说,小西,你这几颗痘痘好可爱,我让那个摄像的哥哥给你专门拍个特写噶!

小西不好意思地用手去摸,脸红了。

怎么看，小西都还是个孩子呢。

小西，知道我们来做什么吗？

没想到，有人撑腰似的杨莉旁边嚷出一句来，小杂种，脸上才冒出几颗骚疙瘩，就敢来打我了！哼，给你出名！给你电视上出大名！出名要趁早，出打你老娘的名去！哼哼！雷公公不劈你才怪！！

我身体里一下子窜起一股无名火，这般对儿子说话，她是欠揍！

"唉！"长长地做了两个深呼吸，掐了那股火气，我说，杨莉，小秦陪你到对门叶四家去待一会儿噶？你让我来跟小西单独谈谈，好不好？我马红丽来到你们家是要帮你娘俩解决纠纷的，有话要好好说，不兴一来就乱骂，行不行？

杨莉低了头。

我和蔼地看着小西，今天下午咋放学那么早呢？

小西把身上的书包往餐桌脚那一扔，斜瞅他妈一眼说，女老师们补休星期天的三八节半天假，集体去公园看樱花，学校就放我们半天假。

我心里嘀咕起来，小西打他妈是上周六的事，也就是三月七日，第二天就妇女节啊，杨莉第二天抚着她的脸照过镜子吗？那样一张脸，她咋个想呢？唉。小西他妈脸上的疼，不是浮皮潦草的疼啊，这几天小西早晚都要见这块乌青肿胀的脸啊，他的心真的那么硬吗？

杨莉被小秦挽着手出去时，我走了一下神。

红丽孃孃，你们是采访了她又等着采访我？你们可没跟我打招呼。

哦，对不起，小西。我们没想到会碰上你……

我心虚，这孩子自尊心蛮强。

红丽孃孃，我不跟你们计较，好嘛，你们都找上门来了，我愿意接受你们的采访。

小西这话的口气给我唬住了，我一愣，连忙说，小西，抱歉嘎，我们倒是提前给你妈妈说了的。我们今天来，她没跟你讲？

说这话，我脸上臊得慌，自始至终我们没想过要跟另一个当事人打声招呼。小西完全可以对我们不理不睬，折身走掉。他不接受我们的采访我们也没办法啊，这个小屁孩，照理说，他也是有这个权利的。他若耍赖，我们也没办法，只能镜头对着他甩门而去的背影拍两下，在编片子时附带着点一下：那个打伤母亲的少年不愿接受我们的采访。

小西这孩子不一般。

9

小西突然提前回来，令小孙、小潘、小彭他们再次兴奋起来，一个个立即进入工作状态。

拉了小西坐下。

小西，我们两个说说心里话嘎？

小西点点头。

谢谢你,小西。我儿子在你这么大时喜欢跟我说话儿,他现在都大学毕业工作了。嗯,我看他也有你这般高……

小西拿眼睛瞟那摄像镜头,表情僵硬。我搜肠刮肚地与小西套近乎。

小西,你今年中考了?

杨莉压根没跟我们提起儿子要中考的事来,是我现编的,叶四好像讲过。

嗯。

想考哪所学校呢,小西?

小西低下头,没回答。

第一次模拟考应该考过了吧,成绩告诉红丽孃孃,行吗?

一连串的问题扔出后,我撬开了小西的嘴。他右手剔着左手的指甲缝说,没考好,只考了五百四十分。

我一听,连说,挺好的呀!小西,成绩不错嘛,还有三四个月,冲刺一下,这成绩底子还可以再上个百把分的,上重点学校没问题!小西呀,我最晓得学校对付初三毕业班惯用的小伎俩了,第一次模拟考是最难的,各科老师自行出题,学校上下就抱着一个目的,打压一下学生的骄气,一般成绩都不会理想。第二次模拟考,题又会相对容易好考些,经过打压的学生信心又得到点恢复,第三次模拟考才较为符合实际情况,这叫拍拍打打又揉揉按按法,对吧?小西,来,跟红丽孃孃拉个钩,记得,今年你要是考上重点中学,红丽孃孃送你个大礼!

小西眼睛一亮，真的伸出右手的小指跟我拉钩，拉完便问，红丽孃孃，什么大礼？

保密。反正拉钩上吊，一万年不变，哈！

中考多年的考试模板早已得到学校家长的认同，中考比高考还难啊。经历过儿子中考，我知道。小西成绩至少是中等偏上的。这孩子需要尊重，还需要信心和夸奖。

小西盯着我，红丽孃孃，我们老师也这么说哩。

隔膜要捅破了，我正在走近小西的内心。

话题一转，我忽然问，小西，你今年满十五岁了吧？

刚满了几天，三八妇女节是我的生日。

心被什么尖的东西挑了一下。我问，小西，这个生日怎么过的？跟同学一起 HIGH？

小西把脸扯朝一边，不看我，嘟囔出一句，没得心肠过！

我话锋再一转，直戳小西的痛处。

小西，红丽孃孃问你噶，为什么把妈妈打成那样子？

小西干脆只给我一个脊背了，脸别开去。

若不看他那张还嫌稚嫩的脸，小西坐在沙发上的块头已是一个青年的样子。

沉默。

窗外掠过一只麻雀的影，丢下啾啾两声，我循声望去，天空灰蒙蒙的，不透明。

我伸手拍了拍小西的背。顿了一顿我重新开腔，小西，红丽孃孃想听你说说心里话。刚才采访你妈妈时，我指出她的种种不是了,其实她很爱你的,她只是表达的方式生硬了些。

这话说得不利索,但是我希望我能起到这母子俩情感黏合剂的作用。

她晓得个屁的爱!她不配当妈!她不配当老婆!她是粪草!我舅舅、我姨妈都瞧不起她!哼!

小西这咬着牙巴骨从牙齿缝里一句一句往外蹦的话,砸在地上、砸在墙壁上都是些坑坑窝窝啊。

10

不用我再问,小西冷着脸控诉起他妈的种种不是,找到一个泄洪口似的,挡都挡不住。

今年,我家的年过成啥样子了?她好意思给红丽孃孃讲吗?我爹怕这个家,怕她,宁愿在寒冷的江边工地上值班,宁愿守着一个电炉自己下碗面条吃,也不回来过年,我晓得他对杨莉这个没知识、没文化的女人早就没有感情了,连带着我他也没心肠管了,我爹的钱一寄到,她就出去打麻将了,红丽孃孃,我爹早就心寒了,那些都是我爹挣得的血汗钱啊。

对面坐着的小西压根不愿说个"妈"字,他只说"她"或者"杨莉",他对她的怨恨不是一天两天的积攒了。

每次我爹回家来,一看见家里这冷火秋烟的样子,就只想揍她,她欠揍!你说我爹愿意回来吗?以后我长大了是不会找她这样的女人的,除了跟她一起玩大的叶四孃孃还兴搭理她,别人都懒得跟她打招呼了！做她儿子，我碜！！

　　小西，你妈不容易。你爹长期不在家，你妈又要上班又要管你，太辛苦了，一个女人没个男人在身边……唉，不挨你讲这个，以后你长大了就会明白的。小西，你妈是个苦孩子啊，差不多就你这年纪爹妈都没了……小西，你是个大小伙子了，要晓得体谅你妈了。以我对她的理解，她的确是对生活失去了信心，有点破罐子破摔的样子，这些跟她的处境、跟她与你爹的感情、跟她自己的素养都有关系，可是我想，人心都是肉长的，她像你这么大时就晓得要供你舅舅、姨妈上大学，她小小年纪就晓得要箍着没了爹妈的这个家……你妈妈今天被生活磨成这样子，不是一两个原因造成的，她对生活没想法了……小西，你爹不回家，你又不理她，她一个月辛苦下来只挣得千把块钱工资……这么多不如意，她心会凉的啊。唉，她惹你们生气，然后嘴巴子又脏又臭，专跟你父子俩作对，你爹打她时、你打她时，她就放肆地哭号，全不顾家人的面子……非得哭过闹过她才会安静……你妈妈这是自虐！红丽孃孃说得有点道理吗？嗯？小西，告诉我！

　　盯着小西的眼睛说这些话时，我看见他眼睛里汪起一层泪水壳子。

　　今年春节，你娘俩是咋过的？

　　小西低着头，不出气。

　　小西，舅舅、姨妈他们没喊你们去过年吗？

　　小西还是不出声，无聊地拿手去抠左额发际出的一颗痘痘。

我抬手亲昵地打开他的手,说,别动,一抠一个大麻子窝窝!

小西表情淡寡地说,舅舅全家大年三十下午飞曼谷,姨妈打电话来说,她得跟我姨爹回家去过年……杨莉那天打扫了屋子,去超市买了好多吃的来……我晓得的,舅舅、姨妈他们看不起我们……

小西还是不愿说个"妈"字。

你可别那样想啊,大人们的工作很忙的,你妈很为你舅舅、姨妈骄傲的,她告诉我你舅舅是个领导,你姨妈是个大学教授。小西,舅舅、姨妈会过问你的学习吗?

小西又哑掉。

红丽嬢嬢不愿戳你的痛处,小西,但是我们既然来做这档子节目,我们就要帮助你和你妈妈的关系融洽起来,希望你们彼此相互关心相互温暖,我们不是来揭谁家的短来批评指责什么的,采访你们母子俩,是为了把你们家的事讲给大家听,让大家有个是和非的判断,希望大家都来反省一下自己的言行,人心是坨肉尕尕啊!感谢你们母子接受我的采访。小西,还是要问你那天为何无法遏制自己的拳头?你妈妈那天回家后发生了什么?

小西嗫嚅着,慢吞吞地说,跟她要一百块钱,想请两个同学吃麦当劳,第二天是我的生日。这要求不过分,她偏不给,只晓得抱着一沓钱赌,赌!我就一把抢了她钱包里的一扎钱。哼!……她回家来像母老虎一般扑上来抓打我,我一个反手就把她打趴在地,她爬起来一嘴咬在我的胳膊上就不放,我拼了劲一拳狠狠地砸在她鼻梁上,她便哭着在地上打滚耍赖,恶毒地骂我,那些脏话就不讲了……我听得烦,惹恼了,又过去狠狠地踹了她两脚……她哭天抢地的,没个完,那一秒钟我恨死她了,只想一个劲地踢她踹她……

小西讲这些话的时候,牙巴骨咬得嘎巴响。

一个"她"字与"妈"字之间,那距离是无法跨越的一条大沟,小西的嘴巴里蹦不出个"妈"字来。我直听得心嗖嗖地凉。

叶四说小西给他妈杨莉头发里捡花瓣、小西抢了钱扬长而去、杨莉冲回家……所有画面接成连续的影像,在我眼前过,令我头皮发麻……

不抠脸上的痘痘了,小西的左手撸起右手袖子来,去抚胳膊上鼓着的一个包,我猜那是杨莉咬肿的那坨肉。

后期如何剪接片子,这一对母子各自身上的痛处,是镜头语言可以表述的吗?

11

在原来的策划里,我很自信,我想,通过采访,把这母子俩的恩怨化解掉,而且我还想象着,我们的故事结尾画面是母子俩拥抱着或者手拉手——特别煽情的一个镜头,最好母子俩眼睛里都是泪……

采访差不多了,我让小秦和杨莉过来,对门叶四也跟过来了。我示意杨莉坐到小西身边，我说，小西抬头，看着你妈妈的脸。小西别着劲，梗着脖子就不看。我使眼色让杨莉去搂儿子，杨莉手足无措，僵着。她一眼一眼地瞥儿子，儿子别着脸就不瞧她。杨莉的表情被她乌青泡肿的脸掩盖。

下午五点半，我们收工。

一路上大家都懒得说话，我鼓着劲问了他们的感受。

小潘说，我边文字记录，边想我和我妈的关系，从小我就跟我妈感情好，我想不通这个家何以这样惨烈？今晚回家陪我妈吃顿饭去，不吃红丽孃孃的"开封菜"了。小孙嚼着口香糖，叭叽叭叽地甩出两句，都可怜，这个家冰冷得我浑身不自在，一进屋就有股怪味道，出了那门，我直喘几口粗气，唉，我同情那小孩，那两口子离婚算了，放我在这个家，我可能也会发咆噪，再这样下去，那孩子毁在他父母的手里。小彭揉揉鼻子，想了一下说，我妈跟我爹过不到一起就离婚，离得好，他们对我蛮好的，继父、继母对我也客气，我运气比那孩子好，我想，父母的素质对孩子的成长至关重要。

小秦闷了半天终于开腔，唉，我结婚后一定要做个贤妻良母，要是做不到就不结婚。

三个小伙子眼睛齐刷刷地看向小秦，小秦脸一红，口气娇嗔地说：咋个了？我今天受教育了！看着我干吗？我说到做到！

小潘嘴快，唉！大家听着，我正式宣布，我要追求秦姑娘了，目的是最终把贤妻良母娶回家。

一车人轰地笑了。自从小秦来实习小潘就盯上她了，这次趁机表白一番，只见小秦脸红得像生番茄，肉硬邦邦的，那红润自里往外一点一点地渗。

我打了个圆场，哎，哪个会唱花灯？小彭接话说，小潘最会唱了，最会唱"小乖乖那个小乖乖，我们说来你们猜……"，小潘看一眼小秦，捏紧拳头龇牙咧嘴对着小彭比画。

我摆摆手说，别乱了！来，都跟着老孃孃学唱一句我编的花灯小调——

弯的呢树，弯的呢花，弯的呢树上开红花啊，弯的呢歪脖子树上开了一朵大红花啊……

红丽孃孃！你哪是唱啊，你是在说RAP！咦，怪好听！小孙说着就从座位上站起来，扭着身子，按我的调调，嘴里嚼着口香糖，仿周杰伦吐字不清，RAP起来。孃孃，回去你再往下编词噶，我负责配曲，对了！对了！这调调完全可以整成我们这个方言栏目的主题音乐！——啊呀，孃孃，瞧嘛，你和我多有才哦！回去你就去找胡老大说这事！在座的，这是我的创意！我要申请创意奖！！

没人赏我脸，跟我去吃"开封菜"。累了一天，闹过便散。打的回家，车堵在路上，想到杨莉、小西，心跟着堵。

第二天，跟节目总监胡军军汇报头天的采访情况，我说，我一点宰斫①都没有了，这片子可能不好站在那个女人的角度来剪，活得那么失败的一个女人，她的现状，原因太复杂，似乎跟她自己的素质有关，但好像也不全是，作为女人，我特同情她……我困惑，我们的节目真有力气拉她一把吗？我感觉希望在她儿子那里，但毫无家庭温暖的一个孩子要他如何修正自身的行为举止呢？那孩子在学校的表现，在邻居的眼里都不是问题少年，这个家庭是怪异的可悲的，这个家不健康之处暴露在外的就是女主人被打烂的脸……唉，我现在就担心那个孩子的前程……

胡军军边听我头绪混乱的口头汇报，边调看那些素材带。看完，他说，片子记录得很好嘛，母子俩被采访时的情形及孀孀的提问都很到位，不用怎么剪，旁白小潘那里反倒要看他功夫，他先弄个初稿来，我们的态度是不偏不倚，客观再现。孀孀旁白时千万别在片子里评判这事，观众会很震惊的。我们的目的很简单——看别人的故事想自家如何，观众自己有评判。这个事抓得好，弄得好，我们播过后可以把这故事投央视《社会观察》栏目去，做成一个精品吧。

12

胡总监表扬了，大家干劲大，片子隔周二便完成了后期制

---

① 宰斫，昆明方言，指自信、主意。

作。胡总监审过了，往上报分管栏目的副台长也审过了。周四，《电视报》的节目预报便发了出去，定在周六晚八点黄金档播出。

节目预报发出的当天下午，我给杨莉、叶女士分别打了电话。

杨莉在电话那头欲言又止的，说话声音有点嗡嗡的，像是感冒了，我让她一定约着儿子小西一起看节目。电话谢叶女士时，学杨莉，我称她叶四，这样的称呼没隔阂。杨莉有一哥一姐，叶四平时也叫她"杨三"的。这不是昵称，但就是有一种打小撒尿拌泥巴玩大的亲切感，若不这样，叶四恐怕也没耐心这样关照杨三。杨三真不是一个讨人喜欢的女人啊。

我说，叶四，真要好好谢谢你。叶四电话那头客气了一番后说，红丽孃孃，真是很难得，刚才下班回来，在楼口见杨三她姐姐杨二来了，和她老公一起来的，手里拎着大包小包的，杨二是个大学教授，她老公也是。可能是来探望杨三的伤情的，你们采访后第二天杨三就上班了，上了两天又请病假回来待着，我昨晚看她，脸上的青肿消了好多，但她鼻梁骨那里包着药，问她，她说很疼，去照了个片子，鼻梁骨歪了。红丽孃孃，我奇怪，难道是杨三跟她姐杨二说了这事？还是小西给姨妈打电话说了？从杨三住我对门起，我就没见杨二来过，也没听杨三说去她哥家、姐家。其实，一家人啊，上面的父母不在了，兄弟姊妹的情感也就淡寡了，红丽孃孃，你说是不？

叶四是个天性热情话多的女人。

13

  弯的呢树,弯的呢花,弯的呢树上开红花啊,弯的呢歪脖子树上开了一朵大红花啊……

  这个春天,上班路上我经过一条开着串串紫花的泡桐树大道,一边走一边哼着我的花灯小调。做完一个有分量的节目,我睡了个好觉,心情敞亮,我不时弯下腰去捡拾那掉落的紫花花。

  浅紫色的花花拾在手六七朵,我想象着把它们放进办公桌上那个茶海里,浮于水上……即兴的一个审美创意。

  我的桌上有一整套伙的泡茶家什,一个青花的大茶海里用清水泡着些茶杯,工作间歇,我充当办公室的阿庆嫂,烧水泡茶。茶汤点进茶杯,一句花灯猜调开唱——小乖乖那个小乖乖,我来泡茶你来喝……

  嘿,那些小的们一听这调就围拢过来喝上两杯,然后一起瞎吹乱侃两句,说个把段子找找乐,那是办公室最轻松的时光。喝茶时他们不兴喊我孃孃,喊我茶奶。我不介意,由着他们兴致。很享受这种工作氛围,我一个快退休的老女人,突然跟着一帮小年轻干起来了,火了一档节目,这我可是没想到,原本我都催促着儿子快找个媳妇,给我生个娃娃带了。

  进了办公室,把茶海里的茶盏全拿出来,淡紫的泡桐花放进去,那些花便像紫睡莲一样浮着,很有点茶禅一味中那"如是"的意境。我自个抱着手欣赏了半天,颇得意。生活、事业如是,知足了。

时间真快,又是周五了。本周采访的是一个六十来岁的老大妈省吃俭用收养一百多只流浪猫的事,大妈没子女,她男人早年得病死了。这个故事简单,就拍她与猫的情感,背后不必要什么意味深长的思想含量,后期制作更快。节目攒着两个,我特轻松闲在。

再过一会儿,小的们一个个就会踩着打卡时间来了。

用茶夹拈起那先前从茶海里取出的茶杯,一顺儿地排好,电茶壶接了山泉水烧上,牛鼻眼盖的大紫砂壶里,先就投放了满满两茶匙醒过的台湾冻顶乌龙,敞着盖。

电茶壶开关嚄的一声跳掉,我的眼睛便从那紫花上收回来,提壶沏茶。

听见一串脚步声,我没抬头,只专事我的雅玩茶道,心头吟出一句苏东坡的诗:茶笋尽禅味,松杉真法音。两个月前我参加了一个茶道班,学些泡茶的技艺,品茶的情趣,读了些茶禅一味的闲书,挺修身养性的。

红丽孃孃!

听见那瓮声瓮气的异样声音,我猛抬头。

杨莉!

我诧异地喊出一大声来。杨莉身边站着一女两男。

女的个头跟杨莉差不多,着黑白细格子西装套裙,身材苗条,戴着一副无框眼镜,两中年男人,一着夹克一着西装,有身份的样子。

我忙起身。

杨莉脸部的神经抽了两抽,眼光不自然地躲我。她嗫嚅着说:红丽孃孃……这是我姐、我姐夫、我哥。杨莉鼻梁骨那泛着碘酒黄,像是刚到美容院隆过鼻子的样子。

哦,你们好!你们好!

我伸出手先去握了杨莉姐姐的手,杨教授,佩服佩服,认得你的,你是我省妇女界的科技精英啊!

杨二脸上皱出两丝笑来,受用的笑,并无自谦之辞。有点跩。

跟那两位男人也握过手后,连忙请他们坐。办公室并不宽展,四位并排挤在一条三人沙发上。

咋了?心里嘀咕时,心跳得厉害。我镇静地退回茶台后欲给他们倒茶。

杨二教授清了清嗓子,普通话说道:马老师,您别客气了,今天过来,是想请你们停播那个片子。

咯噔一下,我的心往下落。

哼,不愿称我"红丽孃孃",她晓得我姓马。什么意思?操口普通话,高人一等了?我马红丽的普通话讲得挺溜的,不然,能当电视台新闻主播?还输了你不成?至少咬字比你准吧?我偏用方言跟你讲!哼,一口普通话在心理上就居高临下了?!我马红丽也跩的。

我脸上拿捏出一点诧异的表情,问,为啥子?!

节目组那些小的们还死不来上班,我一个人抵挡四个。我脸上尽量挂着柔和的笑。

堂堂一个名牌专题节目,都预报了播出时间,他们阻挠不播就不播了?哼!

马老师,实话实说了。首先我妹妹这个人哪,文化素质低,国企工人嘛。她不晓得这节目播出后的影响。说白了,她不顾脸面,我、我哥、我先生还要顾顾这面子的。我和我先生是大学教授,也还算有点脸面的人,我哥也是单位里的领导。我妹妹被家人打了,打伤了,那是家庭内部的事,是隐私,是家庭内部矛盾,我们会解决好,不必成为一个天下皆知的公共谈资,公民有保护隐私权的权利;其次这节目播出去,对一个十五岁少年的成长是极其不利的,即使你们会对节目进行特别的处理,但那也无济于事。我们作为家长有保护他健康成长的权利,他的错误我们负责管教,这也属于我们的家事,我们不想公之于众,成为别人指手画脚的话柄。马老师,你的节目我也在看,你是一个无比通融、无比豁达、无比包容的人,希望你能理解我们家属的心情……

两个中年男人,一脸严峻,不时地点头。他们不出声,只在旁边充当金刚的角色,跟着来示威的,尽管脸上没有那凶神恶煞般的神情。

我把牙根咬紧了。

那杨莉,低着头,不时神情畏缩地掀起眼皮看我一眼,看她姐一眼,那张刚开始消肿的脸像是放蔫的茄子兀自瘪塌着,软得以为那肉下没有鼻梁骨。她这萎样子，横遭了教授姐姐杨二的一大恶眼，这一眼正好被我看见，那眼光里满当当的鄙视和不屑。

杨莉把头一低，上眼睑几乎奄盖严了那乌青的泡肿眼，她今天就是那一女两男挟持而来的只当道具用的可怜虫。

办公室里第一个进来的是胡总监。胡总监一脸傲气，我正欲介绍一下，他打了个手势，并不睬他们，转身就走，我跟到了隔壁他的办公室。

长出一口气，我压低声音道：TMD，白忙活一个多星期。被打的那个女人和她姐姐、姐夫、哥哥一大早就冲来了，要求我们停播那个节目。理由一是他们都是社会上有头有脸的人，他们丢不起那面子；理由二是怕对那个十五岁孩子的成长不利。胡司令，咋个办？那女人的姐姐死跩，你说，多大个教授啊？！真是，我鬼火绿！

胡总监，我们平时也叫他胡司令，这诨名我给他起的，源自《沙家浜》。

别瞧司令那样子有点阴柔气，做事倒蛮干脆，瞧他——黑色细腿裤皱头麻瓢地撑着一把瘦腰，往上黑色紧身衬衫裹着一副薄的削肩，再往上长细脖子上堆绕着一条深紫色细麻围巾，再往上那颗头一晃，手里夹着的雪茄烟对我一指，哼出一句不容置疑的话：嬢嬢，我方才隐隐约约听见了，答应他们的要求。你马上过去吆他们走，我一眼都不想见这些自以为是的精英，快打发走嘎!孃孃,不用我亲自过去吧?!

杨二教授一干人真没想到事情如此爽快就办妥了。杨莉依然低着头,手指绕着一张纸巾玩儿。那两个男金刚脸上和气起来,连声说抱歉。杨二教授脸皮上浮起一丝笑:马老师,谢谢理解,再见。

杨二教授起身言谢时,杨莉还呆坐在沙发上,她姐昂身出门时鄙夷地睃了她一眼。她忙不迭地起身尾①上,临了也没敢再瞧我一眼。

栏目组那党小屁孩一个跟着一个来了。听说这事,一个个咬牙切齿地嚷开来。小潘说,他们越不让播我们越要播,我可花了大工夫,不行!

胡司令嘴上叼着那抽了三分之一熄火的雪茄,不以为然,扫大家一眼,说:莫嚷麻麻②的了!这片子我胡某还会让它成为粪草不成?花了我们那么多时间、人力、制作成本,花了我们那么多精力!加班加点地编剪成四十五分钟的片子,我们不会投央视的《社会观察》栏目去?哼,我不过就是答应不在本台播嘛,哼,对付这类所谓精英我有的是办法,要是拿去央视播了还扯出什么喳斤来,我来承着!怪球事,我们还怕了?!

吃了一大惊,我盯着年轻上司的脸,一脸坏笑。

---

① 尾,昆明方言,指跟。
② 嚷麻麻,昆明方言,指吵吵闹闹。

小潘提醒说，胡老大，我们是方言节目，能上央视？

胡司令，眉毛一拧，厉声说，画面配文字不就行了？小潘，你倒是给我弄好文字脚本！

14

那天挨近下班时，我想了想，拨了电话给叶四，告诉她节目不播了。

叶四很吃惊。接着她告诉我一个更令我吃惊的事。

红丽孃孃，杨三办退养手续了，今天的事，厂里都传开了。我刚刚冲过她家去问她为什么。她说，她姐姐和姐夫前些天来跟她商量了一件事，她姐夫的妈是个老年痴呆症患者，老太太很烦，专门在家搞小破坏，家人稍稍不注意她就会故意把那水龙头拧开了，让水哗哗地白淌掉，或者故意在厨房里拿起个碗来把它往地上砸，让那咣啷声引起家人对她的注意，若家人不以为然，她就再开砸第二个，有一次，她用纸杯接了热水就浇在一盆名贵的兰花根上。家里请过四五个保姆了，老太太的怪异行为把人家一个个吓跑了。她姐夫家兄妹几个人商量了一下就想到了杨三，说杨三一个月就挣千把块钱，不如让她办退养，每个月拿着厂里的生活费，有个五六百块钱的，她若同意去照看老太太，她姐夫家四兄妹一人一月凑五百块钱给杨三。这样，后顾之忧解决了，杨三的收入也增加了，还说自家人照看，放心。杨三拿不定主意，她是不想去的，但她姐姐杨二说一不二，杨三只好听她姐的。杨三她姐夫的父母是老干部，住的房子大得很。杨三得搬过去跟老人家们住，那老两口收入高，家里已有一个做饭、做家务的小保姆，杨三去那边只负责盯紧老太太。

真不是滋味。我问叶四：杨三那还不拴死在她姐夫家了？小西咋办？杨三有没有脑子啊？她男人长年在工地上，她走了，谁给小西煮个饭什么的？那孩子不是今年要中考了吗？

叶四说：我提醒杨三了，杨三说她姐姐、姐夫说了，让小西也跟着过去，他们家的房子大得很，小西一个人住一间也够的。红丽孃孃，依我看，小西不会去，那孩子有主意，他巴不得他妈离他远点呢……

后来，某天晚上八点来钟，我在家里试着给杨莉家打了个电话。铃声响了半天没人接，就在要挂断时，电话那边传来一声：喂！你找谁？

清了清嗓子：小西，你好！我是红丽孃孃。小西，那个节目没播，你妈妈跟你说了吗？

嗯，红丽孃孃嘎，我姨妈跟我说了。

小西，节目不播，你有啥子想法？

无所谓。

小西，你妈妈在吧，我挨她说两句？

我是故意的，我当然知道杨莉不在家才打过去的嘛。小西的状态一直扯着我的心。

她不在，搬走了。

搬走了？啥意思？她怕你，怕你再打她？小西，以后可不能再打你妈妈，那是要被雷公公劈的！我跟你说过，你妈可怜，命苦。你要晓得关心她噶！

禁不住好奇心，我就想从小西那里探听出点什么来。

红丽孃孃，我不会再对她那样子了，我晓得，我错了。不提她了，她搬走是为了去挣大钱。

小西真的是一个有主意的孩子，口紧着呢，他当然知道他妈去了哪里。可他不是个简单的孩子，尽管我是著名的"红丽孃孃"，他也不买我的账，他知道没必要把家里事都倒给我。

小西，你妈不在家，你吃饭咋整？

她给我钱呀。

听出小西声音里的一丝冷淡，我关了话匣子。

小西，打搅你了噶，快去复习吧！记住了，考上重点中学的话，通知红丽孃孃一声，我说过要送你个礼物的！

嗯，谢谢红丽孃孃。

15

有好一阵子，我气瘪瘪的，像是皮炎平药膏广告里那抓痒痒的挠挠……我乐、乐不起来了。我想，我主持的《有事噶？找红丽孃孃！》这个节目就是一个现实之痒的大挠挠，它真那么管用吗？其实，它不好玩，经常地不可乐。

每天，我还是习惯地哼唱我自编的那花灯调调，它像是我心情的晴雨表，可这些日子我总是唱得不来劲，没精打采的。

  弯的呢树，弯的呢花，弯的呢树上开红花啊，弯的呢歪脖子树上开了一朵大红花啊……

那弯的呢歪脖子树，仿是被我唱得要断了。
先前小孙的那个花灯调调当主题音乐的创意我懒得去跟胡总监提，小孙也早忘了要给它配曲这事。

老麻哥是个漫画家,天性幽默,很多无趣的场合都要他去说点醒瞌睡的话……老麻哥无论何时何地都能让大家的嘴巴、鼻子、眉毛一把抓,再配合上浑身的皮肤肌肉做些——在女人说来是花枝乱颤,在男人说来是肚腩皮的冲浪滑板运动。

LMG

马红丽拿到我帮她写的那个采访手记后高兴坏了，立马拿去一家文化娱乐周刊署上她的大名发表了。马红丽说她的正高职称参评条件里就差这样一篇有厚度、有思想深度的文章了。她说，老妹，我说话算数，我挨你说，我有个非常合适的人选这就介绍给你，我来张罗。

周五下班后我去了马红丽在福照楼安排的饭局，我约清清一起去的。清清说要替她嫂子及当事人杨三谢谢马老师，她来买单。清清说，她嫂子告诉她，节目虽然没播出，但是杨三的可怜境况或许是有所改变了，她儿子在经历电视台上门采访这事后也成长了，懂些事了。我说倒也不必，马老师现在是名人，福照楼主打滇味，没见马老师的节目赞助商是福照楼？马老师说让我多喊两个朋友去，我也约章小秋了，她说约了人在咖啡馆说事不来了。

马老师在饭局上把老范隆重推出。此前马老师敲开我的门，跟我提前细说过老范了，老范的根根须须都从地下刨了出来。

喜 感

1

十二年前，也就是二〇〇二年世界杯赛期间，那时老范比现在年轻十二岁。废话，现在是二〇一四年，这话还用说？是啊，那时老范只有三十八岁，三十八岁的男人，过了而立之年了，姓氏前面还没有那一个"老"字作前缀。

当年老范还是小范，还算是个文艺青年。那天小范能亲眼见证两个中年男人掏出钱夹来比谁钱多的豪赌，还是因为老麻哥的原因。那一次亲历是小范人生命运的一个重大关节点，用现在的话来说是个拐点。

老麻哥是个漫画家，天性幽默，很多无趣的场合都要他去说点醒瞌睡的话。所以很多场合他都能亲自出台，那会让大家都觉得相当有面子。老麻哥无论何时何地都能让大家的嘴巴、鼻子、眉毛一把抓,再配合上浑身的皮肤肌肉做些——在女人说来是花枝乱颤,在男人说来是肚腩皮的冲浪滑板运动。

小范当时刚刚混成个报社副刊的主任编辑,副高职称。老麻哥在小范编辑的副刊上开了个专栏《笑歪嘴》,开成了品牌栏目。

两人一来二去便处成了朋友,老麻哥长小范二十五岁,是小范的爹辈。小范对老麻哥那是敬仰得五体投地的——不,是四体投地,因为他是敬仰老麻哥嘛,四肢投下去时,头脸还是仰着的,所以,只是四体投地,这是小范随时把老麻哥挂在嘴边扯虎皮作大旗时自嘲的话。人人都有虚荣心,小范没卯脱。

这天老麻哥被牛画家、马律师、摄影家南瓜、文学刊物主编紫洋芋等一党文化艺术界的腕们约了一起看球狂欢。看球的窝子在东风路上紧挨着体育馆那条巷子里,从东风路崴进去七八十米的锅炉房酒吧。这酒吧是怀旧风格,那里高级洋酒也有,乡下人烧的苞谷酒也有,也可以做点吃的,如做个酱油炒饭、酸汤面什么的。酒吧不起个洋气的名字,叫这么个老土的名字,是因为那地方的前世就是一个大单位的锅炉房,进去一看你就会发现开酒吧的老板懂整①,他保持了那锅炉房特有的二十世纪六七十年代的工业标签,墙面还故意留下一条"抓革命促生产"之类的标语,墙面像是没处理过依然煤灰粉尘斑驳的样子,而在这旧工业的灰色背景里又用丽江的条纹土布、大理乡间的土

---

① 懂整,昆明方言,意思是讲究、在行。

陶罐们插上点细碎小花花来柔软环境，昆明城头前卫先锋另类的雀神怪鸟①的仙人们都喜欢那调调。

要去看球赛时，老麻哥想，约上小范一起去玩玩也算是谢他一直的关照吹捧。你莫说，老麻哥也真就是在那些年被捧红的，一时红得发了紫，城里人对老麻哥的漫画加漫话那是家喻户晓。小范一买到《读者》杂志后，首先就读中间插页的幽默版，他得了启发也想在自己编的版上做这么一个小栏目。瞌睡碰着枕头，在自然来稿中小范发现了老麻哥这个天才。后来，后来嘛，这昆明城里人打开小范他们的《城市导报》也是先睹老麻哥的漫画专栏《笑歪嘴》，后来别的报刊也来约老麻哥的稿，老麻哥不给，只给小范。

小范是个真球迷，大学时代踢球踢的是前锋，老麻哥呢正好应小范邀约将在一个月的世界杯赛期间画些"球"画、说些"球"的事情，《城市导报》特别批准老麻哥的专栏天天上，专栏名也因此特地临时加了一个"球"字，叫《笑球歪嘴》，呵呵，这样一来，单看见这个专栏名就球想笑的人们就有了议论：莫说噶，那死老麻哥硬是懂球整，硬是把全城的球迷、伪球迷们麻球得舒坦。

《笑球歪嘴》这个专栏成了一坨老发面，天天都发面蒸上一屉笼糖腿包子，笑球酸人们的腮帮子，甜球死人家的牙巴骨，

---

① 雀神怪鸟，昆明方言，指奇奇怪怪。

也仿一个痒痒挠抓搔逗弄着人们的笑神经。老麻哥的漫画专栏被追捧得上了天。老麻哥算起稿费来就开心得要死。

那个疯狂的夏天,那一个月内,各种看球的圈子、球迷俱乐部都把能与老麻哥一同看场球当作至高的荣耀。跟老麻哥在一起看球就是麻啊酥啊!

小范跟着老麻哥去看球的那天,运气不好,那场比赛踢得太球闷,一点悬念都没有,一窝看球人都球不来劲。酒吧老板也觉得乏味,就一件一件的啤酒抬上来,劝大家伙喝,说是喝球它个痛快!锅炉房酒吧炸开了锅,电视上不热闹,酒吧里酒瓶的破碎声倒乒咛乓啷地一直不断。后来,看球的人便开始二麻二麻的了。

老麻哥在一片起哄声中开始给大家醒瞌睡,蜘蛛扯丝般掏肚子里的笑料拿出来现蒸热卖。小范缩在一个旮旯里捡老麻哥的笑话豁皮,小范那时还没有中年男人的肚腩,他笑得就不像牛画家、马律师、摄影家南瓜、主编紫洋芋他们尽性。

那天老麻哥讲了个"不容侮辱的女人"的笑话。老麻哥是一本正经地讲的,说那是一件真事儿,一点都没添过油加过醋——三十年前,八十年代初,几个日不拢耸[①]留着爆炸头的文艺男青年,百无聊赖地站在街边评论起女人们来,评比人家的长相。有美人经过他们就集体尖叫打呼哨,一般长相的就懒得

---

① 日不拢耸,指穿着邋遢,感觉不顺眼。

吭气,生得难瞧的就做鬼脸说些羞辱人家的二话。这天,一个丑女骑车经过,无聊男青年们大声冲着人家嚷:长得这么难瞧,还敢出门来吓人?!老害怕!那个女人车骑过去一截后猛刹车,从车上跳将下来,把车笼头调转过来,推着车一步一步走回到这伙男青年的身边,车笼头狠狠一顿,凛然道:咋个?!老娘只是随便长长!

球赛是没看成,老麻哥的笑话把在座的人肚皮都笑破了。笑过,牛画家便说这笑话一定是老麻哥的亲身经历,老麻哥不理那个茬,只管抱着个水烟筒呼噜呼噜地一边吸起来,眼睛盯着那场闷球看。马律师跟牛画家就因此戗上了,争将起来,马律师说老麻哥这笑话是他现编的,不然这么好听的笑话早就在报纸上抖草了,因为它实在是太好笑了,是个笑话精品,是个经典笑话,不黄不色却那么搞笑!马律师条分缕析,说这一定是老麻哥原创的,因为他天生笑话大师,这城头还没人有他这球本事!

牛画家就偏说那是老麻哥的亲身经历,他一定就是那个被随便长长的丑女羞了一顿的文艺男青年,这种事再有天分也想不出来。

牛画家、马律师两个人就掐起架来了。牛画家说,揣了钱来赌球的,比赛难球瞧么没球赌了,就赌点别的也行,马大律师,赌球不成么怪难玩,人家随便长长么,我们来随便赌赌,咯敢打个赌?!反正那钱总是要拿球来赌的,就赌这个,我说老麻哥是当事人,你说老麻哥是现编的,咯是①?问声老麻哥不就晓得了?天地良心,他说嗰样就是嗰样!

啪的一声,牛画家从马甲里掏出一鼓胀得如他的油肚一样的棕色牛皮钱夹来板在桌上,然后斗鸡似的挑衅起马律师来,喝道:拿出来!

马律师也红了眼,唱将起来——东风吹战鼓擂,这个世界到底谁怕谁?不是人民怕美帝,就是你老牛怕我老马……嘿,比钱多么,可是真的要比?!你以为你一张画卖个万把两万的就鸭子走路排着来,死跩?说着马律师也啪的一声从屁包里扯出一个瘪是瘪了点,但有几张银行卡的钱夹来砸在桌上。乜眼牛画家,比钱多吗?信用卡里还有!刚整了个标的大的,昨日天②刚到的账!

男人赌性一起那真就是好斗的公鸡了,两个人都脸红筋胀地等着老麻哥站出来放公鸡,说那笑话到底是咋回事。老麻哥瞟他们两眼,继续吸那水烟筒,你们哥两个,钱多得没处使,多得钱咬包包么散钱啊?我就他妈的缺球钱,画一幅漫画得八十块钱稿费,一个月里天天画,也球才二千四五大毛,何况只是一周两幅,现在得世界杯的福,天天画一张,还是小范打报告给我争取的,得了,小范你帮着数数这两个钱夹里哪个现金多,多的负责今天的酒水花销吧。

---

① 咯是,昆明方言,用于一般疑问句,指是不是。例如:咯在,即在不在;咯好,指好不好。
② 昨日天,昆明方言,指昨天。

想赌的人没赌成，加上球难看，喝高了的人就纠结在这么桩小屁事上要干架了。小范一眼一眼地看向那两个桌子中央的钱夹想开了，啥时我的钱夹里那么鼓胀么我就他妈的混出人样来了，这辈子一定要这样跟人赌上一把！一定要活成这样子！

小范家在滇北农村，从小吃的苞谷、苦荞疙瘩饭，屙的疙瘩屎，唯一的出路就是读书上大学吃上公家饭。小范大学毕业在城里有了工作，三十老几才经人介绍讨了个城里媳妇，生了娃娃，可是他上面两个哥下面的一个妹子和爹妈还在老家当着大地的雕塑工呢，小弟弟读高中，日子过得球穷，穷得一年四季吃上两顿白米饭就仿杀年猪般地欢天喜地了。小妹正准备去沿海地区打工，写信来说，他挡了，不让去，他怕小妹去那么远的地方没啥子会做的当了"鸡"咋办，小弟读书还猴，他这个唯一在外头吃公家饭的哥就得考虑小弟考出来读书时的费用问题，老爹老妈一把年纪还弯在地头盘两块苞谷地、洋芋地、蚕豆地、苦荞地，唉，那地头就是刨死刨活刨它一辈子也是刨球不出一个大五分币来的。

小范渴望身上揣起一个鼓囊囊的钱夹来，身上若真揣上那么个厚扎的钱夹，就可以像牛画家、马律师他们板五板六的，跩三跩四的了。

2

老范的老婆小林是个大学老师，早就是个副教授了。老范在二〇〇七年评上了副高职称，叫主任编辑了，评上三年了，再有两年才可以评正高职称。老婆小林正在申报正教授，估计没问题，评下来，小林就是带研究生的导师了，而小林在年纪上还比老范小两岁。所以真要横比起来，老范无法与自己的老婆比肩。小林是个土壤学专家，去美国做过一年访问学者。

　　土壤学这类当年填报大学志愿时没人报的冷僻专业现在吃香得很。科技是第一生产力，而国家对农业科技的重视显然是越来越加强了，在什么样的地上种什么样的作物是最合适的，投入产出比一算，一目了然。小林教授身材瘦小，看起来倒像个小学教师，可人家却是一个在省内声誉鹊起的土壤专家了。特别是从美国回来后，她就被几个在斗南从事花卉种植、在元谋和江川等地搞蔬菜种植的大老板们盯上了，眼看着，在职称的评定上、在收入上老范都有被远远落下的迹象，情势越来越显见了。

　　老范心里是有一丝丝不滑爽的，这丝不滑爽劲硌着老范，老范就感觉腰包虽然是鼓起来好些了，可是还不到他想有个机会也啪地把钱夹拍在桌子上跟人家比比到底谁钱多时，直起来的腰杆就又要在老婆面前软塌下去了。

　　小林是土生土长的老昆明人，当年她经同学牵线搭桥跟小范谈恋爱时遭到了自己妈妈的强烈反对。小林她妈陈二孃是个唱花灯的民间高手，成天疯天阔地的不着家，家里的男人不管，家务事不做，一天天不是在心湖啊大观楼啊就是到官渡古镇那些地方去唱花灯小调。回家来么就叨叨，说别人家的姑娘都找着高枝爬，自家的姑娘是哪点不如人，就偏生往那矮处歇？

小范谈恋爱时去小林家最怕见着这个未来的丈母娘，巴滋不得①她老人家不在，倒喜欢那个沉默寡言的老丈人。等到生米煮成熟饭小范硬娶了小林，丈母娘还是不待见小范这个家在农村的姑爷，随时随地哼两句调调指桑骂槐的，有一次陈二孃就有板有眼地唱过一曲：

栀子花来芙蓉花，你是哪家花上花？妹是哪家天仙女？惹得小哥懒回家？百样草木百样花，桂花不如毛瓜花，桂花谢了无人采，瓜花谢了才见瓜。栽花要栽粉团花，选郎要选十女夸，哪料选着沾人草，人人笑我烂眨巴。

小范当年佯装听不懂，心里却直戳气，恨得牙痒。哼！一个唯利是图的小市民，稀奇个啥子？总有一天你陈二孃得来求着我，舔着我，给我唱花调调，专拣好听的唱。

小范很委屈，他心里犯嘀咕：讨得你陈二孃的囡回到我山旮旯的家，范家村的人把她捧成了牡丹花，富贵得像王母娘娘她老人家，老子在你们家被当作一泡狗屎。不就嫌我农村人？等我混成个人模样来，你给我当老保姆。小范那个恨啊，先憋着。

结婚两年生娃娃了，丈母娘陈二孃还是个脚底抹油打滑的

---

① 巴滋不得，昆明方言，指非常希望。

老花灯,只差天一亮就急着奔心湖、大观楼去,根本不帮着小两口带孙孙。小范没办法接来自己的老妈带儿子。可没过两天,农村来的婆婆就跟小林吵了架,小林下班回家时瞧见小范他妈给孙子团团喂饭时,竟然是把那饭先吃进自己嘴里嚼成饭糜,再吐出来用勺子喂进儿子嘴里,儿子还吃得吧唧吧唧的。小林猛一看见,恶心,过去就抢过婆婆手里的饭碗,把那碗饭当婆婆的面就倒了,然后垮着张马脸自己煮菜肉粥给儿子喂饭。当奶奶的委屈得等小范下班回家来便拎起行李、抹着眼泪、闹着说给她买夜班车去,她要回老家。

在滇北的大山旮旯里,小范家妈是个能干的女人,培养出了一个大学生在城头做了公家的人还讨了城头的儿媳妇,哪个不羡慕?最小的儿子读书也猴,考上大学也不成问题,她来这城头受儿媳妇的馊气干什么?小范看媳妇小林马着个脸不吭气,过去就斥责小林:林琼,你搞球喃样?我妈咋惹着你了,你赶她走?惹毛老子,小心宰了你!你一个大学老师竟然把我妈这样老实巴交的人都惹哭?你咯晓得我老妈晕了一天的车,吐完吐尽黄胆苦水,第一次出趟远门,不是来享福,是来给你儿子洗屎尿布的!给你洗菜做饭的!你还有喃样球理由盘嘴使脸的?你那老烂妈呢?她帮过我们啥子?成天只会待在公园里当老骚鸡,你还有喃样不得不依的?

小林把儿子团团往沙发里一塞,抹着眼泪就往卧室里跑,那门砸得客厅的吊灯乱晃荡。

小范折头①把他妈哄歇,不说走的话了,又去哄老婆。

等小范头拿棕皮包着②搞明白是咋回事时,也跟着呕了两声,然后出来跟他妈说:妈,你家不要给团团嚼饭,要锻炼团团的咬嚼能力,再说你嚼过的再喂给团团,是有点,是有点不太卫生的,城里人不兴这个,小林对你没别的意见,她希望你老人家留下来。小范家妈就瞅了儿子一大眼,你小时候我不就是这样弄的?没见你生个毛发个病的呀,我有自己带娃娃的方法,不得,你喊她妈来带呀,城里的娃娃还得城里的外婆带啊,长大了才会变成城头的娃娃。

小范发现他自己的妈也挺倔的,若她老人家走了,还真是一点办法都没有,两口子都是上班族啊,小保姆打着灯笼都找不着呀。

那桩事情过后,小林和婆婆的关系改善了一点,但生活中的磕碰还是越来越多,生活习惯实在是太不一样了。陈二孃风闻了,趁姑爷不在家时跑到小范他们家里来撒了一回泼,把个亲家母完全不看在眼里,不管不顾就对自己的囡说:瞧见了没?什么叫门当户对?不听老娘言,吃亏在眼前了不是?你以为,你以为过日子就那么简单?等着吧,等着七大姑八大姨地上昆明来,到你们家吃、住、玩一条龙服务噶,等着亲亲戚戚串雀一样地来托你们办事情,看个病、告个状什么的,我说么,你两口子干脆开个范家村驻昆办吧!我瞧你是牙齿打落往肚子

---

① 折头,昆明方言,意思是回头,掉头。
② 头拿棕皮包着,昆明方言,意思是"一头乱麻",形容头昏脑胀,头大。

里咽,活该!

　　小林鬼火绿,吆走了自己的妈。其实在背后,她跟着老公小范也不叫她妈了,也称她陈二孃。小林烦死自己的妈了,她不帮着带孩子倒也算了,还来说屎难听的话。陈二孃就不是个配当妈配当男人婆娘的女人。小林为有这样个不省心还添乱的妈,胸口积攒起一大口恶气没处发。自家妈天天唱花灯,伙着一堆爱唱花灯的老倌玩,就是干些摸皮擦痒的事,既不恪守妇道还对女儿的婚姻挑拨离间的。小林认为她爹一辈子的郁郁寡欢都是因为娶了她妈陈二孃,父母的婚姻是不幸福的。小林怀着娃娃时她爹得肺癌去世。小林感觉自家人不给自己脸上添光彩还尽捣乱,她堂堂一个大学老师,她是非分明,却硬鼓着要嫁给家在农村的小范,是因为她看见小范身上有股子劲,努力向上的劲。小林也晓得她跟婆婆的矛盾只是生活习惯的抵触,要说人家一个裹过脚的农村老太太丢下老伴和一大家子人,来到昆明给他们带孩子,做饭做家务,那可真是太不容易了。一个不识字的农村老太太还得现学厨房煤气灶、洗衣机、微波炉的使用,也真是难为她老人家了。自家的妈太不争气了,小林气得光会悄悄地流泪,她没脸跟自己的老公说家人的不是,她快得忧郁症了。

　　小范一看家里这样子,左思右想,既然自己的妈也不快乐,媳妇也不快乐,权宜之计还是送走自己的妈为上策。小范托了单位一个专门跑工青妇口采访的记者,在妇联挂上了号,终于插队找到一个临沧凤庆来的小保姆,那小丫头人木点,但可靠。

家里一时算是消停下来。

3

一晃，儿子团团读初中了，小范被喊成了老范，老婆小林去美国当访问学者一年也回来了，人家镀过金后，事业红火起来，收入也噌噌地上来了，申请科研项目也容易了，款项也大起来了。就连老范都跟着沾了光，老婆的电脑频频升级换代，老婆淘汰给他的一台手提电脑老范拎着去出差，编辑部那些小年轻一看都羡慕，说范老师太潮了。老范的电脑是老婆的科研经费里开销的，这个老范就悄默默地不便说了，说出来，好像是吃软饭的。老范只是享受着小年轻们夸他懂整是潮人这事，老范脚上的那双英国的其乐鞋也被小的们严重表扬了，那是老婆小林给老范从国外带回来的。

当然最最重要的是老范钱夹的饱胀度正朝着他的理想前进，的确是越来越鼓了，而老范的弟弟考上大学后又考上研究生，现在在攻硕士学位了，弟弟就在老婆小林的那所大学读研，学的是再生资源系的热门专业，周末会来老范这里吃顿饭。老范呢也总算混了个编辑部主任的职务了，老范的人生正别开生面。

二〇一四年，世界杯又开战了，十二年了，又过去十二年了！老范摩拳擦掌地，这些年他养成了个潜意识动作，他时不时地会从那屁包里——假若那天他穿的是牛仔裤的话，或者从便西服内里的夹包里——假若那天他穿得正式点的话——摸出他的钱夹来在手上捏一捏。

老范的钱夹也从最初本土品牌的瑞彪皮夹换成现在的咖色JEEP头层厚牛皮的皮夹了。老范是主任,一人一间办公室,他不忙时就关起门来把那鼓鼓的钱夹啪地砸在办公桌上,找十二年前牛画家、马律师他们那种气吞山河般的豪情,然后点上一根烟,抽起来,在那轻烟袅袅间,想那钱的事情。

4

那一年,是九十年代初,大四的那个暑假,小范回家探亲。给家里人买点啥子回去?手伸进裤包深处摸那仅有的一点钱,那被他的卵子随时煨着的几块钱还是他从牙齿缝里抠出来的,可惜它们天天煨得热乎乎的就是不会孵得钱大起来多起来。

那一点钱给谁买礼物都不合适,给大哥家上学的娃娃买双小球鞋,二哥家的娃娃没有咋个行,莫惹事喽。小范想了又想决定买半公斤大白兔奶糖回家,这样家里人人都有份,起码每个人都可以尝到它的甜和那香浓的奶味。称了糖后,小范的口袋里还剩下十六块钱。小范到南窑汽车站买了一张回家的长途夜班车票花去十四块八毛钱后,身上还剩一块二毛钱。

小范捏捏那一张大点的纸一块钱,又用指头捻捻那旧得起毛的一张小纸一角钱,又用拇指、食指搓了搓两个大五分的镍币,心有点酸涩。反正是上了夜班车就拉抻了脚睡吧,半夜若在哪里停车,饿了,一块二毛钱买碗面条或者米线吃吃也宽绰得很了。

小范上了夜班车,车轮子一动,鼻子那里就仿闻到了一股烧洋芋的香味,小范嗓子眼那做了个吞咽动作,心想一觉睡到天明,离家就不远了,一进家门就撮一粪箕的洋芋放进火塘,焐上一粪箕的洋芋,吃它个饱足,那烧洋芋蘸老妈腌的辣酱好吃死球了。

5

老范透过手指上飘起的那缕轻烟回想起二十多年前,鼻子还是嗅到了一股子烧洋芋的香。

老范坐直了身子,把斜担在办公桌一角的双脚放下来,拿起那饱胀的JEEP钱夹又仔细地摩挲了一下,唉,这牛皮钱夹揣在身上快两年了,那皮面都起一层油亮亮的包浆了,还没掏出来跟人抖过草,可惜。当然那鼓胀的皮夹老范买东西时也气粗地掏出来使过的,可那时刻就硬是没熟人看见,就连手下那些眼睛里只有名牌的小年轻也没瞅见过呢。这钱夹还养在身上人未识呢,憾事一大桩呢!

这JEEP牌的鼓胀的钱夹不砸在老麻哥、牛画家、马律师他们那类人面前就太没意思了,没球意思啊!还使着那个黑皮面的瑞彪钱夹时,老范身上带的现金只是两三千块钱,现在换成这个JEEP的大钱夹,老范随身带的钱数就至少是五千块以上了,少说也都要塞它个齐崭崭的五十张一百面值的大钞啊垫个底，红红的一扎钱，那还不算上五十元的绿纸、二十元的橙纸、十元的灰纸及那些小紫五、小绿一，以及小五、小二、小一的角角票了。

老范就烦钱夹里的那些信用卡，卡，卡卡的，摸着卡可没数出那一张张大钞时实在滑爽，可现在什么都往卡上打，档案工资往卡上打，效益工资往卡上打，稿费也往卡上打。老范跟老婆林教授抱怨过，这卡那卡的往钱夹里塞，就生怕它滑掉哩，你打开钱夹掏钱，一扯，说不准啥时就掉了一张，这卡不好，很不好！

工行、农行、建行、交行、中行、招行、华夏行、光大行、浦发行，外加本土的富滇银行，一遛牡丹卡、金穗卡、龙卡、太平洋卡等等。牡丹卡里又分金卡、银卡、储蓄账户卡，老范看见那些卡就烦，都是他们单位财务部跟各家银行的玩交易，拿着卡既看不见钱又不晓得自己账上到底有几文钱，刷来刷去的，以为钱不是钱，流水一般，哗哗地，财富就从身上哗啦啦地流走了，哎，真不好，感觉非常不好！

老范就是不喜欢那些银行卡，所以一到月初工资上卡、月中奖金上卡、月末稿费上卡时，老范保准在第一时间把钱从柜员机上哗啦哗啦地取将出来，然后拿着存折去存银行、上交老婆，赶过年过节地留出一笔私房钱来，就去邮局给老爹、老妈寄点钱使使。本来，寄钱现在也可直接在银行或者邮局卡对卡地转账，老范也不习惯，他还是感觉什么也没看见不踏实，他还是要拿着现金到邮局去填汇款单，然后数出千把几百去，交给柜台里的职员，看见那钱在验钞机上哗哗地走，看见闪耀的阿拉伯数字在验钞机上跳，他才心里安妥下来。因为老范看着验钞机上的数字跳时，就想象着老家的邮局里，七十岁的老爹背着个大簸箩拿着汇款单去邮局取钱，钱拿到手上时，手指沾着嘴皮子上的唾沫一张一张地数钱的情形。老范认为那就是老爹最欢心最快乐的时候，老范喜欢想象那个一成不变的场景——老爹取了钱便去街子上买得化肥农药，买得肥皂、洗衣粉，买得盐巴、酱、油、醋，打了酒，量了油，还割了一条肉，买了一扎小粑粑，箩箩里装不下了就用手提拎着，满满的货品带回家去，还没花完的钱交给老妈收将起来……

老范就爱这样像老牛一样反刍着，想着老家，想着他的爹妈，想着那山旮旯，想着他作为一个成了器的儿子能带给爹妈的这一点点快乐。老范有时还想些更远的事，如古稀之年的爹妈劳作惯了，身子骨还硬朗，他要是腰包再鼓些再鼓些，他就再买个大房子，最好是有院子的别墅，把爹妈接上来住，爹妈有块小园子种着，再养上两只鸡，一家子尽吃绿色生态食品……

这些是老范最遥远、最伟大的愿景了，可能吗？不太可能！老婆小林不会容得下他爹妈来跟他们一起住的，小林，人家是林教授了，修养也比从前好多了，可真要是把农村的公婆接上来一起过，林教授恐怕好脸嘴不会长时间挂着。这些美好愿景也只是老范脑袋瓜里过过玩的画面，再说，一辈子挖地种田的爹妈在惯了山旮旯的，哪会愿意离开乡里乡亲的那一小块窄地？就算避开林教授的难瞧嘴脸，另买一套小房子给爹妈住着，他们又怎么可能适应那城市生活的环境？想想罢了，想想罢了。

老范现在的近期目标是哪天直接把一百张大钞塞钱夹里，那才是气粗过瘾呢！可是钱夹里真要塞进一百张大钞，那钱夹也就得换了。换个内里空间更立体一点的？若整个一万元揣着，老范现在这塞得进五十张大钞的钱夹会吃不消的，那钱夹就无法折叠起来了！整个大手包来塞很多钱呢，又过了，又不是做生意的，给人家暴发户的感觉，不好，要的就是牛画家、马律师他们从身上抽出钱夹来板在桌上那种份！牛逼，牛逼得很！

6

老范发岔幻想了一下，还脚搭上桌，眯着眼继续回忆那二十多年前坐夜班车回家的遭遇。

谁料事如神呢？小范坐的夜班车早上六点来钟行至一半山腰上时，被泥石流挡住了，那地方离家还有百把公里，鬼地方前不挨村后不巴店的。小范下车一看，前方路上的泥石流太严重了，半座山塌下来，挡了一截三四十米长的公路，修路工来排除路障最快也得一整天。小范的肚子那时已饿得咕噜叫了。小范摸了摸裤包里那一大张一小张两小枚硬币，望着那把天下破了的连天雨，心一酸，眼睛就汪起泪来。

山脚人家已有人拎着炭火盆来卖烧洋芋，卖煮鸡蛋了，洋芋五角钱一个，鸡蛋起先一块钱一个，后来涨价到一块二一个，最后两块钱才买得着一个了。大学生小范咽咽口水，硬没花出那最后的一点钱去,他背上他的包,包里就只有半公斤大白兔奶糖,那是回家给父母、给哥哥家的娃娃们含的,半公斤大白兔奶糖一颗一颗数,也就三十颗,小范在称那糖时一眼就瞧清望准了的。可小范是不挣钱的穷学生啊,车票钱、这糖钱还是他从助学金里省吃俭用硬抠出来的呀,是把省下的菜票跟一个城里同学调的现钱。上次过年回家买过半公斤带回家,两个哥哥家的五个娃娃一个人得了两颗,剩下的爸妈要锁进箱子,小范硬是拿了两颗,一颗剥了给爹,一颗剥了硬喂进妈的嘴巴里。小范知道,那些锁起来的糖最后也会由当奶奶的分给一个个孙儿孙女们。爹舍不得嚼,一直把那糖含化,一点一点地咂巴着,坐在火塘边放下那不离手的水烟筒,咂着嘴说了句:咦呀,硬甜了。老妈含了一下下,又把那糖吐出来用糖纸包好,揣起来,她舍不得把儿子小范带给她的甜一下子含化掉,她要把那一颗糖的甜回味得更绵长些。

老范现在想起来还是辛酸,还是噎脖子。好在,现在的自己,腰包鼓起来了。大白兔奶糖算个喃样球啊?一百公斤松买!

7

不过有过读大学回家路遇泥石流饿了整两天的经历,老范对钱就敬畏得五体投地了。三年前老婆单位集资建房,林副教授可以买到她大学校园里一百四十平方米的一套小高层房,因为是集资，地又是学校的地皮，价格就比市场价便宜一半以上，且校园的环境那是没得说的。两口子决定无论如何都要拿下它来，这之前两口子已在滇池边贷款买了一套商品房，这一下子要拿出钱款来再买下这一套还是很难的。老范的朋友苏总听说了，立马说借给他钱。苏总问老范要多少？苏总爽快地说可以借他二十万元没问题。苏总是做锡矿生意的老板，被老范采访报道过。房子总价是二十八万元，老范缺口二十万元，他真想借二十万元来一笔给清，可是他心抖抖地不敢要，只说他缺十万元，就借十万元吧。苏总很哥们，说不差钱，叫老范慢慢还，有一点还一点。苏总给老范送来十万元现金，老范正儿八经地写了借条给苏总，苏总拍着老范的肩，说不必不必的。老范坚持把借条给了苏总。缺的十万元钱，老范还是贷了款。那时国家还不限制贷款买房。

可是借了那十万块钱，老范从此不安逸了。有一天苏总约老范吃饭，老范心一紧怕极了，人家苏总尽管只是喊他一起吃个饭喝个茶吹下子牛，可老范偏就觉得苏总是暗催他还钱。后来，只要苏总电话一响，老范就不舒服，莫说应约赴会，那就是跟着去洗了桑拿他的身体也放松不下来。终于有一天，老范跟老婆商量说，是否可以在她申请到的科研经费里先挪点款把那钱先还了苏总，因为他被那十万元借款压得睡不好吃不香的，快得神经病了。那科研经费么一两年内省吃俭用还上也不大有关系的。

老范在两个月后把十万块钱还给苏总时，苏总很讶异，问老范，这就有了？老范点头，有了！好在后来老婆的一项科研成果得了政府的一等科技奖，奖金刚好填了空。老范那个爽气啊，抱着老婆狠劲地亲。老婆现在收入远超老范了！老范是越来越敬佩土壤专家林教授了。

前些日子，报上说一家医院的院长被双规了，受贿款一千多万呢，报上还说那个医院院长的家小早就移民国外了。两口子是在饭桌上议论这档子事的，老范说，那钱恐怕都转移出去了。老婆说，那还用说？人家是有准备有步骤地做这份事的吧。老范说，天，一千万，就算分成几次，一次几百万，就算全换成了美元，那得用多大的行李箱啊？要不就是蚂蚁搬家一点一点地盘。老婆怔怔地抬头盯着老范，老范反应过来，说，对了，谁会随身带现金呢？一定是事先全转进卡里了，银行的人都喜欢给人办卡呢！林教授笑得喷饭，老范啊老范，人人都像你一样要看见现钱才踏实？！人家存什么银行卡，若真是在国内把那些钱转存到卡上，那么恐怕早就被发现被冻结账户了，人家没那么憨，早就把钱洗干净了！老范听得一愣一愣的，怎么洗呢？林教授说，我咋晓得？政府都晓不得，我咋晓得？政府晓得还会让那么大的资金流走？

8

老范据着手上的钱夹一声长叹，然后把它塞进上衣内里子的口袋里。

老范收拢心思，拿起桌上编辑小陈递交来的巴西世界杯赛期间的报道宣传策划案。

阅过，老范感觉那报道方案的框架基本是搭起来了，但还不够有趣。老范加了自己的一堆意见进去，他提笔在空白处补充了一大段，写毕，老范为自己想到的主意激动起来，干脆临时通知报道组的编辑记者开了个落实会。

会上老范一个人呱啦开了：

上次大家讨论后由小陈执笔写上来的报道方案不错，我想了想又加了一块，我们来组织一个看球俱乐部，挑选四五家酒吧，约请几个城里的文化名人外加一些美女——也就是大家说的足球宝贝，再外加一些热心的球迷，也别管他们是真球迷还是伪球迷，请来，人数控制在二十人左右，男女老少、各行各业的人混搭掺和着就行，只要会看个球，她就是个扫街的老大妈也行……这个看球俱乐部将会很好玩。在长达一个月的赛程里，我们每周挑选一场可能很精彩的比赛，组织以上各色人等，对他们吹集结号，通知他们在某某酒吧集体看球。我负责去跟老总申请点经费，给大家备好酒水。每次一个文字记者、一个摄影记者搭档报道球迷们看球评球的现场场面，不论那场面是激情四射还是落落寡合，我们根据现场的情况临时选角度报道，突出现场气氛，每期给出两个整版的图文报道，我敢打保票，一准火爆球！比如挨著名诗人于坚喊来，问上他两个关于足球的问题，拍一张他大光头的照片，再写首球诗就球有意思得很了；再把摄影大师吴家林喊来，他也是光头了，叫他从摄影的角度谈谈足球体育摄影什么的也球有意思得很了；再把作家潘灵喊来，他跟我既是朋友又是老乡，他那副尊容福相得很，呵呵，让他用手指顶着足球来一张，呵呵，也球有意思得很了；若能再把舞蹈家杨丽萍这大仙姑请来，请她说两句球星提脚射门的姿势与舞蹈是否同美就球有意思了；另外再把雷平阳喊来，这个人也是我老乡，我请不动他，潘灵会帮我请的，这个人有球点牛，他当年获鲁奖的长诗《祭父帖》最早刊在老潘主编的《边疆文学》上，读得我哭啊……唉，唉，翻篇翻篇，我打岔球了，言归正传，把这个人喊来，请他谈谈足球和美人的关系，也球有意思得很……对了你们想想，找哪几家酒吧呢？酒吧们是很愿意做这类事的，不出钱白宣传博名声还有酒水钱赚，没不高兴的！我提供一家——锅炉房酒吧！你们谁对接这件事？好，小崔来吧，你亲自跑一趟，对了，我们这个专栏就叫——《看个球说个球》！哈哈……

会开完，编辑记者去落实具体事宜了。他们一散，老范就把门推过去，只罅了一条缝，显示自己在着，又不想让走廊上来来往往的人瞧见他在干什么。老范把自己深陷进软和的皮圈椅里，左手撑着右手拐拐，右手拄着下巴颏，然后屁股转扭着椅座反反复复地回味了好半天自己方才的杰出创意，那些小年轻都佩服得只会眨眼睛了，这就是资深前辈的做派呢！不光有创意更有人脉！老范得意着，眼睛不时地瞟向面前电脑黑屏里自己的影子——那可是相当地有气质还无比地跩！跩得不想跩想谦虚点都不行呢！

9

老范从抽屉里取出电话号码本来,一篇一篇地翻,他要找下老麻哥。还在使用手抄电话号码本是老范的一个特色,他不存电话号码在手机里和他拒绝使用银行卡是一码事儿,老范认为存在卡上看也看不见的东西不可靠。电话号码抄在小本上,起码看得见笔迹、看得见一串阿拉伯数字,实实在在的,只有瞧得见摸得着的东西才让人踏实啊,老范认为那信用卡、那手机磁卡完全可能被磁化掉被"抹掉",一抹那不就等于空冇冇[①]了?

老范电话本本上抄了六七百个电话号码,密密麻麻的,眼睛都找花了,终于翻到老麻哥名下。

老范要打个电话给老麻哥,邀请他一起看球,他可是个真球迷呢。对了,若是请得这位漫画大师出台么也球有意思得很,到时再把牛画家、马律师他们叫上,嘿,完全可以复制一下十二年前的场景,我的天,那么这回是风水轮流转,终于轮到我老范啪地拍出钱夹来踢两下子喽!老范这般想着,真就摸出钱夹来演习了一把,他啪地把钱夹拍在了桌上。

老范现在牛了!不是说了吹的,就连当年那个不把他看在眼里的丈母娘陈二孃都转过来拍老范的马屁了,花灯调调她不唱已两年了。

---

① 空冇冇,昆明方言,意思是没有。

陈二孃被一个好色的糟老倌害惨了。一日,她正跟那老倌在心湖边对唱得开心,被人一把从心湖岛岸边推进水里头呛了好几口脏水,差点淹死变成水鬼球。那日,那色眯眯的老倌正唱着:

隔河望见韭菜绿,哥哥提的半斤肉,有心跟妹打拼伙……

这时,一个又丑又老的胖婆娘突然从人群中蹿将出来,狠劲一推就把正羞答答张嘴欲唱的陈二孃推进了心湖水里,那胖婆娘是那色眯老倌的婆娘,她才不管那陈二孃的死活,揪扯着那老倌的耳朵便骂:好啊,叫你们打拼伙!叫你们打拼伙!

可怜个陈二孃不会游泳在那冰凉的秋水里浮浮沉沉地挣扎,惊起海鸥一片,又一片。

后来是心湖公园里的工作人员跳下水才把她救上岸来的。一个热心市民把救落水陈二孃的过程用相机拍了下来,问了事情的来龙去脉,写了一篇社会新闻稿——《一老倌二老奶争风吃醋引发的事件》投到报社来,稿子正好编发到老范这里,老范一看扣下了。

老范下班回家把那些照片和两百来字的新闻稿一并拿给老婆林副教授看(当时还是副教授)。林副教授气得跳脚,拿起电话就咬牙切齿地把个自己的妈陈二孃好一顿臭骂,数落了半天。可以想见,那稿子要是发出去才是碜死先人哪!

那之后,陈二孃在姑爷老范面前就软了。若不是姑爷正好在报社当个小领导,若不是他扣下那稿子,她陈二孃的老脸往哪点搁?那还不如去西山跳龙门算了。现在陈二孃收拢心思,不去唱小调了,一句都不唱了,主动要求搬来跟女儿一家住,她衔着一块老脸说,自己囡和姑爷工作都忙,她来了可以负责外孙团团中午的饭食,全家人晚上的吃喝。丈母娘陈二孃的回归在老范看来仿是西边升起了红太阳,老范几乎要叫陈二孃教他花灯调调编排上她一段了。

然而,生活顺风顺水之时,有一天,林教授忽然正儿八经地找老范开诚布公地说她要跟他离婚,因为她爱上了一个外省的同行,她对不起他,她跟那个丧妻的教授更有身心灵的契合点。老范先是蒙了,想了一夜,他二话没说放飞了已经是徐娘年纪的林教授,儿子两人都管,但主要跟林教授生活,日常由改邪归正的外婆陈二孃照顾,林教授去出差,儿子就来老范这里住两天。老范后来很享受这种无老婆一身轻的生活。他后来跟前妻处成了朋友关系,无爱无恨的,林教授与那个外省同行很快结了婚。

老范半眯着个眼让思想跑了趟野马,习惯性地伸手摸了摸捏了捏桌上那鼓胀的 JEEP 钱夹。

咦,跟哪个来赌上一把呢?想到这里,老范都能感觉到心脏咚咚地跳得欢快了,老范的血在烧!血在烧啊!太有创意了!

10

老麻哥接了老范的电话。老麻哥那头说，哎哟，小老弟！谢谢你还挂牵着我，你不是不知道，我过了六十岁就懒球得挨你们玩了，我以前是的，是个真球迷，现在呢不是了，没意思，凡是要分个胜负、争个输赢的事我现在都觉得没球意思。我这两年四处云游，欢着呢，这阵子我在鸡足山，要待到年底，你得空么开车上山来找我闲闲。

唉，老范放下电话，人一整个地缩回到圈椅里，老麻哥迎头给他浇盆冷水，老范冇得心肠。

老范开电脑登录约网友斗了两把地主，输得好惨，心肠又打失①一大截，便匆匆下线。

这时电话铃响，记者小崔打电话来。小崔说，范老大，我按你画给我的线路图找死找活，硬是找不着那个叫锅炉房的酒吧，你提供的酒吧老板的电话已停机，最后打听了一下，人家说那地方早就拆迁了。

老范手不由自主地拿过钱夹来，用手摩挲了好一阵，然后还是啪地把它拍在了桌子上！

后来老范就又把双脚跷上了办公桌，他点了支烟，抽将起来……

咚咚，听到敲门声老范一下子放下脚来，一声"请进！"，

---

① 打失，昆明方言，原指弄丢，这里指没有心情了。

话音没落,编辑小杨和记者小孙推门进来,两人汇报了一下工作。

80后小杨眼尖,瞧见了范老大桌上那个鼓鼓的钱夹,忍不住说,老大,太板扎了嘛,那么多钱呀!是为我们这个月准备的啤酒钱?

小孙是个刚毕业两年的小妞,她拿起那钱夹摸了摸,大惊小怪地说,唷,老大的钱夹是 JEEP 的,手感好舒服!老大,你揣那么多钱搞啥样?哈哈,看这钱包就可推算老大的年纪了,你老人家是60后人吧?知道不,你太典型了!非得揣满满的现金在身上才有安全感!这是我刚刚从时尚杂志上看来的,说是看钱夹猜年纪,哈哈,太准了!老大,我说呢咯对?

老范脸就有点烧,随即有点要垮下脸严肃起来的样子,小杨和小孙一瞧势头不对,连忙提脚就撤。

他们走远了,老范耳边还听见小孙在走廊远处的笑声,像是还听她说了句,范老大太球老土了!

老范把手抱在胸前,眼睛盯着那个鼓胀的钱夹发起呆来。

有时我觉得自己是一个巫婆转世,我总是可以在某件事发生前一刹那忽然有所预感,或者直觉某件事的真相并非表面那样子。

读中学时我痴迷于解方程式或做几何题,要么化繁就简,要么求证。

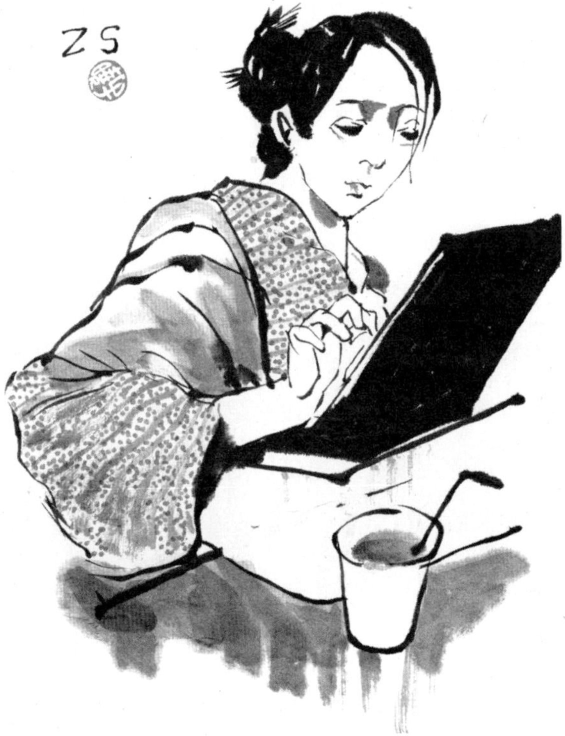
ZS

马红丽先前来我家里跟我絮叨这个她认为最适合我的男人老范,叫我大可放心把后半生托付给他。我不动声色,把红丽孃孃讲的老范当主角写成一个很有喜感的中年单身大叔,写得很顺手,前后只花了一周的时间,漫画般不乏夸张地勾勒出了这个大叔看待财富的喜感。

那天在福照楼我跟老范相谈甚欢,但却对老范一点感觉都没有,老范本人也没我想象着写出来的那种幽默感,我与他一点都没对上眼。他显然也没瞧上我。老范刚知天命年纪,我跟他前妻一个年纪,像他这样离了婚的,俏货一个,他若真有再婚的想法,找一个更年轻的,甚至小他七八岁、十来岁的都行,他没必要找我这样一个同属一个行当的资深媒体人,而这个人还是一个有点神经质的业余作家,老范犯不着这么着。既然前妻离婚后奔了一个年近花甲的学者去,他这个有地位有声望的人为何不可老牛啃回嫩草,扯扯平?

马红丽也看出来了,老范那天对小周倒是有点动心思呢。

周梦清没心股肺的,只在她心里画易中天,对老范根本不来电。

马红丽过后欠欠地来找我，为没玉成此事宽我心，我一笑置之。也就在这次闲聊中，我竟然没忍住冲口而出，正式宣布我有个属意的人了。

马红丽便打破砂锅问到底地逼我，我只好心虚地绕山绕水给她讲了那个人，那个人与我的渊源和缘分。

其实我与他刚刚开始暧昧的交往，正渐入佳境，但还没最后捅破那层纸。这事我都还没来得及跟章小秋讲，我便提前跟长我六七岁的马红丽讲了。女人有时真是很需要一个分享秘密的渠道，讲一讲内心隐藏的情事。

我心仪的那个人在我已写好初稿的以下这篇小说里，他是我刚见过几面的师兄，与他的交往从他在网络上认出我是他的师妹开始。

旧　案

1

二十二岁那年,我的命运被马海改变了。

马海殒命于二十二岁,他是被枪毙的。

马海一死,我的一部分也随之死掉了。

他的一抔骨灰是我和肖本林送到他家的。

骨灰送到马海家后,肖本林说他还有事,便提前走了。临出门肖本林以一个老大哥的口气,压低嗓门却又能让马海他爸听得见的声音对我说,小崔,崔劲松同学,你与马海是老同学是好朋友,你多陪陪马叔他们。

肖本林说这话时脸色凝重。

我留了下来。

是马海他爸给我们开的门。没见马海他妈。她应该在里屋的，我感觉得到，她正在紧闭着的里屋门后竖耳听着外面的动静。

我没跟肖本林一起离开是因为我真得独自留下来，跟他爸做个郑重交代。

马叔接过那个装着儿子骨灰的纸盒时，一双青筋鼓冒的手抖索得厉害。那盒子筛糠般地战栗着差点掉到地上。

纸盒是个装布鞋的盒子，用打了结加长的白色口罩带井字型捆扎。离开龙头山火葬场，我就一直提着这盒子。团支书肖本林一直都没跟我换下手。

马叔最终还是将盒子端稳了，他向我和肖本林一再躬身感谢。

他悲戚的脸抹上了一层愧色，连声说完谢后，接着说，他该死他该死！他变成灰都是不可饶恕的，他该死啊！

说这话时马叔努力掩饰喉咙眼那儿的哽咽，然后当着我们的面甩下那盒子。

唉……师妹，我现在给你讲这个时，我找不到一个准确的词，马叔放下儿子骨灰时的肢体语言用"甩"字形容不够准确，用"砸"也不准确。那盒子待稳在光滑的水磨石地板上后，马叔又用脚踹踢了它一下。那盒子在拖得乌亮的地面上滑到了靠客厅沙发的一角，乖乖地停定。

我、马叔、肖本林看着它停住。然后，肖本林便说有事匆匆离开了。

当时我也不晓得那捆扎结实的纸盒里是否还有什么包着骨灰，我生怕它在那一刻散开来。马海的骨灰是火葬场的人装好后递出来的。

要跟马海他爸说的话我并不想当着肖本林说，他是老三届高中毕业生，下过乡当过工人，考了两年才考上大学。肖本林年长我们十来岁，他都成家有孩子了。我和马海是高中应届毕业生，在班上我俩是年纪最小的。

那年头，同学的相处基本上是以年龄结伙的。马海基本不理班上的其他同学，他上了大学还跟读中学奔高考时一样刻苦，在班上他似乎只跟我说说话，骨子里他真看不上那些年长又世故的同学。

肖本林之后问过我，崔劲松，你那天在马海家待到什么时候？马海他妈一直躲着没出来？我说，你走后我很快就也走了，没见到他妈。

我可不想什么都老老实实跟这位老大哥同学交代。

我后来见着马海他妈了，她从房间里出来时脸色煞白，人瘦得脱了形，穿着一件烟灰色开司米毛线衫，身子空瘪得像个衣架在晃，一蓬烫过的花白短发乱刺刺的。一年前我跟马海到过他家，那时他妈头发还乌黑的，人也富态。

马海他妈盯着我看的眼睛令我发毛，她空洞的双眼像两只假眼。年少时我曾在北寺街南寺巷子那头看见瞎了一只眼的地摊算命先生，他偶然摘下墨镜后，那只装的假眼把我吓了个半死。到现在我做噩梦都觉得地下的鬼们就长着那样的眼睛，白多黑少,眼球鼓突得要掉出眼眶。

她从马叔视线呆停的地方看见了那个盒子。她愣了一下后忽然一步蹿过去,躬身提起它来打量,然后一屁股跌坐到沙发上。

她把那盒子抱在膝头上,两只手不停地摩挲。

云芬,吴云芬!你疯了?整哪样?唉?!

她忽地去解那捆扎纸盒的白色口罩带。

后来,我帮着他们把马海的骨灰处理了。

马海他爸妈后来硬留我吃了晚饭。从早晨到那会儿,我还没吃没喝,但竟然不觉得饿和渴。

我感觉我所做的一切,都在那天上午八点马海眼镜片后那双眼睛的监控下进行着,我所有的动作都听命于马海,我的手脚乖巧地配合着,机械地完成。

那天马叔用油煎了六个荷包蛋,下了一海碗面条。我不喜欢吃面条,吃了两个盖在面条上面的荷包蛋后便觉得既饱胀又乏力,再也无力用筷子挑起一箸面条往嘴里送,一根面条都咽不下去了。他爸妈也端着个面碗的,但他们几乎没动筷子。马叔接着把盘子里的四个荷包蛋全搛到我面碗里来了,我又吃下一个。然后盯着逐渐泡烂开来的面条,不敢看他们。

马海他妈忽然放下碗筷哭出声来,而后又猛地从沙发上站起来侧出身,在茶几那头的空地上面对着我扑通一声跪下,她说:劲松,阿姨求你!剩下的那三个荷包蛋你一并吃了,替我帮小海吃了,好吗?劲松,你可记得,从前你来我们家玩,我也是要给你们一人煎几个荷包蛋吃的。

那时，这城里每个家庭的住房都是公家分配的，居室都设计得很小，通常是两居室，客厅也就是饭厅，厨房就在封闭的阳台上，卫生间也就一个蹲坑的位置，两平方米不到，蹲下站起揩屁股时手老会磕碰到周围镀锌的铁管子，生疼生疼的。

二十世纪八十年代初的城市居室，像马海家这样卫生间进家的已经是最讲究的了，马海的爸妈是水电设计院的工程师。那时的配套房还没有餐区设计，客厅沙发前的茶几就是饭桌。

吴阿姨突然跪在地上哭起来，马叔生气地绕过去狠拽她起来，她发疯般地摇着头，哭着不起。

我连忙惶恐地把那三个鸡蛋也囫囵吞进肚子里去了。

真的，上午八点马海那双镜片后的眼睛在他家的各个角落看着这一切。

师妹，这些细节我当年没有跟肖本林和班上其他同学透露过一丝丝，系里的党总支书记、系主任以及我们班的辅导员许老师在马海的事处理完后曾关起门来找我谈了一次话。我什么都没说，光是掉眼泪。系党总支杨书记见从我嘴里撬不出个所以然来，最后有点生气地说：崔劲松同学，你这是怎么了？一点阶级立场都没有！荒唐！荒唐！

那天肖本林走后，我跟马海他爸说了以下的话：马叔，马海说了，他哪也不想去，他想跟家里的那盆文竹待在一起。

2

天麻黑的时候我终于离开了马海家。

从狭窄昏暗的楼道出来时,我一个饱嗝没打抻展,冷风一灌,那硬咽进肚子里的煎蛋全喷吐出来,吐在那单位家属楼院的一排小灌丛边。

守院门的老倌听见响动,拿着一个手电筒晃过来,他表情怪异警惕地手指着二楼马海家的窗子问:来他家的?!搞啥子名堂?随地乱吐!你今天得处理干净了才能走!猫屙屎还晓得掩盖一下!

双手拄着膝盖,肠胃正翻江倒海死难受的我边呕吐边偏脸看那个凶叉叉的老倌,眼球缓慢转动着斜瞅了他一大眼,继续呕吐。

守门老倌用手扇着鼻子干噎了两下,退后一点。他得理不饶人地继续用手电筒光晃着我,大声嚷起来:瞧你,还别着大学校徽呢!大学生又咋地?哼,罪该万死的败类都有了!

周围住家的灯光影影绰绰地射出些亮光。我听见围着院子的三幢楼房开窗闭窗的响动。

守门老倌扯着嗓子一吼骂,我忽地就横起来:你嚷什么嚷?拿铲子来!我是故意的吗?给我铲子!

看门人存心想把事情嚷得全天下都晓得似的,这时我肚子里的黄胆苦水都吐完了,我直起身,假装着四下找铁铲的样子。趁那死老倌瞟眼瞟眼地看马海家的窗子,又听他给周围团转那些开窗看热闹的人跳脚抹干地唱隔壁戏时,我突然拔脚跨过那道家属院的铁门便跑。

我跑得飞快,插了翅膀一般。

跑步是我的运动强项,这拜每天早上六点半的跑步晨练所赐。校园广播站的大喇叭七点准时放响广播体操乐曲,而这时我与马海早就一前一后在校园运动场上跑步了。每天我们都在那四百米标准长度的炭渣跑道上跑步,我习惯数着圈数跑,跑上十圈就歇,马海习惯计时跑。跑完步就在运动场边做做体操拉拉单杠双杠,然后一起回宿舍洗漱,一起背上那种洗得褪成干草黄,烫印着"为人民服务"字样的帆布书包去上课,没课就到图书馆占位看书做功课。

改革开放之初的国人那时都分秒必争,恢复高考后走进大学校园的我们被称为天之骄子,骄子们个个在心里上紧了发条,自觉挑起祖国富强的重担。

师兄,我只比你晚毕业五年,我爸给我写信时最后一句话永远是——爱囡,你们是早晨八九点钟的太阳,要只争朝夕啊!爱囡当锻炼好身体,学得真本事,为我们伟大的祖国实现四个现代化做出应有的贡献!

坐在师兄对面的我插嘴。

师兄眼睛里有泪光在闪,他双手颤巍巍地抬起与我手里那个一模一样的茶杯,一口喝干茶水。

那老倌嚷嚷着撵我两步便停下了，他哪是我的对手？

我跑啊，跑啊，跑过一条铁路与人行马路的交叉口，听见远方有火车汽笛的长啸，我不管不顾躬下身子低头让过已横挡着行人车辆的两根栏杆，飞过铁轨，没命地跑……我身后，火车通过岔道口，大地在震颤，只差把我簸翻在地。

天全黑下来，我还在跑，还在跑……沿途住家的灯光抑或是微暗的路灯光照在我上衣的包盖上，那儿别着校徽。

校徽原本是我的骄傲，现在它是我的耻辱。是马海给我、给我们全班，甚至全校同学带来的耻辱。我一把扯下它来，差点扔掉，犹豫了一下，死死地捏紧在手心。校徽背面的别针刺疼了我掌心的皮肉。

我一直往前跑，朝着我们学校跑，五六公里的路程，我一直没停下来。

命都要跑脱了，看门的老倌并没有撵来，但我就是拼死地跑。

我感觉我是在逃，亡命地逃。

马海那双镜片后的眼睛如影随形，撵了我整整二十年。

3

两个月前，对面坐着的这个人我还不认识。

那天，打开电脑，上线博客。一个电脑后台显示其居住地在四川的陌生人给我留了三张纸条：

你好！我应该称你为师妹的。我一九八三年毕业于东岳大学生物系。你博客档案那儿写着你的简介。你是在我毕业后一年考入这个系的。没想到你这个师妹竟然成了作家。半个月前我网购了你写的两本书，刚刚读完。

字里行间让我确信你确实是学过生物学的人，你对树木习性的描述很准。你那本写都市情感危机的小说《清欢》的序言就叫"都市情感生态种群的繁衍和变数"，真的，它让我更肯定地认为你是有生物科学素养的，你把城里人的情感当一个生态种群来考察来解剖，观其发展，察其生态平衡破坏后的种种变数。

师妹，谁会这样写呢？只有学过生物的你！很高兴认识你，紫苏师妹！我们握个手吧！大千世界茫茫人海里捞出一个小师妹来，还真是不容易的事！这是"猿粪"呢，哈哈。

我写的小说通通署名"紫苏"。紫苏，一种有异香的唇形科草本植物，可做散寒和胃的药草，也可做调味的作料用。

我没有立即回复他而是立马下线，从他，从这个自称是我师兄的人留在博客上的脚印那里进入他的博客。

他的博客名有点长，叫"从地狱往天堂去的途中客"，博主简介那里寥寥几行字：

从前命运多舛，现在平淡隐于市。以犯罪心理学研究为职业混活口。业余写杂文随笔，豆腐块蚂蚱文换小钱买小酒自酌，乐醉于这人世间。有婚史，目前孤家寡人一个。

潜水把他的一亩三分"博地"掘了个底朝天。他博客上的文章有三四十篇，多是人生感悟类的随笔，文字还不错，文风朴素但见字里行间有真情实感，不虚。

我接受了他的好友添加请求。出于礼貌，我字斟句酌地问候了这位陌生师兄，顺便提及可能是他同一届的同学，研究生毕业后做了我们这一届辅导员的陈安毅老师。他立即回我纸条，说陈安毅正是他同一届的同学，只是所学专业不同，陈同学后来读研究生专攻昆虫学。

我简单地向师兄交代了一下自己的情况，大学所学学非所用，九十年代初调进一家报社做了编辑，跟大学时期的老师同学几乎断了来往，自认是一个生物学的背叛者，羞于见人。

师兄告诉我：你们的陈老师走了一条做学问的正道，已全家移民澳洲。

年轻的辅导员当年跟我们班的同学不亲近，有关他的消息没听说。风过耳也会留点风声，鸟飞过会投下个影儿，我不晓得陈安毅老师已移民。

陈安毅，陈安毅！名字在脑海里浮上来时，他的脸孔长啥样子却迅速模糊不明。

真是啊，时间是腐蚀剂！辅导员陈老师可是我暗恋的对象,可我竟然想不起当年我暗恋过的老师脸长什么样了。英国诗人拉金有两句诗戳疼过我的心,他说"在所有的脸中,我只怀念你的脸",啊,看来我暗恋过的陈老师不是我心底那个真命君子。

当年,陈老师忙着追求一个低他两级的女研究生,班上同学传习过他写给她的情书,那肉麻的内容在一团揉皱的信笺上。

班上一个调皮男生某天做实验时发现代课的陈老师心不在焉,一会儿发呆一会儿叹气的,还见他从白大褂里掏出一张信笺来读,读后收起,后又见他拿出来再读,这一次读完他把那张纸揉成团扔进了字纸篓里。后来那男生便趁老师离开时把那纸团悄悄捡起来。

班上的男同学后来都争相传阅了那信笺。那思绪混乱却情真意切的情书成了公开的秘密,情书最后一句尤其得大家赞同。那是一句诗一样的励志名言:不如总在途中,于是常怀希冀。

这句话被班上的男同学当经典传承传播开去,都运用在了追女朋友的情书里。照现在的说法就是一忽儿大家都学会了"且行且珍惜"体,只可惜我们那时候信息传播不畅,没网络、没微博、没QQ、没微信,仅限在班上的男同学之间小范围流传。

我把这糗事发纸条给师兄说了,师兄是第一次听说。他复我一个条:哈哈,陈安毅,你好安逸!下次同学聚会,我手里可有一张王牌了!

忍不住我还告诉师兄:业余当了作家后我知道那是八十年代中国最著名的先锋作家马原的杰作。文学青年们膜拜马原,一下子视为臻品诗,流传开去。后来停止写作二十余年的老马原重现江湖,写了一本叫《牛鬼蛇神》的自传体小说,谦虚地承认那两句诗非他原创而是他同学一封信里的话。马原当年在西藏写《冈底斯的诱惑》,收到同学来信,眼睛一亮掐下这两句嵌在自己的诗里。马原自嘲他的诗就那两句最有名。

师兄告诉我他的同学我的老师现在已是国际上研究鳞翅目昆虫的著名学者了,有两种他发现的蝴蝶新种分别以他的名字和他太太的名字命名。

我酸酸地想,陈安毅若再发现蝴蝶新种的话看来要用他孩子的名字顺序命名了。

唉,师兄为何要给我讲这个呢?他骄傲于同学的成就,可是这种消息最好不要刮进我耳蜗里螺旋般钻进我脑瓜子里就不出来,我暗恋过陈老师啊!真是,真是!尽管我现在根本想不起他的脸长什么样子!

生物学专业我是白学了,没从事相关专业我便处处躲着它了,故意闭目塞听。我很奇怪,问师兄,你的陈同学这么著名,我在媒体工作,应该不会错过这个重要信息的。

师兄回复我,他是靠香港著名实业家伍集成先生设立的公派留学基金层层遴选后送出去的,出去时省领导还专门接见语重心长了一番的,当年还签了合同的,学成就归国!人家出去就不愿再回来了,撕破脸了。他先出去的,他太太被卡了几年,九十年代中期也出去了。

我终于没忍住,跟师兄坦白:当年陈老师情书上那两句诗被男同学们疯传后,迷倒了我,真没想到陈老师这么有才!这一句诗契合了美国二十世纪六十年代以金斯堡、凯鲁亚克为代表的"垮掉的一代"在路上的精神气质!

读大学的我受西方文化思潮的影响,骨子里膜拜这些人。我一个女生,看的书都是《第三次浪潮》《大趋势》那一类。《第三次浪潮》的作者是美国未来学家托夫勒,他搅起了中国改革开放初期的阅读浪潮,他在书里预言跨国企业将盛行,现在经济已全球化,电脑让人在家办公现在已是现实。

师兄其实是我同时代人,博客上聊得欢,话就更投机了,我们把《第三次浪潮》这本书的影响梳理了半天,仿佛又回到了三十年前。

师兄高屋建瓴地说:浪潮冲击而来就是海啸,它造成的巨大破坏力是吓人的,它制造了各种矛盾,强烈的冲击让社会动荡不安,但或许也带来了新生和转机,托夫勒的这本书给我们指出了社会大变革的清晰路线,他的书没有给我们带来直接的财富,却给了经历过八十年代的人们一个梦想和实现梦想的方法。

惊人的相似,我与师兄罗列了当年我们热读的书,共同点是都不读传统国学经典,眼睛全朝向西方,不外乎尼采、卢梭、萨特、加缪、塞林格等等,偏于哲学思想论著。当年的我们倘嘴巴里不蹦个康德、黑格尔什么的出来就觉得没脸。

我坦然告诉师兄,当年我申请加入了学校著名的白果文学社,写些"青春的旗帜呼啦啦"之类的所谓诗歌,心仪远方穿长风衣竖着衣领的诗人北岛,暗恋着身边的才子陈安毅老师。曾记得两天之内把秘密借到手的禁书,厚厚一本波伏娃的《第二性》看完了,看得热血沸腾。

陈老师追求的那个女生记得姓雷,用个扁字就可形容她个大概:扁头、扁脸、扁胸、扁屁股。我的暗恋失败了,单相思令情窦初开的我很自卑。我把爱情的惆怅碾成丝丝,织成茧壳,包裹起我一颗受伤的心,好长好长时间。不过,人家那个雷师姐也不是一无是处,她是北方考来的,讲一口好听的普通话,皮肤白皙红润,一口整齐的白牙,嘴唇上方鼻翼偏下处有一粒芝麻大的黑痣,笑起来很好看。当时还不知那是性感女神梦露、世界第一名模辛迪才有的美人痣。

师兄察觉了我的小心眼小醋劲,安慰我,嘿,研究蝴蝶的陈同学只会盯着蝴蝶看,蝴蝶是会飞的花朵,蝴蝶迷惑了他,他就成了蝴蝶迷,眼看花了,哪还会相美人?!对人他就号不准脉!他太太真的没你漂亮,人姓雷,长得就有点雷人,现在嘀里嘟噜给我同学生了四个娃,简直就雷翻死我们。前年同学聚会,陈太也来了,人胖得走了形还尽穿鲜亮色彩的大花衣裙。

唉,师妹,我都毕业一年了你才进校,不然我可能就来追漂亮的紫苏妹妹了,不是捧你,你年轻时真的很漂亮,你博客图片库里的照片我都翻看过几遍了……哈哈。

东扯西拉的,我们很快熟络起来,不时开开玩笑。

我与这个从地狱到天堂的途中客相遇在这人世间。

4

与师兄在博客上说了半个月的话,说了当年很多难忘的事情后,没憋住,我大着胆子突然趁师兄不在线时,发了张纸条给他。

从地到天兄,我知道你们那一级还有个很著名的同学,他叫马海。

时间过去一天,师兄没复我。我猜他出差了。

接下来我干脆把我想说的全发送给他了:

从地到天兄,大约八九年前我在姨妈家见过马海他妈,他妈那天到我姨妈家打麻将。

从地到天兄,姨妈那天把我拉到厨房悄悄跟我说,那个穿烟灰色衣裙的老太太是你们系那个吃了两粒花生米的马海毛他妈,一个神经病!姨妈说的是马海。我姨妈退休前是个医生,业余戳得一手好毛衣活,七十岁后哪也不去了,毛衣也不戳了,专注地享受麻将人生,说是玩这个不得老年痴呆症,闷着戳毛衣没人说话不行。

我一连几张纸条发出去,师兄都没回复。我看了一下好友在线状态,他明明在线的。

这人是只雀神怪鸟?这更引起我的好奇,一股脑儿地把我想说的话全倒出来:

从地到天兄,姨妈那么一说,我便不敢再看那个老太太第二眼,找了个理由跑了。那天我是去医院检查身体,姨妈家就在那医院旁边,我本是想去姨妈家蹭饭的。打麻将的老头儿、老太太们那天要在姨妈家吃饭的,他们通常要玩上一天,吃了晚饭才走。

从地到天兄,出了姨妈家我就后悔了,莫名其妙,为何我不留下来呢?我还业余写作呢,为何不留下来悄悄观察观察马海他妈呢?也可以跟她说两句话啊,探探她的心理状态。

从地到天兄,为何不回复我?你难道从地狱到天堂的途中,玩人间蒸发了?姨妈那天在厨房嘀咕,王阿姨今天乱带人来我们家打麻将,下次不让她来了,赢一大把钱都还不开心!今天牌风一直落她那个位,扳也扳不动。我们说要换换位扳扳风水,唉,任怎么扳,牌风都向着她,硬是怪了!

从地到天兄,你在线也不回复我,为何?你不想讲马海这个人?以前曾绕着弯子想从一个师姐那里打听马海的事,师姐如毒针蜇了一般脸色都变了。

还是没见师兄的纸条,我鬼火绿,给师兄写了最后一张条:从地到天兄,你不愿讲就算!你这个人很难玩,很莫名其妙,就此别过!

想想还不解气,我干脆把博客首页置顶的师兄博客链接删除了。

那天,姨妈恨不得撵走马海他妈。姨妈在厨房里炒着菜时一直悄悄抱怨:马海毛他妈鬼附身,八点开的桌,她自摸四五把,杠上花一把,小七对也打出来了,刚才竟然拦倒清一色的青龙一条,外加东西南北中!丽丽,你姨妈打了几十年麻将也没见过。你瞧她,赢了还马着个脸,谁欠她八百万似的,神经病!老天真是不长眼,该她输,她儿子马海毛可是作的大孽,神经病!

我在博客纸条里把师兄称为"从地到天兄",不嫌啰唆,"从地到天"四个字五笔录入很好敲,指尖有快感。

也许,跟他提起马海,有点冒昧了,毕竟我们是未曾谋面的生人。

博客世界也是个小江湖,他来了我去了,很正常,都是过客。虚拟世界里只要投入情感地牵系上什么最后都得玩完,搬到现实世界或可持续。

三十多年了,时间的大河哗哗地淌,没把"马海"冲刷掉,没让他化为乌有,或者说漂白一点点。

太多的秘密和传说加上噤若寒蝉,打从考进东岳大学我就察觉到了。

这么多年了,问过自己,为何老盯着这事不放?难道只是好奇心?

我不知道。

有时我觉得自己是一个巫婆转世,我总是可以在某件事发生前一刹那忽然有所预感,或者直觉某件事的真相并非表面那样子。

读中学时我痴迷于解方程式或做几何题,要么化繁就简,要么求证。

5

紫苏师妹，你好！我受邀近日将到滇中某县做一个调查，那地方年轻人吸食新型毒品的族群近年突增，甚至高于一些边境县份。你知道我是干什么的。明天出发，整个工作可能要花五六天时间。我这次会留出足够的时间见你一面。不见不散，面对面，说他。

差不多断了联系一个多月后，那个从地到天兄忽然鬼一样又从地下冒出来，没有解释没有说对不起。

此人需要警惕对待。

从前有天上飞的仙人，游荡时忽然看见地上桃花潭水边捣衣女子，裸露两截玉藕般的臂膀以及一对藏在胸间颤巍巍晃悠悠的脱兔就染了心，嘣咚一声从天上掉到人间来。此人总是从地里钻出来，鬼头鬼脑。

他发来这条时，我在线。一度想把他踢到黑名单里，最终还是忍住了。对一个你刚刚掏了心窝子给他，而他忽然杳无踪影的人不必表现得情绪波动大，我都什么年纪了，犯不着。

视他为无形，我没有回复。博客世界也是一个有人情味的生态圈，人家冷淡你，忽地又来说话，这种人他扯神经，扯他的，懒得理。

呜嚷嚷乱麻麻的网络上流行过一句话——世间所有的相遇

都是久别重逢!跟他说话投机那会儿我还孔雀般地真有这感觉。

他没见我回复,又发了一张纸条过来:请给我手机号码,谢谢。你想听我说他,这事我不打算再守口如瓶。听我说完他,你就会理解我忽然沉默的原因。我对不起他,而我个人的命运也因他而改变,以致我隐姓埋名亡命奔逃了整整二十年,人生有几个二十年?马海同专业的同学,你的陈安毅老师说,澳洲蝴蝶扇了两下翅膀,西双版纳就下一场豪雨,这个道理紫苏师妹懂的。

他发完这第二张条就闪了。

掐着指头数着天数,五天后我给他回了个条,光溜溜的就十一个生冷的数字串。

6

给他手机号码后的第二天,他打电话来。他说县上的工作结束了,刚回到父母家,他说将陪父母两三天,这期间让我定时间、定地点见面。电话里,师兄的声音磁性低沉,很好听。

约他在母校的钟楼下见,我提前勾画好了线路图。

我说在钟楼下那两株来自巴尔干半岛的橄榄树下等他,不见不散。

当年,阿尔巴尼亚领导人霍查送给周恩来总理的油橄榄树,栽培点选在我们学校,栽活了两棵。毕加索的画作《和平鸽》里鸽子衔着的橄榄枝就是这个样子的,它与余甘子(滇橄榄)

树没一点亲缘关系。

我想,与师兄初见需要一个自然轻松的环境过渡一下:听校园钟声,走到那株冠盖四个篮球场大的悬铃木下仰仰头,再慢慢穿过白果树浓荫掩映的那条长路,然后到达我们做各种实验的生物馆。苏联专家指导下于二十世纪五十年代中期建成的生物馆是一幢气宇轩昂的三层红砖建筑,础石坚固,更有廊柱高窗,是当年同学们钟情的留影背景。在美好的校园记忆中绕过生物馆折返,再一路引领师兄从至公院那儿顺阶而下,出校门,往最有诗意、最涵养我们这座城闲散气质的心湖去,然后在心湖的海心亭阁楼上喝着茶,听他讲马海。

电话里把这线路一说,师兄很高兴。我说到了海心亭你会更高兴,你博文里说喜欢汪曾祺的文字,汪老先生几十年前在那儿喝过茶。

海心亭被我的富婆朋友梅影租下,她的先生是个实业家干着大事情,梅影原本虔诚事佛,后来为台湾著名的慈善机构慈济做些善事,她把她先生每年给她的零花钱拿出一部分来用作海心亭的租金,又到藏区去找来两个少年,出钱让他们学茶道,资助他们的家庭。一楼卖茶,二楼开两桌茶席供朋友们品饮用,不以赚钱为目的。梅影说,她就是玩儿,让我有事没事都可用她的地盘。

渴望撬开师兄的嘴,解我内心一直无解的谜。

师兄见过我博客上的照片,我可没见过他。那天我在单位食堂随便吃了个盒饭便打的去了约会地点。中午一点整,他朝我走来。

你好！紫苏！

树荫下我边低头看微信，边机敏地捕捉周围动静。那个时刻，是四月最热的天气，没人在大太阳下闲逛。

听见声音，我抬头伸手：从地到天兄？！

乍见，我有点小失望，我想象中的师兄个头应比这个高，体格也更壮实一些。我没法把眼前的他与那隐姓埋名亡命天涯二十来年的人联系起来。

假装抽扶脸上墨镜，我趁机掩饰了对师兄外表的失望。

我是单身，离婚十年了，儿子在美国留学。这个我在博客上没透露过。博客上的我是个乐观主义者，日常生活丰富多彩，热爱写作、旅游、美食、品茗，热爱习字、画画，有众多忠实的粉丝，粉丝里部分是我书的读者，部分是跟着我悠闲自在品味人生的，偶尔兴之所至我会充当一下情感专家，谈谈爱情婚姻家庭。

其实，我很烦自己老是注重人的外表这个习性，但我看人一向看得很准。

客气的寒暄在我设计的见面线路上曲里拐弯地进行着，浪费半个多小时后，终于抵达心湖。

我们直接上了海心亭二楼的茶室。茶桌边落座，我让侍茶的藏族小伙阿鲁找来两个大茶杯，自顾在他的位置上坐下，烧水烫杯泡起茶来，识相的阿鲁便轻轻地走了出去为我们带上门。

之前我给梅影发过微信：有个重要客人从外地来，别安排人上楼来。走时我会买你的茶送客人，时间是下午两点到晚上六七点，得保证这个时间段是我的个人专场，不要你来陪同搅窝子。梅影回复我：又是一个远道而来的暧昧密友？又是第一次见？下次私密到酒店里去吧！现在谁还像你这样搞前戏的？喝寡茶没用！Go to bed！人家都大老远地来看你了，你还端着？我看这一个又没戏，哈哈。

我把茶汤倾给他满满一杯：师兄，快喝上一口，才四月天就是盛夏的感觉了，热得真让人受不了，今天是傣历新年泼水节呢。哦，太满了，失礼！不过，今天不玩这矫情的茶道。我煮茶，你讲故事！我当一回不打岔的阿庆嫂。

茶台上有一把绸面折扇，我拿起来，啪的一声展开，脸前颈后地扇起来。

师兄喝下一大口茶后，忽然摸出一张名片双手递我。

接过细看，师兄大名"宋金璀"，职业身份里列有某大学犯罪心理学客座教授字样。

师兄，以后我叫你宋教授噶！好名字，五行里就占了三行，金木土都不缺，还金光闪闪的，缺水和火，来，缺水就多喝水！

我笑着又给他满上茶。

别别，还是叫师兄，入耳。那个只是社会身份，外出工作需要这个。师妹，递上这纸片片，你懂的。你看，也是稀奇，我与你网上一联系就彼此相认了，其实，我们都私下琢磨过对方，对吧？

我含笑不语。

发第一张纸条给你时我刚把你写的两本书读完。我猜你也通过各种途径努力地了解了我一下，对吧？在你来我往的交流中认定都毕业于东岳大学生物系的确不假。可是，师妹，我得先声明一下，我有可能是个鬼，从地头冒出来，在去天上当仙人途中现在努力为人。嘿嘿，师妹害怕不？害怕就不讲了噶？

师兄的一声声"师妹"叫得真好听，他的话音里已多少掺杂了川味，那妹字后有一个亲切的儿化音。

双手捧着杯子，缓缓地吞咽下一口茶，我松弛下来。见面后的不自然和紧张没了，我眼睛直视对面的师兄。

发际线开始朝后退，但未见霜染两鬓，对面这个过了知天命年纪的男人，那样子更像是一个勤恳的机关工作人员，看起来还不是有一官半职的那种，从外表一点看不出他纸条里处处显露的机锋和博学。此刻他脸上的表情近于木讷，一副不知从何说起的样子。

他犹疑地选择往窗外亮绿的树木望去，一只栖息其上的鸣鸟啁啾不停，叫声竟然类似人的话音"快点！快点！快点！"。我也跟着往外看，那是一棵繁茂的滇厚朴，新发的叶子刚刚在四月中旬的日子里舒展出清晰的脉络。

师妹，我刚才说我不是人是鬼，没吓着你？

我的视线被师兄这句话拉回。看着他额上的细密汗珠，我摇头，一个冒着热气的"鬼"？哈哈。

师妹，宋金璀不是我的真名。

我惊讶地盯着他,他顿了一下接着说。

这名字在人间被喊了二十多年了,我父母不知道我还有这么个名字。母校学籍簿里是找不到这个名字的,可我的身份证、驾驶证、房产证、医疗保险、银行账户上的名字都落着这三个字。马海也只知道人间有个叫崔劲松的同学送他上的黄泉路,不知道谁是宋金璀。师妹,你倒着读下名片上的那三个字。

宋金璀——崔劲松,我是我的幻影。师兄玄乎乎地说。

7

小学五年马海是在滇东北琅县武家村水电站的子弟小学读的。初中时他父母调工作来到省城。他初中、高中都在市一中读,我与他是初中三年的同班同学,高中时我转到师院附中上的。那时高中只上两年,我们读高中前一年"文革"结束,第二年恢复全国统一高考。到大学报到第一天,我与马海又遇上了,一问是同系不同专业。虽然不同专业,但大学四年中我们却要在一个教室里上很多同样的基础通识课,他的专业是动物学,我的专业是微生物学。

我们仨,三个不同的专业,他动你微我植。我插了一句废话。

曾经,显微镜是我最重要的助手。师妹,还记得我们如何做解剖学组织切片的吗？先打个比方，你要求我讲的这件事我已完成对它的蜡封、切片并做好了一系列玻载片。师妹，听我讲就算是给你看显微镜吧！有关他的事捂在心里二十年了，我早就想抠出这团烂在心底的淤泥。

  凝神倾听，我的身子不由自主地呈紧张状态，不由得想沉陷于椅子的拥抱，但那个专门给泡茶人坐的椅子太过板硬，线条设计毫不讲究人体工学，椅背板直，不给人松弛一点的机会。我只好不那么正襟危坐，稍稍调整姿势。我的耳朵自行屏蔽掉了外面的一切，鸟鸣、市声。偶有手边电磁炉上茶壶煮水沸腾的声音。

  拎包里有充足电量的录音笔，我临时决定不用，没拿出来。

  我左手挂着下巴颏，右手放在收紧的腹部，右掌托着左肘拐，眼睛看向师兄。

8

  我们上大学时，周末看场电影是最奢侈的享受。不过最诗意浪漫的是春夏的夜晚，一伙人抱把吉他或者背一台手风琴去校园的小树林深处吹拉弹唱，但这个还轮不到高中一毕业便考进大学的我们。那多是些即将毕业的高年级同学干的事，那时吉他少见，时时听见的是手风琴拉出的欢快曲子打出的节拍。拉手风琴的多是那些下过乡或从工厂考来的老大哥和老大姐。

我和马海在班上不活跃,我们的心思和精力还是放在努力学习成为国家栋梁之材上。上大学的第一个新年,全班同学在教室里搞联欢,我和马海最放不开手脚,羞涩地被团支部书记肖本林一起拖到台上去,红着脸憋半天,马海学公鸡打了个鸣"喔喔喔——喔!",我学母鸡唱蛋歌"咯咯咯——蛋!咯咯咯——蛋!"算是交差。一个知青时当过赤脚医生、我们叫她春苗的大姐讥讽我俩——两个城里长大的僵瘪瓜,拉不出箭门!我听后傻笑笑完事,马海听后憋了一股气,想半天整出一句呛那个大姐同学的话,私下凑近我耳朵说:那她是野地里放肆长的大南瓜,一丫一丫的。这话他不敢当春苗的面说。

我性格活络些,跟年长的同学们也兴说说话儿,马海就不,他不跟他们交往。马海的各科学习成绩几乎稳占全班第一名。我说的可是在我们那一届三个专业共六十名同学里的成绩排名。大学三年级时坐在同一个教室上课的时候少了,各自进入所属专业的小班学习。马海说他是要考动物生理学研究生的,我学的微生物学,我不想再考研究生了,那年头本科毕业考上研究生的太少了,一个大班也就考上两三个。

每天下午各专业的同学通常都在生物馆的实验室里做实验,我喜欢下午的实验课。动物专业的通常要做解剖、器官组织活体培养实验,我们呢天天从实验管理员那领出归自己那个时间段使用的显微镜,看放大千万倍的可爱可恶的小微们。例如用火柴盒自带一小坨自己的大便,观察观察自己的大便里有没有蛔虫卵。实验室里标本的味道与防腐剂、消毒水、化学品的种种味道搅和在一起总是臭烘烘的，大家却乐在其中。学微生物的还常常在紫外线灯箱那实际操作，用取种针在培养基上划些塔状曲线，培养菌种，隔天再观察细菌群落的繁衍变化。

师兄讲，我竖耳听，同时回想着我的大学时光。

早你五年进校，学校的开放气氛远不及你们，起码你们进校后已时兴开周末交谊舞会了。我们那时还很稀罕，只在迎接新年的那天晚上才在大操场上举办篝火集体舞，不是男女同学牵着手围成一大圈跳，就是男生女生互相搭着肩"开火车"，跟现在幼儿园小朋友跳的差不多。

我和马海虽然也是青春年少，但体内的荷尔蒙浓度远小于那些年纪大的男女同学，他们喜欢跳舞唱歌，我和马海喜欢看电影。电影不多，我们就溜到小街小巷子里的录像厅看两场港台片，多是武打的那种。谈情说爱的流传进来的极少，还防着街道纠察队的人突然出现。

电影院放郭凯敏、张瑜演的《庐山恋》，我和马海一起去看的，那是改革开放后有接吻镜头的第一部爱情电影。电影散场后，马海跟我一路上都没好意思谈论那对恋人深情拥吻的镜头。那夜，睡同一张双台木床上下铺的我们打手春时弄出些动静来，彼此都心照不宣。

唉！师妹，你是何时知道男女性爱的秘密的？

师兄忽然话题一拐，问我，我脸一阵发热，但显得很坦然地说：读初中二年级时，矿上一个军人的婆娘跟一个刚参加工作不久的青工偷情，这事在周围团转那些妇女包括我妈的嘴巴里跳来跳去时，隐隐约约地猜测出一点什么来，只记得那个青工因犯破坏军婚的通奸罪被毙了。公判大会借用了我们学校的操场。

回答师兄时我走神了，忽然想起记忆深处那件阿尔巴尼亚针法织的绞花毛衣。一激，打了个冷噤。

马海傻瓜一样地跟我私下正儿八经地探讨过受精卵的形成过程。他问，崔劲松，一个精子如何就、就跟一个卵子结合了呢？我含混地说生命力强的一个精子游进一个卵子里去了，一半的一半的遗传基因就杂合在了一起，成为一个受精卵。马海生气地瞅我一眼，这个他当然知道。

马海问这个不是佯装不知，我从来不跟他私下议论男女之事。我关于男女之事的启蒙来自班上那些年长同学的隐秘指教，另外，在家里我偷看过父母藏得紧紧的一本红色塑料壳的《赤脚医生手册》。

师兄带着些许川音讲上面这些事时，我基本不插巴①，另外我感觉谈这个问题还是有些尴尬的，虽然是过来人，我脸还是

---

① 插巴，昆明方言，多管闲事的意思。

有点发烫。我晓得师兄是在做铺垫。他们做的那些实验，学生物的都要做，是共同记忆，显微镜下细察自己的臭屎屁是不分专业都要做的一个实验。实验情形真如师兄讲的一模一样，我们班就有个来自大理洱海之畔的同学在自己的粪便里发现了血吸虫虫卵，他激动地请老师过去认定，然后每个同学都有幸被老师要求去观瞻了一下大理同学那独异的粪便样本。

不打断师兄的话，是不想给他压力，每个人张嘴进入叙述状态时都会不由自主地交代一下背景。师兄绕这个弯子其实是在找一条路径，一个切入那段不堪回首往事的入口。那一条路径不是坦途，而是幽暗阴郁。

9

她的脖颈被我的双手卡紧了，我没松手，一直没松开一点。她先前那尖叫的怪声音像硬粉笔忽然刮在黑板上发出的那种声音，尖利得像一把刀要划开我的脑壳似的。

双手松开她，是看见有液体从她的裤管下淌出。

她尿失禁了。

脑子一片空白，我用手去探了探她的鼻息，没有。

她的眼睛是睁着的，瞳孔放大。

躺在水磨石地板上的她，不会喊、不会叫、不会唱、也不会蹬踢打闹了。

我坐在沙发上死盯着这个扎着两个羊角鬏鬏，穿着一件水红色衬衫的小姑娘，看了好长时间，有两三个小时的样子，脑壳是木的。直看到眼前的她花成无形的一团。

后来，我拉亮家里的电灯，屋里亮起一点，我大着胆子，伸出手去抹她的双眼，抹了好几下那双眼睛才乖乖地合上了。

她身上那件水红色衬衫的圆角领上绣着些小碎花，她苍白的脸被衬衫映照上一层水粉色。我仔细瞧她的脸，她耳朵边的细汗毛密茸茸的。我用嘴对着她的脸吹了一大口气，她额前的刘海翻卷起来，动了动。我幻想她的脸也活动起来，有表情。可她一动不动。

她睡着了吗？怎么就睡在我家客厅这地上了？我想不明白这是怎么一回事。

我希望我是在做梦。

那个下午，我在西斜的阳光漫射进来的光线里睁开眼来。我竟然倒在客厅的沙发上睡着了，足足睡了两个小时。

考最后一门有机化学时，我就有感冒症状了，一考完便彻底病倒了，嗓子吞咽口水都疼，清鼻涕眼泪揩擤个没完，头昏脑涨的，去校医务室开了几片感冒清吃了也没见好转。

头一天晚上得知有机化学只考了七十八分后，我很难过，病情加重了。医务室的医生让我吃了药就睡，可我根本无法在挤了八个人的宿舍里好好睡一觉。考试前我跟最要好的同学发生了争执，过后谁也不理谁。待在学校里太难受了，我不想让别人看见我气瘪打盹的样子。我决定回家休养两天，我全身都在疼。

睁开眼发了一下梦冲，伸了个懒腰，我看见了地上的她。

觉睡足了，全身都松活了。我口渴，去厨房那拧开自来水龙头，弯下腰，喝饱了凉水。就着掬了捧水洗了一把脸。

然后我走到她身边，就那样站着俯视地上的她。我用手掐自己的脸，疼，不是梦。

我哭了，眼泪止不住地流。

我恨自己考砸了，恨她在我钥匙插在锁孔里时突然间发出的那声怪叫，那声音像锥子一样猛地扎进我脑壳里。

后来，我看了一下左手腕上的手表，那是我爸在我考上大学时奖励我的一块上海牌手表。时间是下午五点半钟。

我想起来了，她是住顶层六楼一对老夫妇的孙女。

我爸平时用的那把小钢锯在哪里？

我找了好久好久。

找到了。我爸用一块塑料布包了它，把它放在他屋里的大床下面，一个扁的纸箱里。

那是我爸的工具箱，里面有老虎钳、扳手、羊角锤，长长短短的生了锈的钉子、螺丝螺帽、旧的电线、开关闸、门窗上的插销、折断的锯片、紧螺丝的起子。

我找了一块很大的塑料布来铺在客厅地上，那是我妈用来盖在我床上遮灰挡尘的一块印花的淡绿色塑料布。我把她抱了上去。

我是从她左脚的膝盖那开始锯的。长时间不用，才拉了个来回，锯片就断成两截。

工具箱里没找到新锯片，我扔下锯子，去厨房，找到了一把平时我爸砍肉骨的斧子，一把菜刀，一把电工刀。电工刀刀刃锋利，我妈用它削莴笋皮、洋芋皮。

爸妈两天前去县上了，拖布卡大型水电站正在建设，他们是水电专家。他们去工地，一去至少是两三个月不回来。姐姐在广州医学院读书，假期里才会回来。

爸妈屋里三开门大衣柜顶上原本有个人造革的大皮箱的，不见了，可能是他们带到工地上去了。

只有一个办法了。

晚上十点半，我正忙活着，有人来敲门。想了想，我打开门，是住楼下的熊大爷。

熊大爷说：小海，是你在家啊？我就想呢，你爸妈都去工地了，你家咋还动静这么大呢？你在干啥子？咚咚咚的，楼板都震得要塌了。时间不早了，小点儿声吧，隔壁邻居的都要睡觉了。

我说：熊大爷，对不起了，我在收拾家，挪了挪家具，明天我的同学们要来我家聚餐，趁我爸妈不在家方便。我这就歇火。对不起噶！

呜的一声长啸，厨房里电灶上的高压锅汽笛忽然嚣叫起来，我眼晕起来，手紧抓着门框，头疼欲裂。

这样的嚣叫有多少分贝呢？那叫声就像她打我身边经过时发出的那种怪叫！德国法西斯发明过一种酷刑，用高分贝的噪声折磨关押的犹太人和政治犯。

拄着拐杖的熊大爹离开时说：小海，你火上炖着牛肉？香啊！快去关火吧，早点休息，先前我还担心你家来了贼呢！

熊大爹走后，我就歇火了。电炉的两眼灶火力很足。在电力系统工作的人家有特权用电灶，别的市民家大多还在烧蜂窝煤。

我估量了一下，到熊大爹来敲门时，已处理了一半多了，第二天再接着处理吧。

有三个部位，我特地用两层塑料提袋装了，放进冰箱的冷冻柜。其他部分用盆装了放在卫生间里，我想，过一夜暂不会有味道的。先前处理的都过滤了骨头，一点点地从卫生间的蹲坑那拉水冲下去了，没有堵塞。骨头我拎到外面的垃圾坑那儿扔了。

第二天，天刚亮我就起床了。夜里我睡得很好，头一挨枕头就睡着了。起床后我发现感冒彻底好了。大脑清醒百醒的，上卫生间看见那些东西，我吸了吸鼻子，还没味道。

万念俱灰地哀伤了两三分钟，发了会儿呆，我开始进入一种专心致志的高效工作状态，像在实验室里做实验一样，按着设想好的程序一步一步来，有条不紊。

早上八点来钟我出门到菜街子上买了一把芫荽、一把大葱，两三饼姜块，还就着买了些刚上市的宝珠梨，想了想又买了白菜、茄子、香芹什么的。然后我站在街边的烧饵块摊上一口气甩下五个。头一天，我什么都没吃，也没觉得饿。

拎着两大袋蔬菜、水果回家,看门的老倌搭了句腔:买这么多,家里请客?我感激他注意到我拎着的那些菜,立马应道:是啊是啊。

这个看门人是头一次跟我打招呼。

我们院子里有一大株树冠宽阔的印度橡皮树,树居于院子的中心,周边砌了圆形的水泥花台。树荫下水泥花台上一坐,老头儿、老太太们爱坐在那儿扯闲话。

那天,橡皮树下站了一群人。听见有人说:莫急莫急,秦奶奶,小梅会不会是贪玩去同学家了?这事怕先去找班主任老师打听一下。

哭声夹着话音:儿子昨夜就去找老师了,媳妇今天一大早骑着车去她的小伙伴家找小梅了,大礼拜天的,学校没人啊。梅梅呀梅梅,不要躲着奶奶了,奶奶的心脏不好,受不了的……

这个上午又煮了三锅。每一锅都放了草果、八角、葱、姜这些作料。我罅开了厨房的窗子。到下午四五点钟终于一切都处理完了。我拖了地,洗净了厨房和卫生间,累得倒在客厅沙发上又睡着了。

半夜,睡醒来,我脑子更清醒了。我把事情的前后想了一遍又一遍。后来我去到自己屋里,倒在床上又哭了,这次是失声痛哭,用被子捂住哭声。我真想自己把自己捂死。

星期一,我起床后,骑车回了趟学校,我像是忘记了发生的一切事情,我像是正常地要回校上课似的。到了学校到了宿舍后,我才想起那天上午没课。我见到同学崔劲松,我们是好朋友,他要陪我去看病什么的,我拒绝了。他走后,我在空无一人的寝室里写了两封信。把信寄走后,我又骑车回到了家。打开冰箱,拎出那个塑料袋,塑料袋有点潮,我用两张报纸包了,又外套了个塑料袋,目测了一下,书包装得下,我捡出几本书,只留了两本,然后把那袋东西装进去卡在两本书之间,这样看起来书包还方方正正的。

单车棚里推出我那辆28寸轮毂的大永久,一看表,时间还早。

推车出院门时我特地对看门的大爹说:嗯,老大爹,您帮着多盯盯我们家,家里平时没人,爹妈下乡了,我呢要到周末才回来一下。

我骑着车上了光明乡的大尖山,骑了三十公里盘山路。

在大尖山卧龙寺后山的一株白果树下,我从书包里拎出那个塑料袋来,把它挂在了树枝上。先前过寺庙门口时从老乡手里买了一把香,香点上,我对着那个塑料袋跪下去磕了三个响头。卧龙寺破败不堪,香火不旺,到那里是因为我们上课实习时会到那附近中科院的一个实验动物繁殖基地参观学习,那里是我梦想的进行科研工作所在地,我想读研后有机会到那里工作,做动物生理学研究。

后来我提着那个塑料袋,往林子更深更密处去。

找了一块泡松软的地,拾了一根结实的木棍,我在地上戳刨出一个小坑来。

我把那袋东西埋了。土盖上后,又扒拉了很多掺着枯叶的腐殖土盖严实了。

没有人看见这一切,只有周围的水冬瓜树、山毛榉、锥栗、马褂木和挂绞在它们身上的爬山虎藤藤看见,大不了还有那株马褂木树尖上的几只叫雀看见。

做完这一切我骑车回到城西边的牛街镇,很饿很累,我找了一家旅馆,买了个床位,来回骑了六七十公里路途,我竟然没胃口,天黑后在路边烧烤摊喝了两瓶啤酒,要了十块烧豆腐,没吃完,我决定一了百了……

(以上细节是马海在法庭上交代的。)

10

马海吃枪子死了,我变得形单影只,待在学校很难受。读大四这一年,我几乎变成一个哑巴了,我只在有课时出现在学校里,也不跟谁打招呼说话儿。从前宿舍床位紧张,我和马海走读了大半年系里才给我们分了床位。为了回避学校的人和事,我又恢复走读状态。我的睡眠变得很糟糕,几乎天天做噩梦,梦里老是被人用枪比画着后心窝,还有人对我说,马海的事你参与了参与了!有一次最恶劣,梦见马海临刑前回头对枪手大叫,我有重大检举揭发:是他!是崔劲松把她掐死的,我只是实施了后半部分!

噩梦里醒来，枕巾常常被汗濡湿。一段时间里我没有任何胃口，吃什么都会恶心干呕。

大四下学期，全班同学人心惶惶的，县上考来的同学都千方百计地想留在城里不回去，四处忙着联系工作单位。那时大学毕业生还算稀奇吧，首先是待在省城，其次是进个好单位。班上恐怕只有我不张罗这件事。几乎没有什么课要上了，大家都在忙所谓的毕业论文，我更少去学校了。我既想快快毕业离开学校，又特别难受地想我的大学时光不是四年而只是残缺的三年。

很难受的时候马海就在我眼前晃，我总是怨怪自己，那事可以不发生的，不发生的。

我的生活混乱不堪，它有时就是偶然控制裹挟下的一个巨大谜团，永远猜不出它的谜底。

11

太阳偏西，西北面那扇朝外开的窗玻璃折射进来的光影在茶室里变幻着，一束漫射光照在师兄的脸上、眼镜上，隐约的光斑让师兄的脸孔成了司芬克斯谜面，我感觉他的思绪飘忽不定。

师兄忽然焦虑地说，要抽根烟。我说，不能抽，纯木头结构的这亭子是个文物。他说那他去外面解个急就着抽根烟。我告诉他下楼出门朝前走百把米有个收费厕所，得交两毛钱才能方便。

师兄从手包里掏出烟和火机便下楼去了。我大声地问,师兄有零钱吗?他没回答。对他,我还有疑惑,他对我倒是信任的。

师兄折回来时喝了一杯茶又讲,但没接着前面的话说。

一九八八年,我参与的事情涉及五千万元的巨资砸在水中而不见效益。我被告发,说我涉嫌经济诈骗。

我开始亡命天涯。一个叫崔劲松的人从地球上消失得无影无踪。

跨度太大了,师兄,我的脑子跟不上你。毕业五年后你逃命去,这与马海有啥子关系?

我想跳过那段灰暗的日子不说都不行,师妹,服你了,你还真是打破砂锅问到底了。我最不想讲的就是那段日子,那是我努力摘除的一个人生的囊肿,不摘除它就可能变异为一个恶性肿瘤。唉!好吧,这肿瘤也剖切给你看,从头讲。

大学毕业,学校分我去城北郊外的老青潭啤酒厂工作,小麦发酵出酒的过程用得上我的专业。我拿着学校给我的报到证转了几趟远郊班车去到那个破厂,五分钟后我转身回城。我跟家里扯了个谎,说我到工作单位办完报到手续了,大学读完还没出过省呢,工作前想出去看看外面的世界。

我挤上开往广州的火车就没想着再回来,广东是改革开放的前沿阵地。我在火车上就火着枪响①地学说粤语了，跟着饭盒式收录机里的磁带学。我把我妈悄悄塞给我的八百块钱藏在贴身贴肉的底裤里，省吃俭用，平均一天用十块钱。冲凉时用个塑料袋包裹着用剩的钱，紧紧地捏在手里，怕丢。

一个月后因着我的专业，令我没费什么劲就受聘于一家当年名声很大的有港商投资的饮料公司。我卖命地工作，半年后升职为那家公司的中层管理人员，旋及又被派驻回滇。

改革开放东风吹，吹得我崔劲松人生得意马蹄疾，真不是跟师妹在这瞎吹！那时敢砸掉铁饭碗进合资企业的人都牛逼。

做了那家公司的驻滇代表意味着放弃专业，我转行成为营销拓展事业部的经理。那时我可真跩啊，穿全套的金利来西装、打金利来领带，上下一套衣服武装下来，半个万元户就没得做了。没事，我的拓展经费是实报实销的，公司对我很信任。

公司看中了滇地丰富的生物资源，他们想投资一条纯天然果品的饮料生产线。在广东的生产线所产饮料仍然是碳酸饮料，再怎么投入地开发市场打广告，也干不过可口可乐、百事可乐、雪碧，只占据很可怜的市场份额，长不大。公司高层认为滇地纯天然的野生果品若能生产成饮料是符合世界的发展潮流的，喝了几十年碳酸饮料的人发现了它的短处及对健康的不利影响。世界饮食界早已倡导绿色生态食品，而国人正很老土地习惯着美国炸鸡的肥嫩浓香，手拿一听可乐边走边吸的酷劲。

---

① 火着枪响，昆明方言，形容很快。

所学专业荒废了，但我在另一种欣欣向荣的场景里开始了人生奋斗。我的收入比我那些进了农科所、食用菌研究所、微生物研究所，穿着白大褂的科研人员以及留校或者去当中学生物老师的同学不知高出多少倍。

社会开放，我身上的一身皮，我的出手阔气让我一下子成了香饽饽。国人对钱财的感觉醒转过来了。我在一把辗转传到我妈手里的女青年的照片里，挑了一个眉眼生得漂亮的女医生，把恋爱谈了、把婚结了、把女儿生下来了。完成这人生的关键几步我用了两年时间。我女儿生下来时我二十七岁，大学毕业四年。

作为合资企业派驻本地的全权代表，我的名片递出去，名字后面括号里"总经理"三个字让人羡慕。我手下有公关部、营销部、项目拓展部，手下人统称我老板，那时真的风光啊，成天吃五喝六的。

公司在广东的总部希望我的主要工作方向除了拓展在滇的市场份额外，还要建起一个厂来，弄起几条生产线来。

一种滇西南密林中的果品余甘子进入我的视线。师妹是学植物的，比我懂。

余甘子？滇橄榄嘛。

当地少数民族同胞嗓子发炎从来不吃抗生素，嚼一颗余甘子，嗓子的发炎症状便消除。这种果子入口苦涩，嚼吃时，口味变得越来越甘甜。它的浸出物在实验室里制成饮品送到广东试品尝后，得到公司高层的一致好评。

学着国外照搬进来的模式我们如法炮制了一套详尽细化的包装文案。在生产线没投产的时候，我便开始在本地的电视、报刊、广播电台全方位投放广告。狂轰滥炸三个月后，一句广告语叫响了：余甘子，回味一万年的爱！——师妹，这句广告语是我原创，还行吧？

哦，有印象！原来这句话源出师兄，了不起！

合同是与余甘子产地的县政府签订的，就地盖厂建设，公司全额投资。大量投放广告后，我在省级各新闻媒体有了一众跟屁虫朋友，一呼百应，他们竟然帮我请到了一位副省级领导，参加了我们的开工典礼。那时省里对生物天然产品的开发利用非常重视。

建成新的生产线，助公司梦想实现，我成了公司的功臣。

唉，谁知道呢？好景不长，我人生向上的台阶忽然一步踏在空挡上。第一条高标准的生产线建成了，生产工人也送到广东培训回来了，问题出现了。余甘子的产量远远跟不上，它就是山林里的一种野生果品。若大面积规模化种植运作，进入结果期得花去至少三年的时间，天然野生余甘子的产量远远满足不了生产线的吞吐量。

师兄眼里的光芒刚放射出来却又瞬间黯淡。

开放之初，欠缺经验，地方上负责原材料收购的管理人员综合素质还很差。当地人林子里采摘到的野生果子一背篓一背篓地送到厂里来，而这种果子也只一个月的结果期。周围附近县市也有少量野生余甘子的供给量，但是，等花钱收购了集中到已建成的生产线上，那收购运输成本也无形中高得离谱了，原料的供给成了大问题。

这时各种不利于发展的声音也冒出来了，有人说手握一听余甘子饮料无论如何像是在饮一听中药汤呢。一般人的心理是喝三块钱一听余甘子饮料不如街头巷尾花两毛钱买一碗小脚老太太的泡橄榄汁来得爽呢，再说哪有喝可乐饮品那样的炫酷？

头脑发热，我力主投资的余甘子生产线勉强维持了半个月，大约生产出一千件成品，一件成品二十四听，之后，那条生产线开始闲着生锈，终至彻底报废。

这前前后后的投入，令公司损失五千多万元，二十世纪八十年代的五千万元钱啊。公司派人来查我的账，查来查去一笔糊涂账，广告投入大约就花去了一半，这个时候我也察觉到了我的管理混乱。

当初公司力促我拿项目建成生产线，到这时我成了投资失败的替罪羊。听到公司即将起诉我的风声，我便打定主意，走为上！

我不辞而别，压力和威胁是一窝惹怒了的马蜂，它们冲着我直刺而来。

我开始逃命。没跟父母、没跟老婆说一声，随身揣着仅有的三千多元现金，我人间蒸发。

断了人间一切消息，我老婆，现在是前妻了，在二十年后看着出现在她面前的我说：崔劲松，你没死？你心好狠哪！不闻不问我就算了，你爹、你妈、你囡你都不问问？你怎么好意思还活在这世上？

前妻早就嫁作他人妇，她说她自己做了个判断：崔劲松偷渡国外然后死于途中。两年后她去派出所把我的户口注销了。

我曾试图往中缅边境那边逃，后来放弃了。我若那时候逃那边去不会有好果子吃，只可能陷进大毒枭坤沙统治着的海洛因产区缅甸金三角，当时金三角很乱，坤沙都泥菩萨过河自身不保的。真那样，那恐怕我只有被胁迫着当毒贩了，当了那也一准步马海后尘"吃两颗花生米"搭上小命一条，下地狱找马海去了。不当毒品贩只有干苦力，我能干啥子？成了累赘，像条老狗终是累饿而死。马海起码还是个有名有姓的鬼，我只能是一个无名小鬼，被佤帮那些士兵随便挖个坑埋在罂粟地里，肥壮了几株罂粟花吧！

12

一九八三年初下过一场好大的雪，师兄有印象吗？我那时在石城一中读高二，住校。我的脚、手、耳朵都生了冻疮。

我忽然岔开话题又把师兄从他的语境里往回拖了几年。

那场雪太大了,怎么不记得?积雪都有一尺深了,没过了小腿肚,穿个长筒胶鞋也会灌进雪去。当年我曾幻想那一场雪把一切埋葬,雪化后的春天有足够的阳气暖烘烘地焐热我的心。马海是头一年年末踏上黄泉路的,那场雪是即将放寒假时下的。

我记得城里发生了银桦树被大雪压倒压死行人的事件,一家七口为取暖烧火炭炉煤气中毒全家死亡事件。我还记得那一年有两个家在滇东北的大学生在返乡过年途中冻死在路上。县城往乡上去的班车都停了,车轮全绑上铁链子司机也不敢走,雪太大了,乡村公路上冻凌起厚厚一层冰壳子。那两个回家心切的大学生在县城下了车决定徒步回家,又饥又寒,竟然就白来来地死在回家的路上。那年头,胸前别着个校徽的大学生令人羡慕,天之骄子啊!

师妹说的是,去马海家回来后,我再也没戴过校徽,我发现同学们也不约而同地摘掉了。

师兄,我是从滇东北的老咀山矿考到石城一中的。重点高中的学风非常好,大家都舍不得浪费宝贵的时间,只在星期天偶尔会约了同学去街上买点生活用品、买本课外书、买点小零食什么的。

馋学生嘛,是学生谁不嘴馋?烧豆腐一块钱十个,我和马海周六从录像厅出来,在路边烧烤摊上坐下,也只舍得甩十个,其实肚子空得甩五十个也没问题的,嘿嘿。

那天，我和同学路过石城中级人民法院门口，看见橱窗前围了很多人，有人在呸呸地吐唾沫，在骂。我和同学好奇，拼命挤了进去……一眼撞见照片上他跪在地上的样子。

师兄两眼忽地射出光来，焦点直射向我的两个瞳仁。

手心一下子出了汗，我端起杯子喝了一口水，深吸一口气，接着说：我的心脏突突地狂跳，脖子都硬了，仿佛那个脸上戴着口罩和墨镜的人用手里的枪抵着的是我的背。旁边的文字只敢读了一遍，贴着的两张照片速速扫了一眼就再不敢看，然后急慌着钻出人群。

师妹，我就在行刑现场，离他二十米远！

师兄让空气凝固了至少十秒后低哑地说了一句。

他戴着一副深色边框眼镜，穿了一件拉链夹克，因为绳子把他的双手反绑在后心窝，外衣里面的毛衣翻突出来。毛衣的花纹是一种叫阿尔巴尼亚花的针法，这种针法弯弯扭扭的，织起来费毛线费时间，但那绞扭的花显得手感厚实，我看得清清楚楚。他跪着的地方，背景里有几棵大树，是一处杂木林的林间空地。

不要讲了！师妹！！

我被师兄的一声断喝吓得手一抖，握着的茶杯差点歪倒。看向师兄，他脸色铁青，眼镜后面的眼睛里泪光一闪。

他的手抖索着到手包里摸。

一个釉黄色的小瓷瓶摸了出来，他拔开瓶盖抖出几粒丸药在手心上，然后往嘴里送。

师兄的手颤巍巍地端了茶水渡那丸药。他仰起脖子一甩头，药丸吞了下去。

我有些惊吓，从拎包里抽出一包纸巾来递给对面的师兄，连着说了一串对不起。

师兄闭了眼，摘掉眼镜，两手肘拄在桌面上，手指揉起两边的太阳穴来。

好一会儿后他戴上眼镜从椅子上慢慢站起，缓缓走到窗边，身子倚靠在窗框那看绿树看湖水，做深呼吸。

全班同学里就我和团支书在场，学院办公室去了个男老师。马海带话出来要我去的。

师兄站在海心亭二楼的窗前，侧对着我说。

他父母没到场，他姐姐没回来。后来，我才知道，他的家人都被他带害了。他姐姐毕业后主动要求到广东最偏远的县上工作，不愿意回来。他父母从拖布卡水电站建设工地上撤回，他妈病退处理，他爸被安排在局里一个无所事事的部门上班，几乎可以不去点卯报道。他爸妈可是新中国自己培养的第一代水电工程的知名专家，有过大贡献。

我在姨妈家见到他妈时，只敢瞟了她两眼，匆匆离开后，我想到他身上那件毛衣，那是她织的，一定是。那是一件中粗线的手织毛衣，阿尔巴尼亚花。

师兄平静了一会儿，回到我对面坐下。

那天早上，法院的人问马海还有什么话要说时，他说有话要当面对同学崔劲松交代。学院领导头一天专门通知我第二天一早到学校乘车前往第一监狱的。说是他要求见我，学校保卫部门及学校学院领导开会研究后批准我去。他不见团支书肖本林，肖本林还生了气。

见到他我眼泪就下来了，在场的那些人鄙视地看着我，我也知道我当时的立场不对头。我讲不出话来。

马海先开口，语气镇定：崔劲松，谢谢你，谢谢你今天来了！我们是知根知底的老同学，请你帮我做以下三件事：第一，你一定去我家对我爸妈说，我对不起他们，但来世我还想做他们的儿子。第二，我在法庭上的自辩和陈述就是全部真相，我见你一直在场旁听了，我还看见你揩眼泪了。谢谢你，崔劲松。我没有对那个女孩有过任何他人想象的行为，我没亵渎她。崔劲松，这个你要相信我，之后的一切的确残忍，但那一刻我不知道如何处理。我认罪伏法。第三，我家有一盆养得很好的文竹，我很喜欢，让我跟那盆文竹在一起吧。要是我父母不愿意，就麻烦你把我的骨灰拎出去扔垃圾堆里。崔劲松，谢谢你，请你最后帮我做这三件事，没话了。

看着他，我泪眼婆娑地一个劲点头。

哦，对了，你若愿意，我送你我戴的这副眼镜，这是我考上大学时，我爸特地送我的。是我爷爷传下来的，真玳瑁，不是有机玻璃。我去大光明眼镜店配的，给你！

我哭得更厉害了，马海的这副眼镜我戴过。我的眼镜跑步时掉地上碎了，那时都是玻璃镜片，容易坏，新配的眼镜要一个星期后才取。我们去看电影，看一段就求马海把他的眼镜给我戴一下。我是250度近视，跟马海的度数差不多。

潜意识里我想去拉他那双被铐着的手，碰着他的指尖了，又害怕地缩了回来。法警要带走他时，我终于急慌慌地挤出憋在嗓子眼的一句话：马海，我那天晚上不应该跟你打那一架，你考砸有机化学全怪我，怪我！其实，你考得已经够好，全班只有两个同学成绩超过八十分，你有七十八分呢，我的分比你低了好多……

我的话没有任何逻辑秩序。

崔劲松，我没怪你！是我感冒了头晕呼呼的，考砸了……同志，麻烦你帮我取下眼镜来，我要送给我同学。崔劲松，拜托了，谢谢你！

我提起袖口抹掉泪看向他，咬紧牙关对他狠劲地点了点头，再也说不出话来。

他被带走时，我手里已经握着那副眼镜。当时我手抖得厉害，好像那副眼镜都拿不动。

不可能，师兄！法院橱窗里那照片上他戴着一副深色框眼镜的！真的，我那时候记忆力好得像扫描仪，不会记错的。

记忆不可靠，我外出都带着它。想当年出逃时太匆忙，我摘下自己的金丝边眼镜，戴上马海送我的这副眼镜，镜子里的我就完全变了个样貌。这几年我眼睛老花了才没再戴它。

师兄从手包里拿出一个老式绒面硬壳的眼镜盒,叭的一声打开来。

这是货真价实的玳瑁,它后来一直架在"宋金璀"的鼻梁上。师妹,有人花一万元钱要买这副玳瑁镜框,我咋会卖?外出我都带着它,就像戴个护身符。你瞧它这颜色!后来我去海南旅游,导游说玳瑁龟取甲壳时很关键,龟壳的色泽要好就得现杀它现剥取,它会疼得血液往龟壳那儿灌注析出,龟壳里面的色块就会鲜亮红润不浊。

师兄,莫讲了,快收起来!我不看,管它是真玳瑁假玳瑁!

轮到我从座椅上忽地站起来,走到窗边,手抚心口,深呼吸。

与师兄一样,我们都是又哀伤又矛盾重重的生物。

13

直到现在,我都在后悔跟马海打那一架,肠子悔青也于事无补。师妹,压在我心上的这块铅巴拿不掉了,它会跟我一辈子。

那天在至公院大教室上晚自习,学习委员站起来宣布她把教有机化学的王老师请了来,给大家勾画第二天的考试重点。王老师刚走进教室,马海忽地从座位上站起来,动作夸张地把他的书和文具扒拉进他的书包,然后往肩上一搭,嘴里蹦出一句话来:这种行径跟作弊也差不多了,哼,有本事来真格的!

我们大班三个专业平均一个专业二十位同学，六十位同学里三十多岁的老同学多的是，大龄同学玩这花招，触怒了马海。马海是我们班的尖子生。

考试在第二天上午十点十分开始，用的是三、四节课的时间。一、二节课下了有二十分钟的休息时间。

课间休息时，我与两位抽烟的同学站在教室外走廊上瞎聊，聊的是刚从我们身边走过去的物理系系花。我悄声说那女生长得太像海霞了，电影《海霞》里的那个演员吴海燕。一个男同学接过话说，嘿，她比海霞漂亮十倍！我傻傻地看着那个有两个娃的同学。他点拨我：小崔啊，这你就不懂了吧？你看人家那腿是腿长，屁股是屁股翘，还有胸前那对大奶子，可像上学期我们解剖过的大白兔，跳得欢？

另一个男同学就嘿嘿地笑。

我脸一下子就红了。这时，我的左胳膊被人拽住狠劲一拖，疼得我侧脸一看，是马海。不知他何时站在我旁边的。他鼻子一哼：崔劲松，走！我平生最讨厌一脸道貌岸然，其实一肚子男盗女娼的人。

马海一用劲，弄得我生疼，我一犟，胳膊肘儿使劲一拐，马海差点被我闪倒在地。他恼羞成怒，站稳后就又扑向我。他比我个高，这次他更用劲，钳住我的左手腕又来拖我，我一挣，右手的拳头就打了出去。

我与马海当即就揪扯推搡起来，平时我们可是好得天天腻在一起的啊。旁边那两个年长的同学上来把我们拉劝开。

上课的钟声这时响了，大家就往教室走，马上要考试。我在教室里坐定后，马海脸色苍白地最后一个走进来，平时我俩都坐一张桌的，这次考试他没在我旁边的空位上坐下，而是噼里啪啦扯起桌上的课本往教室后面走去，后面有空桌子。

那天我很难过，把卷子胡乱填满就交了。坐在教室最后面的马海又擤鼻子又咳个不停的，动静很大。

那之后，有两天我们互不理睬，回避着。

他病了，重感冒。晚上他咳得厉害，弄得宿舍里的所有人都难以入眠。一个老大哥睡不着，起来找了一颗克感敏让他吃，他不理人家，但也尽量收敛着，咳嗽声尽量控制着小了。

我睡他上床，那咳嗽声不是故意的，是止不住的，像是要把胸和背都咳通了。我心一软便想着第二天起来主动跟他和好。有一次我吃坏了肚子，拉得脱水，在卫生科打吊针，他陪我，还去校外给我买了一缸白粥回来。他那样咳，不打吊针会拖成肺炎的。

第二天，我起晚了，夜里没睡好。起来后，没见马海，他的床铺折叠整齐。那天是周六，上午一节课都没有，只有下午有实验课。我照例去锻炼了，运动场那没见他。中午回宿舍午休也没见他回来。我便猜他可能看病去了，他病得不轻。下午的实验课，动物专业的同学也有课的，但我在实验楼还是没见到他。只记得那天他的实验搭档来微生物实验室问我马海去哪了。那个同学急找他，是因为马海不在的话，老师就不给他发放等候解剖的标本了，他就只能观摩别的同学做实验。

师兄，这个我晓得，即便是解剖一条蛔虫，也只给一份标本。一条泡在福尔马林溶液里的蛔虫标本比一只活蹦乱跳的兔子成本还高。这类基础实验我们学植物的也做过一些，大一课程《普通动物学》的实验就有。

师妹，想想我们当年上大学，国家投入好大的，每学期就交一点点学费、教材费，你瞧，我俩现在都改了行，怪愧疚的。

再倾听，就不大接师兄的话，只顾给他一再沏满茶水，由着他讲。眼巴巴地，只愿师兄讲关键细节，最好不发岔。

隔周的星期一一大早，我背起书包正要去上专业课，马海忽然回来了。我没想什么就问他去哪了？他脸色很差，没看我，吸了吸还有点瓮声瓮气的鼻子说，病了，回家睡了两天。我说周六就没见你了。他说他一大早去卫生科看了病、开了点药就直接回家了。我说今天你们好像没什么课啊，你要不去打打吊针，好得快些。

为修旧好，我讨好地对他说，今天的课我可以不去听，陪你去卫生科打吊针吧？

我看向他，他也正看向我，他眼镜背后的眼睛红瞄瞄的，有一丝感动的样子。后来他背过身去，坐在床沿上理起床内侧的书来，然后哑着嗓子说了一句，已经快好了，谢谢。我没吱声，他又说，唉，对了，那天的有机化学你考得如何？我就想起那天与他打架的情形，没好气地说，那天跟你干架哪还有心肠考？刚及格。他自嘲地说，唉，对不起，我也考得很糟，之前我还笑话人家。

我知道他这话的意思，照着勾画重点复习的人都考得不错。我知道他考了七十八分的，上周成绩就出来了，最高分是大班的学习委员考了八十一分，还有个同学考了八十分，考八十分的是你们后来的辅导员陈安毅。陈安毅学习一向刻苦，但总成绩一直没超过马海。

我越来越不喜欢马海为保持全班第一名死钻牛角尖的样子，都大学生了，成天还纠结于分数这类事，真不爱听他说这些。我话音一淡，那随你便吧，我上小课去了。走到门口，马海忽然在背后叫我：崔劲松！我回过头，以为他改主意又要去打针了，他却表情怪异地盯着我。我不吭气，等他吱声。他声音很小却很果决地说，你上课去吧！

后来，又好几天没见着马海。那些天，我闷闷不乐的，心情很不爽。

周五那天中午，大班团支书肖本林来我们寝室通知大家第二天开团小组会。马海是他们专业的团小组长。他问我，崔劲松，马海呢？好些天没见他了，也不兴请个假。我为马海圆了个场，他病了，病得很厉害，周二那天好像还到卫生科挂吊针呢！团支书说，你们好得穿连裆裤的，他去哪你也不知道？我没好气地说，我又不是他的跟屁虫。

团支书肖本林一走，我心里便有点毛。马海做事一向非常认真，不请假还旷课这种事从来没发生过，生病也要交病假条的，那年头上大学不像现在玩学分制，修不够学分就不毕业呗，我们那时候学习纪律非常严格。我决定下午实验课一结束就骑车去他家看看。我晓得他们家平时没人，父母常年在水电站工地上，他姐又在省外读大学。

那天下午三点左右，我们刚走进实验室做着准备，杨书记、办公室张主任、我们的辅导员许老师忽然来到实验楼，分别通知各专业的同学结束手头的活，并请各专业小班的班长现场点名。我们全体被要求立即在一刻钟之内到至公院104号大教室开会，任何人不得缺席。

师兄讲到这里声音越来越小，话音哽咽，最后干脆闭了嘴不说话。

他脸色又变得很难瞧，他喝了两口茶，两手肘一紧，胳臂交叉，自个把自己的身子一夹，仿佛自己抱紧了自己。

藏族小伙阿鲁敲门进来，上了两碟点心，一碟绿豆糕，一碟无籽的黑加仑葡萄干。

我抬起绿豆糕示意师兄吃一块。他却拿起茶台上的茶宠，一只陶制笑脸猪慢慢地转动着说，师妹，你不晓得当时的现场气氛多么骇人。

才走进至公院104号大教室，同学们便见靠门第一排坐着两个穿白色制服戴大盖帽的公安，公安的眼睛不动声色地扫视着我们每一个人。那间大教室，师妹应该在里面上过课的，是专属于我们系的大课教室。

欧式建筑的高大空间里,空气像死鱼鳔一样胀得要炸裂了,我憋闷得要窒息。四列双位桌椅,第一排全坐了陌生人。两位好像是学校的领导,坐在教室的最后面。每个人的表情都严峻僵硬。

我的心忽地往下掉,直感出事了,与马海有关。我第一直觉是马海他死了。

我的后背开始冒冷汗,同学们面面相觑,全都不敢吭声。教室安静得让每个人的心都狂跳紧张起来。

团支书肖本林接过辅导员许老师手里的名单点起名来。我们一个一个报着"到"。

最后一个名点的马海。

没人应。

停顿了足足有十秒钟的样子,学院的杨书记忽然眼光看向缩在窗边第四排里坐的我,大声叫道:崔劲松!

我一个激灵,慌乱地从座位上站起来,身子打着抖,所有的眼睛都盯视着我。

我头发窠窠里也开始渗出汗来。

14

师兄用手撮起葡萄干,一把一把地嚼吃,牙床腮帮配合动作的样子像头老牛在反刍。

茶喝得肠胃都寡淡了，葡萄干的糖分补充了一点能量后，师兄才接着往下讲。

星期一那天早上我去上课后，马海在空无一人的寝室里写了两封信。一封给他父母，一封给他姐。

那两封信都在法庭上出示了。两封信他都写到做了"冒天下之大不韪"的事，请父母和姐姐忘记他，具体内容几乎一致。只是给他姐姐马溪的信，信尾多出一大段来，是他托请姐姐代他照顾双亲的话。给马溪的信是后写的，字迹潦草。信是从学校附近那家邮局寄出的。

那两封信还没到他父母和姐姐的手上，就被截留了。信里被公开展示的部分对他很不利，他叙述了做那事时头脑是昏眩的，他考试考砸了，重感冒又令他头疼欲裂……那些话后来被狂批为他要为自己的血腥罪行开脱。信里的文字被报刊引用后更引起全国上下一片哗然。要求法院把凶手立即判处死刑，不杀马海不足以平民愤的人民来信也部分摘发于报刊。

马海在信里对他父母及姐姐说，信寄走后他就去他该去的地方了。

马海交代，那天寄走两封挂号信后，他骑车去了光明乡的大尖山，处理了她身体的最后一部分，又骑车回到城边上的牛街镇住了一夜，第二天一大早上了西山。西山陡峭的悬崖壁上有古人开凿的石窟，他打算从那纵身一跃了此一生。一个警惕性很高的纠察队员看出了他的异样，他正欲翻越石窟的观景口时,人家从后面把他拦腰抱住。

自杀未遂的马海被人送到西山脚下的风景区派出所。派出所的人对他进行了问训。好说歹说,人家就是撬不开他的嘴。派出所要对他的生命负责,端给他饭菜,他死闭双眼不吃不喝。

派出所的人后来强行对他搜身,从他随身背着的军用帆布挎包里搜出两本书来,一本是《动物生理学》,一本是《动物解剖学基础》。两本书都用那种蓝紫色的废旧晒图纸包了书壳。书壳中部是钢笔写的书名,字很工整,下半部标有一行小字——"79级动专马海"。那本叫《动物生理学》的书扉上工工整整密密麻麻地抄录着苏联科学家巴甫洛夫的两句名言及有关条件反射的最新研究成果:

天才就是把注意力集中在所研究的那门学问上的最高能力。

在人类机体活动中,没有任何东西比节奏更有力量。

华生的行为主义心理学与巴甫洛夫的理论不冲突,研究对象就是行为,研究路线就是刺激——反应。条件反射是一种具有普遍意义的大脑活动方式,是高等动物和人类对环境刺激的一种适应性反应。巴甫洛夫不仅研究了动物的条件反射,而且还探讨了人类的高级神经活动。

马海在摘录文字后加了他自己的点评:心理学不应该只研究意识,也应该研究行为。

唉，他摘录的这几段话就像他自己给自己下的人生注脚，是不是，师妹？

派出所的民警认真研究了手写体的几段小字，还是看不懂。只有一个民警说看见一个熟悉的名字"华生"，英国神探福尔摩斯的得力助手不就是叫这名吗？

师妹，马海这两本寻死时背着的书原先落在我手上，后来遗失了。那本《动物生理学》扉页上的摘录文字最后成为我自学心理学教程的动因，那几段讳莫如深的语录我背得滚瓜烂熟。

到现在，我还会梦见马海。说来好笑，我忌讳几样东西，马海毛织的毛衣我不穿，看见海洋里那种叫海马的小怪鱼我会心慌鹿跳地不舒服，就连世界最深的马里亚纳海沟这个词组都让我浑身起鸡皮疙瘩。你在博客纸条里问起我马海的事来，我简直想把你拖入黑名单，再也不跟你联系交流。"马"字与"海"字联在一起我就条件反射，神经过敏！

15

师兄，没往缅甸那边跑，你还能学白毛女不成？
我决定让可怜的师兄跳出来说点别的。不知不觉，时间滑过去了三个小时。

从地到天兄在这人世间遇上我后,被我层出不穷的好奇心拽入了另一个异度时空。我怕他又去包里摸那个小丸药瓶,那可不是开玩笑的,那是速效救心丸!他现在是我手里的牵线木偶,我来摆布他。

我就躲在川滇两地来来去去,在过西昌,在过水富,在过宜宾,在过盐津。我从来不跟家里人联系,跟他们联系那是带害他们。我暗地里希望他们当我死了。确实,那个叫崔劲松的人死了,"宋金璀"横空出世!我走时身上有三千来块钱,我用五百块钱做了个逼真的假身份证。

果然,师兄的脸色就好看起一点来了,他似乎得意于他给自己取的现名。

师兄有才!可是,宋金璀先生总不能只靠那三千元钱混活口吧?

我顺师兄心意换了一种玩笑的口气跟他说话。我让他往我的竿尖上爬,他呢就不会顺着我给他的竿儿朝下梭。

宋先生凭本事吃饭啊,指导农民种人工蘑菇,这可是他的看家本事。那些农民不懂种菇原理,跟他们讲科学道理没用,只好手把手教他们技术。买来的菌种如何种植到菇床上,如何管理都是要技术的。蘑菇人工栽培养料的堆储,堆料时间不宜过短,还要及时翻堆,补充新鲜空气,防止无氧发酵。大学四年所学专业为我讨得了活口。

好复杂啊,我都听得云里雾里的。人家敢雇用你?一个来路不明的陌生人?

赚钱了,还愁没人给我饭吃给我技术指导费?我的名气悄悄传开,之后我的贵人出现了。

遇见贵人,我的命运开始逆转。他是那个县的县长,北方人。县长与当地人没有根子上的关系和牵绊,他来到那地方做官,像现在的干部流动,空降的。当地人吃不准他的背景,所以不敢笼络他,他本人又清高,当地人恭敬地跟他保持距离。他下乡走进一户农民的菇棚时见到我,跟我说了几句话。他以为我是农科站的工作人员,我说不是,他有些奇怪。他听我讲普通话没当地口音,谈吐气质不俗,临走时他避开跟班的,叫我到他家找他,还随手写了个地址塞我手里。

县长大人这么不严肃?竟然敢跟一个身份不明的人交朋友?哄鬼呀?崔劲松敢把自己弄成宋金璀,他后来的人生继续顺着这思路一出一出地演,似无必要编出一个贵人的托词来!师兄此处可省略不讲,呵呵。

跟师兄聊开来,话说得投机,我口气随便起来。

嘿嘿,紫苏师妹,你不就是想听我说传奇嘛,我还真要抖一抖我人生的不平凡处。当年热播的电视连续剧《新星》看过吧?这样说吧,他相当于"李向南"!

周里京演的那个县长?!师兄,说,你的贵人可像周里京?当年周里京可是迷死一朝人的!《新星》热播时,学生宿舍管理科的小黑白电视机是搬到楼外空地上给广大同学集体收看的,之前只有《射雕英雄传》有过那待遇。

贵人没周里京帅，但他可真是一个高人哪。左思右想半个月，我决定去找他。去了，他一个人住。他有家室，老婆娃娃在北方。这个孤家寡人的生活简单得不能再简单了，到他那里时，他正大口吃肉包子，进门后，他递我一个，我没客气，接过就吃，之前在小馆子里我已滑下一碗面条了。去拜访他的时间是我精心算过的，星期天上午的十点半左右，走进退出都不为难人家。我连声夸那肉包子好吃。他说，他教县委招待所的师傅做的馅。

师兄的眼睛开始放出光来，感觉他还沉浸在从前那位贵人的光芒里、那肉包子的鲜香里。

贵人的屋子里，靠窗边一张方桌上有块人造板做的围棋盘，上面有棋子，我瞟了一眼，棋局走到半场，他像是刚还跟人下着棋。我的贵人姓孟，我叫他孟县长，他摆手，让我叫他老孟，那一年我三十岁出头，他长我五六岁。第一次拜访，他问我的第一个问题是会不会下围棋，他说一个人到了星期天就很孤单，秘书陪他钓鱼、爬山什么的，他又不喜好，就喜欢在屋里待着读点史书，自己跟自己下盘棋，看着古人的棋谱打打谱什么的。他说第一次见到我便直觉我能成为他的私交。我看出来了，孟县长井然有序地孤独着。

孤独还有你讲的井然有序？不懂。

师妹，你我现在的状况就是井然有序地孤独着的，这个你以后会懂的。围棋我太喜欢了，我老爸打小就教我下棋，还送我到少年宫去跟省棋院的老师学。读中学时中国围棋院的大师叫什么祖德的来，反正不是那个大嘴宋祖德，哦，叫陈……陈祖德！我作为少年宫挑出的二十名小棋手跟他来了一把轮盘战。我可是亲得陈大师指点过的！

嘿嘿，喜欢下围棋的人性格都趋于内向，一般都三缄其口，莫测高深，性情孤傲。喜欢冥思苦想，爱探索人的精神世界，欣赏柏拉图式的爱情。

呵呵，师妹，后两点说得较准，但也不尽然。师妹看来会下围棋？

略知一二，晓得个金角银边草肚皮。我前夫喜欢下。我五子棋水平不错！师兄以后教我围棋？网上可以邀约下的！

读大学时我带了一副围棋到学校，同学里只有一个老大哥会下，可人家是有家有室的没空跟我玩，我想把马海教会，让他陪我下棋。可他学了几次就不耐烦了，说浪费时间，下上一盘那时间就像打水漂一样没了，不好玩。马海止步于下五子棋的水平，还死钻研过一阵，后来我这个围棋二段水平的人在五子棋上都输给他，他成天悠着我跟他下五子棋，我懒得下。

估计我的五子棋也能赢你！围棋不就玩个定式？讲究个死活之势？反正死活我都悠着你教了！

忽然遇上个会打谱的老孟，打的还是清代施定庵、范西屏的《海昌二妙集》，真是棋逢对手。我跟老孟从此过从甚密，星期天一早我就到他那吃肉包子、下棋，混过晚饭天黑了才出来。这节奏除非他回家探亲或春耕农忙时节下乡考察，或有上级领导来调研他得陪同外，没变动过。我的人生老底也在几次手谈的交情里挤牙膏一样，一点一点挤给了他。

哟，两个单身男人的快乐时光！那年头可没什么夜场、没什么高档会所、没什么温泉 SPA 水疗，要不，李向南和宋金璀也这样玩，对不，师兄？

谁说的？我与老孟骨子里默契，清者自清，老宋和老孟都不好师妹说的那一口。老孟把我安排进了县农科站，从一名普通工作人员干起，一年半后提拔我当了农科站站长，有人不服气，但没办法。我是孟县长罩着的人才，我在农村开展的几项工作全县推广，我指导栽种的食用蘑菇从平菇一个品种发展出木耳、香菇、金针菇、鸡腿菇、茶树菇等几个品种，众多农户因此致富。作为引进人才，我很快成了致力于改革开放的孟县长最引以为自豪的一颗好棋子。谁想得到呢？我的人生棋局真正应验了"棋从断处生"这句话了。

呵呵，棋从断处生！棋从断处生！无所不在的大道理啊，也可以说爱从无爱处始？！这不是那……那《牡丹亭》里唱的——情不知所起，一往而深。生者可以死，死可以生。生而不可与死，死而不可复生者，皆非情之至也——同样的道理啊！

嘿嘿，师妹，你是聪明人，但也太发岔了！不过嘛，你是作家，呵呵。

师兄，抱歉！言归正传！请讲老宋遇见老孟后的千古传奇吧！

我脸忽然发烫，微闭了眼，暗自生起自己的气。在师兄面前拼命卖弄，啥心态？

宋金璀的人事档案开始丰富了，成了正式的国家工作人员。孟县长仕途一路升迁时我成为他的影子紧紧跟随。直到有一天我自学法律专业取得另一个本科文凭。我钻研的方向放在犯罪心理学上了，在专业期刊上发表了几篇有点影响的论文后，我正式从老孟主管的农业厅调到了一所公安专科学校做心理学讲师。

老孟舍得你这个人才离开他？

我与老孟那是君子之交，他理解我也支持我。

你跟老孟说过马海的事？

简单地提起过，没讲细节。他了解得最详细的是我的"诈骗"行径。他说改革开放得研究这些新冒出来的问题。现在各种社会矛盾激化，犯罪心理学研究得到司法界空前的重视。我的研究兴趣不再是显微镜下那些蠕动着的小生物了，而是复杂的人心人性。我力求回到人本身，回到个人的内心，因为我身处这乱麻麻的人世间。

看着情绪又有点激动起来的师兄，我嘴皮子嚅了嚅，却没说出什么来。师兄心有灵犀地看着我，回答了我欲问而没问出口的问题。

师妹，你想问，这个跟马海有关吗？对不？有，瓜扯不清！马海出事后，我性情大变。毕业时孤注一掷去广东混，然后回来，脑袋一肿不管后果忽悠来一个大工程，让人家的钱砸在水里，惹祸逃命苟且偷生，不管老人，不顾老婆娃娃。我活过的这前半生罪孽深重啊，家庭破裂了，老父老母一对老知识分子脸上蒙辱，那些崔劲松失踪死去的日子里他们是咋个熬过来的？我真是不敢细究。师妹，你说我跟马海有什么区别？

师兄，你研究犯罪心理学，研究人犯罪时的潜意识、心理、行为，你不会是要为马海翻案吧？能翻吗？现在死刑判得是少多了，他当年是行为失控？即兴犯罪？那又怎样？！这案子放在当下，能不判死吗？我纠结于这个，无法释然！

我语速很快地抛出一串问号，不待师兄接话，又抢着说：我永远记得那张戴着眼镜的清瘦面孔，多么年轻！我没法忘记——青春年华的一个大学生被五花大绑着跪在地上，行刑者的枪指着他后心窝的样子！这远不同于一年后我在法院的橱窗里看见东北悍匪"二王"被击毙后大快人心的样子。我永远记得他那件阿尔巴尼亚花纹的绞花毛衣，记得他妈妈，那个打麻将赢了钱也没一丁点儿笑容的老太太，以及我想象出来的那个小姑娘的模样。

我一口气说完，全身发热，出大汗，血液好像要从胸口那往外迸。

我怎么可能为马海翻案！师妹，我不晓得怎么跟你解释！我想，我们需要在混乱里建立起秩序来，我们这个社会需要预防犯罪、减少犯罪！师妹，你不会因此嘲笑我的义正词严吧？人不能由着性子去扯断某些人绷紧的脆弱神经！人不能没有分寸地去引爆行将失控的心！现世的人以及这社会的神经像弹簧一样快超出弹性限度了！弹性限度！物理学的弹性限度是个什么概念，师妹，你懂的吧？！

师兄皱眉撮脸激动得浑身颤抖，朝我扔来一个个话语炸弹。

师兄！告诉我！现在就告诉我！马海那天为什么，为什么弄死那个小姑娘？！

我不管不顾不示弱，准备直接被师兄的话语炸个稀巴烂。

马海知道自己的考试成绩低于八十分，平时学得不如他好的两个同学考试成绩超过了他。他的情绪一落千丈，他的最高理想是永远的第一名，免试直读研究生。他感冒又拖重了，决定回家好好睡一觉。家里安静，宿舍里四张双台床住着八个人，出出进进的没法好好休息。他去卫生科开了几颗克感敏骑上车就回家了。

师兄咕嘟下一口茶，杯子重重地拍在茶台上，倒出了一直憋在心里的话。

马海走进他家那单元楼的楼道时，后面尾进来那个小姑娘。小姑娘高声地唱着歌，歌声嘶哑不好听，马海头疼欲裂，没好气地呵斥她：莫唱了！难听死了，癞蛤蟆叫一样！那个小姑娘便住了嘴悄默默地上楼。马海家住二楼，他掏出钥匙插进锁孔开锁时，那个小姑娘从他身后紧跑上来两步，突然尖着嗓子冲着他怪叫一声——你才是癞蛤蟆！门锁刚扭开来的马海吓一大跳，回过身，一手抓住她就去捂她的嘴。她本能地挣扎、踢打、拼命地喊叫。马海一用劲把她顺势拖进屋，反手关了门……

一口喝光续满的茶水，师兄眼睛呆直地避开我直逼的视线，嗓音哽咽地说：之后，他看见她裤管里流出一股液体，顺着水磨石的地板洇开。

话音渐弱，师兄似乎要把自己吐出的话又吞咽回去。

茶室里的空气仿佛被蜡封严了，我不敢吭声。

师兄阴沉着脸忽然质问我：师妹，你是不是觉得事情没那么简单？是不是？！我告诉你，这就是事情的全部！全部！一件事诱发另一件事，像根链条，环环相扣。嗯嗯，嗯，嗯嗯……

师兄喉咙那狠劲地咔咳，表情委顿哀愤。

大热天的，我身子一再打着冷噤，心猛跳。我双手一下子捂住脸，绷紧身子，突然有了勇气，非要把所有细节都从师兄的嘴里抠出来。

师兄，马海拎上山埋掉的，是她的头吗？

不是。

我拿开捂着脸的手，眼睛逼向师兄：是什么？！

师兄眼眶里忽地飙出两滴泪来。

他的下巴颏抽搐着，那两滴泪在他脸上，顺着皮肤的纹路漫漶地流。泪滴流到无形，他喉咙那儿才挤出几个字：心、肝、肺。

电磁炉上烧的水涨了，壶嘴那儿噗噗噗地喷溅着水和蒸汽，我呆头呆脑眼睛发直地看着，想不起该去按一下开关键。

16

云芬！吴云芬！你疯了？！

吴阿姨忽地把那个纸盒一把提起，一屁股坐到沙发上。纸盒在她膝盖上，她细瘦的手指开始解捆扎纸盒的结。

结解开了，不敢揭开盒盖，吴阿姨把那盒子忽地又搁到地上，并用脚尖轻轻地把它踢开一点。

光洁的水磨石地板。

法庭上他交代，为了遮掩屋里不正常的响动，他在客厅里、父母的卧室、自己的小卧室，分别处理了尸体。

我幻觉眼前的地上横七竖八地搁着小姑娘的手臂、腿脚、躯干和脑壳。掩饰着干呕了两下，我想马上离开。

没待我开口，马叔说，劲松，你帮忙帮到底，好不？帮我个忙，我们照他说的把后事了了。

马叔走过去，蹲在地上打开了那个盒子。盒子里有个塑料提袋，提袋里是报纸。报纸打开来便是灰白色的骨块和细碎的骨灰。

吴阿姨瑟缩着瞟了一眼，便把脸埋在沙发上又哭起来，她的哭声被那布艺沙发里的海绵吸走了，只瞧见她身子的起伏。

泪在马叔眼眶里打着转，他说，劲松，你帮我把那盆文竹抬过来，好吗？

我去阳台那，把单人沙发中间小茶几上那盆长势旺盛的文竹抬到了客厅空处。

马叔找来些报纸铺开在地,手里握着一把最大号的起子。马叔把那盆里的土撬松,然后把文竹的枝叶根须完整地拔出来,放报纸上。陶盆里的土倒出一大半的样子,马叔便把那报纸包着的骨灰及碎骨块慢慢地倒进去。大一点的骨块,马叔直接用手掰开捻碎。

那丛文竹被重新拎起压在骨灰上,接着马叔捧起先前倒出来的土,指缝筛下细土,掩埋那丛文竹的根须。

我不敢碰马海的骨灰,甚至都不敢看,我的脑子里出现一个等式,马海=那一纸盒灰……马海活着的各种形象从我脑海飘出,我伸出双手帮忙护着那丛文竹的枝叶在陶盆里不偏不斜。

马叔的眼泪一大滴一大滴地落在儿子的骨灰上,泥土上,文竹的枝叶上。

吴阿姨歇了哭声表情怔忡地看着马叔做这一切。

我在一旁也掉眼泪。脑子里像幻灯机换卡片一样,一帧一帧地放,一会儿是跟他打架,一会儿是上午他交代我的那几件事情,最后切换到他跪着的身子忽地一弹朝前扑倒在地的一刹那。

包骨灰的报纸是几张《参考消息》,最上面的一张写着的日子是马海死前一天的,标着"1982年某月某日星期三"的字样。

重新栽好的文竹,马叔叫我和他一起抬回原处。花盆一下子重了好多。

我再次告别,马叔坚决留我吃饭。吴阿姨哀求的泪眼看着我,好像是我只要在着,马海的气息就也在着。我走不脱。

厨房里马叔油煎荷包蛋的香味飘起来时,吴阿姨提起一个喷雾花洒对着那盆文竹小心翼翼地喷淋。

17

师兄不知何时又拿出那个绒面的眼镜盒,取出那副玳瑁框眼镜。镜腿在他手里弯来弯去。然后他摘下鼻梁上的无框眼镜,戴上了玳瑁眼镜。

师妹,同学们说我长得很像马海。当年,我们天天黏在一起,一些同学长时间叫混我们的名字,戴上这副眼镜更像!

一点不像!那、那绝对不是马海的眼镜,法院门口橱窗里的黑白照片上他是戴着一副眼镜的,你说这是他被押走时让人家摘下送你的?不可能。他临刑时戴着的眼镜是方框的,这玳瑁框架是圆角的,我对那张照片的记忆太深刻了。连他穿着的毛衣是阿尔巴尼亚花的我都记得一清二楚。那弯弯扭扭的针法密实匀均,一直在我脑海里搁着。师兄,难道,我们说的不是同一个人?

我瞅了一眼师兄说。

面前师兄的脸孔哪有黑白照片上的那张脸轮廓清晰?

师兄对我再次表示,不和我不相信他那副眼镜的来历计较了,脸上露出一丝不快来。他沉默不语,只闷头喝茶。

师兄,当年人们有鼻子有眼地传,马海学习太勤奋了,趁他父母不在家时,弄死那小姑娘是为了了解人体的构造,说他热爱解剖。

我的直白出于本色的自我，愚蠢而又不留情面。

胡扯！这个你也信？！

师兄的脸色从不快变为愠怒了。我故意不看他，把眼睛转向窗外，眼睛微眯，视线投向一虚空处。

当，当，当……

母校传来的钟声。

海心亭离母校钟楼的直线距离最多两百米，钟楼在高处。

师兄，你听！校园的钟声！

师兄摘下那玳瑁眼镜，微蹙了眉，右手拇指食指捻揉着鼻根，凝神辨听。

我心底忽然漾起一丝温柔的涟漪，心神不宁起来，有什么在我心里溜达来溜达去，我想抓住却不晓得要确切抓住的是什么。

我不想与师兄自此便无话可说了。

唉，师妹，从前我们校园的钟声悠扬、从容，现在，仓促了。

师兄的声音疲惫、苍老、喑哑。

我把师兄面前茶杯里的茶水倒了。提起电茶壶，烧涨的水浇了茶台上一把紫砂井栏壶。然后用竹钳从茶海里轻巧地夹起天青釉的小盏一对，也涨水烫过后，一一摆好。

茶荷里先前就醒着的茶我拿起来嗅闻了一下，然后递给对面的师兄，让他也闻。

茶叶全部投进了那把紫砂壶里。

等待水再开的当头，我看着师兄，温婉地说：师兄，先前那茶早淡了,你先吃两块豆沙糕,甜甜的,垫垫肚子,接下来我好好给你演示一番茶道艺术,然后,我们去吃地道的家乡风味,好吗?哎,师兄,我知道你喜欢品茶,你有一篇博文里引过白居易的两句茶诗,嗯,我也很喜欢那两句。

师兄与我一同吟诵出来——

坐酌泠泠水,看煎瑟瑟尘。

父亲倘还在人间，他在干什么呢？他是在找……在找那条回家的路吗？

GCD

这一段时间我沉醉于爱意朦胧中,这件事只跟马红丽说过。我若给章小秋说我在网络上跟一个我叫师兄的人暧昧着,别看她年轻我好几岁,她一准会笑话我并时时拿这事颠我声气①的,小秋不是省油的灯,不会做这种虚无缥缈的事情。上面这个我套着一个陈年旧案铺陈的小说自然没必要给马老师看,它只是我在复习反刍与师兄交往时的一个副产品,我想借此回味我们经历过的二十世纪八十年代的一些共同记忆。马老师压根没有读小说的兴趣,她其实只会对老范的前岳母陈二孃那样的民间艺人感兴趣,我跟她学会的花灯调调都被我编排给我的小说人物陈二孃了。

我的情况还不想透露给章小秋。章小秋的咖啡馆里人来人往,她希望我在那里遇上一个有感觉的男朋友,为她的悬铃木咖啡馆的诗意浪漫再添续点谈资。

有一段时间没去小秋那儿了,天一直阴阴的。

这天,章小秋忽然打电话来,她没问我为何这么长时间没去咖啡馆了,而是急煎煎地问,紫苏姐,你在媒

---

① 颠我声气,昆明方言,指调侃我。

体,一个老人走丢了,到哪家报纸做广告,或者说走什么途径比较有效果?

小秋一直是个干练且讲究办事效率的人。

原来,章小秋她哥章大春的岳父,一个老年痴呆症患者在心湖公园北门口走丢了,不见了。

去 向

1

寻人启事

顾朝德,男,现年七十六岁。滇南个旧一带口音,身高约一米七,人偏瘦。出走时头戴一顶灰白色遮檐帽,上身着蓝白格子棉衬衫外加一件洗得发白的牛仔夹克,下着米黄色纯棉休闲裤,脚穿棕色一脚套皮鞋(牛筋底)。表面看起来该老者就是一老知识分子的模样,气质儒雅,(细看)行动稍微迟缓,眼光较呆滞,但面容和气(总感觉他在微笑)。其左太阳穴处有一黄豆粒(大粒,比蚕豆粒又小一点)的老年斑(也许会被帽檐遮住看不太清楚)。该老者患有老年痴呆症,于六月十七日上午九时左右在心湖公园北门附近不慎走失,家人亲朋现在万分焦急。若有见到以上特征老者或提供线索者,请与家属顾女士、章先生联系,电话是130……、137……,或就近交派出所、110警察。

家属在此郑重承诺,一定重金酬谢。

二〇一四年六月十八日

上午八点半,顾慧在金伦印制公司接待室的茶几上,字斟句酌拟定这份寻人启事。丈夫章大春拿着两张岳父顾朝德的五寸彩色照片问人家,是扫描出来的效果好呢,还是用数码相机翻拍一张的效果好?人家问章大春,家里没有老人家的标准照吗?标准照才清晰,你提供的这种照片印制出来效果不会太好,我们的仪器质量没问题,扫描仪是刚换的,扫描像素很高,只是照片的信息会衰减一些的。

眼睛里充盈着泪珠的顾慧抬起头说:老板,请你们用最好的设备给我印制这份启事。我们没带标准照,我的看法是,我父亲的标准照是十年前的了,与现在的情况很不同了。拿来的这两张照片都是今年才拍的,一张是二月份在滇池大堤上喂海鸥时照的,尽管当时他老人家戴的是一顶呢子质地的鸭舌帽,与他走失时的穿戴不一致,但人的形象气质是一样的;另一张是三月初到圆通公园赏樱花时照的,这两张照片可能更符合我父亲现在的情况……

章大春递了一张纸巾给老婆顾慧,示意她把顺脸滚落的泪揩掉。顾慧把滴着泪水的写好寻人启事的稿纸交给一旁的业务员,便抑制不住情绪,身子完全陷进一个圈椅里,双手捂脸哭起来。

一大早的,来印制资料的人只有顾慧夫妇俩。一个业务员用纸杯接了两杯白开水送过来。

经理问:那,这两张照片的原片是数码照还是胶片照?若是数码相机拍的直接给我们拷过来就好了,我会找个最好的排版员给你们设计得醒目些,我们的彩印机也是才换的,印制效果不会有大的出入。

章大春说:两张照片都是胶片照的,我岳母给他照的。照片质量也不太好,但的确是更符合老人家现在的样子。麻烦你们用最好的仪器扫描,排版。图文一起印 A3 纸那么大,先印一百张。我打算把它贴在后车窗玻璃上。今天请了些朋友来,他们都开着车,在赶往这里的路上。把寻人启事贴到后车窗上,然后车朝城里的各个方向开。我们想这样挺招眼的⋯⋯

那经理说:单是这样可能还不行的,应该全方位地打广告。

章大春说:电视台、交通台昨天就插播启事了,今天的几家都市类报纸都刊登了寻人启事。为找到老人家,办法都想完想尽了,唉!老岳母把老岳父整丢掉已受不了我们的指责和打击,病倒去住院了,我老婆精神也快崩溃了,小舅子这会儿拿着老岳父的详细材料在派出所办理相关手续。家里这两天全乱套了,没日没夜地找他老人家,城边边上的旮旮旯旯都扫遍了,就没有啊,急死人了⋯⋯做好的版你们给保存在电脑里,暂时不要删除,不够的话我们再来加印。

经理同情地说：你们没有经验啊，现在都兴给有这病的老人家身上挂个牌牌，标明其名字、家庭住址、子女电话什么的，走丢了，好马上联系啊。

章大春叹口气：唉，我们给他老人家弄了的，用那种开会时代表们挂在脖子上的吊牌做的，写得清清楚楚，可是老人家多心，死踝，就是不挂！你哄他挂上，他会拿起来读，读了就很生气地摘下来丢掉，还砸东掼西地大发脾气，像个被激怒的山豹子，怒吼着说他找得到家的，说他还没那么糊涂，然后便开始吹嘘他自己年轻时候的伟大壮举，说六十年代初一个人出差到东北就走了十多个省，啥事都没有……老人家是个高级工程师，老知识分子，脑子偶尔清醒起来还会写一串一串的化学方程式、分子式，糊涂起来，连我这个做姑爷的都快认不出来了！唉，他脾气偏执还死倔，没办法，我们只好交代老母亲随时紧跟着他，把他拴在裤腰带上似的盯着……这次，我岳母见他坐在公园的椅子上看人家放风筝看得入迷，便让他乖乖地坐在那里等她，她去方便一下。岳母撒了泡尿出来，就四五分钟的时间，人就没了踪影……

顾慧烦了老公章大春跟外人唠叨父亲的事，歇了哭，冲口而出：章大春！你快打个电话给我弟，问他那边情况如何！

2

章大春开着车到顾慧所在的艺术学院门口时，明知道老婆有课，还是直接拨了她的手机。

顾慧正在给大二的本科生上最后一节课，十二点差个四五分钟的样子，顾慧感觉到手机在讲台上震动的声音，但没理睬，坚持讲完。

上完课，收拾讲稿时，顾慧拿起手机一看，一个未接电话两条短信。

点开短信一看，顾慧的心就凉了一截。电话、短信都是老公章大春的，两条短信一个内容：妈又把爸丢了！

她回拨过去，那边刚接，顾慧便失声叫了出来：咋个回事？！

正往教室外走的好几个学生都回脸望着顾老师，顾老师一只手支撑在讲台上，一只手拿着手机，全身在微微地抖，脸煞白。学生们都呆住了。

两个女生犹疑着走过去：顾老师，您，您怎么了？身体不舒服？

顾慧闭上眼，挥了下手，示意学生们走。两个女生看老师那样也不敢多问什么，便傻站着。她俩看见教现代汉语的顾老师眼里流下两行泪水，但她始终闭着眼，头微微地摇晃着。她像是在否定什么或不愿相信什么……

两个女生面面相觑，更不敢出声了。

突然，顾老师关了手机，用还沾着粉笔灰的手抹了脸上的泪，往教室外疾走。

两个女生中的一个叫了一声：顾老师！

顾老师没应，只听见走廊里顾老师嘚嘚的脚步声变成咚咚的跑步声，远去。

章大春本来说顺路接了老婆，去心湖那边的，见老婆不回电话和短信，便先开了车赶到心湖北门，找到岳母。然后，他打电话让老婆打的赶过去。

章大春了解到的情况是，岳母金玉英在上午八点十分左右把老伴弄丢了，自己在公园附近找了半个多小时没个影儿，然后慌慌张张打的回滇池路的家，她怀着侥幸的心理但愿糊涂老伴聪明得自个儿回家了，在家里等了半个多小时，没见个影，便张皇失措地跟邻居们及小区的保安交代了一声，赶回心湖边。接着又在心湖边找了一个来小时，然后便悲伤地坐在湖边的花台上哭起来。

一个好心路人观察了金玉英一会儿，见她不像是设局骗人钱财的，便上前询问。金玉英哭着说，把老伴打失了。

围拢来瞧热闹的人群里一个中年女人问，老人家子女不在身边吗？赶快通知他们呀！金玉英说，我不敢打，我囡脾气怪得很，上次就丢过一次了，她像母老虎一样，跺着脚地骂我，她会怪死我的……今天都怪我啊，都怪我啊，我囡工作忙，身体不好，不能急，一急就心口疼，我不敢给她打电话，呜呜……

有围观的插话说，那你有姑爷不？给姑爷说，男人总是会理智一点的。

这时，110的警察巡逻到此，上来问咋回事。金玉英哭着说自己患老年痴呆症的老伴不见了，弄丢了。

详细地做了记录后，警察便问了老太太姑爷的电话。老太太对警察说姑爷叫章大春，在区委机关工作。

工作超忙的章大春是个部门副主任，一听这坏消息，便鬼火冒，因为是警察同志打来的，他强压着怒火，谢了人家便请了假开车赶过来。

3

章大春对岳母是有意见的。岳母金玉英身体健朗，喜欢凑热闹，老伴得了这毛病需要她随时随地守护着他，这对于她来说就是苦事一桩了。

金玉英成天在儿女面前唠叨自己命苦，说自己一辈子做老保姆，子女忙大了，孙儿忙大了，还没轮着过两年安生日子，却又摊上老伴得了这痴呆毛病。

老岳父的病很严重，他的肚子已不晓得饱足了，有时候他刚放下碗抹了嘴站起来的，在屋里打个转就忘得干干净净了，回头看见饭桌还没收拾，便坐下来继续吃喝，还满脸不高兴，说吃饭不叫他，要饿死他。

金玉英怨怪顾朝德是个是饱是饿都分不清的老颠东①。金玉英有一天逮着机会对女儿、姑爷唠叨开了：我没法子，这老鬼

---

① 颠东，昆明方言，指糊涂虫。

半个月没洗澡了,给他找好了换洗衣服烧好洗澡水,让他洗他偏不洗,死跟我挣,说他才洗过的,还责怪我,全世界都缺水,浪费水是要被雷公轰的。好说歹说啊,他就是死犟着不洗。转天,他早上洗一遍,晚上又把热水器开关按亮。问他烧水干什么?他说要洗澡……你们看看他那脸上的皮肤,都洗得干翘翘的了!这个月又白白流淌掉很多水,起码有十吨了,你说他浪费水,他不爱听,反还骂我要害他,故意让他不讲究卫生,故意让他邋遢……这老鬼,我生生要被他先拖垮掉,唉,我朝他前死算了……

每次回家,岳母都要啰里啰唆地一大堆抱怨,听得章大春耳朵生老茧。但做姑爷的就是烦死,也不便表态,只好忍着。亲生女儿顾慧却终于听得不耐烦了,有一次她吼叫着让自己的妈金玉英闭嘴。

顾慧歇斯底里地说:我爸的病得着了,妈,你的未来就不是梦了——这一点,妈你必须正视,不可回避!你现在必须全力以赴,看好我爸管理好我爸!只有这样了,我们做子女的才能无后顾之忧,才能好好在单位里混出点名堂来。混出名堂了,我们好过了,你们也就好过了……

金玉英也撒起泼来:你这没良心的!不就是你们出了几个臭钱买了房,让我们搬城里来住了吗?受你这恶气!这把年纪还被你咒,你干脆气得我跷脚算了……听着,我和你爸也不是白住这房子的,我们也出过两万块钱的……我们这辈子是亏完亏尽了。

顾慧脸都气绿了：妈！你胡搅蛮缠，我诅咒你什么了？你们成天就说你们年轻时候亏啊亏啊的！我看你们那时只是生活清贫一点，你们那时候有我们现在这种被压榨的感觉吗？我们这代人天天奔来奔去地瞎忙，我们忙个啥？说白了，就为几个钱！我和弟弟一人凑点钱付了这套三居室房子的款，把你们接来昆明，安下身来，我们是尽孝心，是应该的！可是，我们容易吗？弟弟顾智每个月还两千块钱的贷款，他容易吗？

金玉英抢白：你跟我们算钱？！一把屎一把尿把你们养大，现在又一把屎一把尿把你们的娃娃带到上学，你跟我来算钱？

顾慧咬着牙，语气态度软了一截：妈！你莫听着不舒服，我是在跟你算钱吗？买房子的事自始至终都是我和顾智做主的。你们搬上昆明来了，安家了，我们也算安了心了！我们安心是为了你们安心，你们安心安生了，我们也才安生，这是我们全家的最高生活原则。妈，我们知道你的苦和累，但是你负责地每天陪我爸早晚散两次步总是可以的吧？不委屈吧？做三顿饭给他吃也正常吧？现在生活这么方便！我爸这辈子得你的服侍照顾，啥家务事也不会做，原因在你，要是他会做点家务，有兴趣做点家务，他或许不会这样子。人老了各方面功能衰退了，这是不可逃避的事！他若还对什么感兴趣，你就放着他做呀，你烦他成天到园子里摘树叶子玩，摘得保安都讨厌他，你就跟人家说他是有病，跟人家去搞好关系，让人家睁只眼闭只眼嘛，起码现在摘树叶子制标本还是他的一个兴趣点！他这样拈花惹草的，总比那些老了还不正经，还在外面花心偷情的老贼好吧？

他还喜欢看体育频道你就让他看呀,管他看得懂看不懂的,他歪头睡觉你也睡觉……妈呀,你想打麻将可以约人家来家里打呀,你得玩了,我爸也被看住了,难说他跟别的老人家说说话,病情还会好转呢。妈,我们现在这年纪正是卖命打拼的年纪,在单位里是挑大梁的,在家里呢又上有老下有小,生存压力、工作压力都大得要我们的命了,你不晓得我们有多累。唉,说起来就是臭裹脚布了……妈,就算我求你了,你老人家对我们的最大支持就是看管好我爸,你老人家的大恩大德我们永世记着!你成天指责埋怨我爸有啥子意思呢?他是有病的人呀,难道你说的这些事,他会明白?他会照着做?你这不是瞎使劲,累自己吗?弄得全家人心情都不好……

金玉英丧着个脸申辩:你们也站在我的角度替我想想啊,我不说说、我不讲讲、我不唠叨唠叨,那我还不被这老家伙给先憋死?你们哪天不上班回来陪他两天试试看……

母女俩吵得不可开交,章大春在一旁装聋作哑。等吵歇了,他开腔,对顾慧说:省点口水吧,妈说的也是啊。顾慧你莫说妈了,她唠叨她的,我们左耳朵进右耳朵出,她爱说什么让她说,她总得有个开闸的泄洪口吧。对老爸我们就多陪他哄着他吧,他老人家已经返老还童了,当小孩子对待就是。嗯,我担忧的是,顾慧你可别老了也继承你爸这病,那我的未来真的不是梦了。

顾慧瞪一眼章大春,说:哼,据调查,得老年痴呆症的男人比女人多出好几倍呢,还不定谁得呢!咱俩现在拉个钩吧?

将来谁先得谁就先进托老所,我要是得了,你把我送进去,我不会怪你。嘿,那时候我连你是谁都不晓得了,就不会在乎你了,哈,到时你就放我一马,让我重回天真世界吧,让我这个老笨笨找老傻傻们合并同类项去……

可是这金玉英呀,成天面对脾气怪异憨傻的老伴,哪待得住家?逮着机会就跑出去。所以周末女儿一家三口回来,她脚底便抹了油,转眼就不见,找邻居们摸麻将去了。每次她总嘟囔,我喘口气总行的吧?

有两次顾慧、章大春打电话回家,家里只有老爸。老爸接电话,啥也讲不清,原来老妈把他反锁在家里,自己下楼说闲话款白去了。老爸耳朵有点背,加上记忆力丧失,跟他说的事放下听筒就忘,过后还会把他大脑里的记忆进行任意重组,东拉西扯地自编一段,就跟电脑染了病毒,错码乱跳似的。

一次,他转话给老伴说是女儿一家晚上要回家吃饭。吓得去打了两圈牌的金玉英手忙脚乱,燃气灶、电磁炉、微波炉通通使上,赶做了一桌子菜。左等右等不见个人影,电话打给女儿才知道,老伴乱递话。顾慧那天仅只是打个电话问个好。金玉英很不高兴,对女儿抱怨开了,这老鬼还特别告诉我说元元想吃鸡了,我一听忙着把冻鸡化了,怕时间不够用高压锅煮了……你们不来,我和他一礼拜都消灭不完这一桌子菜,菜一馊只好倒掉。哼,一定是他自己想吃鸡了!

顾慧一听没怪老爸顾朝德,倒把金玉英又说了一通:妈,你又把我爸反锁在家去打牌了?我爸是啥情况?很严重的老年痴呆症啊！你明明是晓得结果的，你就欠着玩一次牌？要是他哪天乱按煤气灶开关，惹出大事情来……

金玉英就在电话那头又哭腔哭调地抱怨个没完。

顾慧不耐烦听母亲的唠叨，颠她声气：哎，妈，你哭啥呢？你不管我爸，我把他送老年之家去，你爱咋玩，就咋玩吧！我倒要看你这块脸往哪搁？让邻居去嚼你舌头，你不嫌瘆人，我就去办手续！

章大春一旁听着，觉得老婆说话实在是太过分了，把电话抓过去顺岳母的气，谴责起顾慧的急脾气和她说下的那一串气话。

岳母吃软不吃硬，听姑爷讲了一大堆软话，才歇了。岳母在电话里跟姑爷表态，她以后不出去玩了，天天在家陪着他。金玉英末了赌气地在电话那头说，就算我是陪着一截木桩桩、陪着一根电线杆过日子吧，陪到我也成为一个老呆瓜、成为一截朽桩桩……

那之后不久，章大春和顾慧还是发现金玉英把老伴反锁在家自己出去打散线的情况。当然两口子站在金玉英的角度上想想，她老人家也实在是不容易，成天面对一个老糊涂，而他对世界上任何事情都没兴趣了，电视的新闻联播他都不看了，反正看了也不知道讲了个啥，老母亲闷得慌哪。

家家有一本难念的经。顾慧家样样安稳顺意，就是老爸顾朝德这病折磨得全家够呛。

4

老岳父丢了，章大春想起几年前的一件事来。那时岳父症状没现在严重。被小布什搞倒的伊拉克前总统萨达姆被处以绞刑。电视播出现场画面时，一家子全都在电视机前守着。

画面很刺激，老岳父指着那被粗粗的绳索套着脖子的人问：那个人是谁？

外孙元元笑话外公：萨达姆呀，外公，你咋个连萨达姆也不认识？

顾朝德瞟一眼那画面，盯着外孙鼓圆了的眼睛笑眯眯地说：嘿，小傻瓜，这电影有啥好看的？又不是真的，是人演的。我挨你说，他叫伏契克。他写过一本书《绞刑架下的报告》，我给你看真的。

章大春和顾慧面面相觑。

顾慧记得父亲是有一本二十世纪五十年代买的介绍捷克著名民族英雄、作家伏契克的精美画册，那上面有伏契克的很多私人照片及《绞刑架下的报告》文字。记得读高中时，语文课的辅读课本里收有节选短章，但只是参考篇目，知识点只要求记住这书是捷克革命英雄伏契克写的便可，所以都没认真读。顾慧小时候翻爸爸的书箱时看过这本书，因为书印制得很精美。顾慧对那书印象深刻是因为伏契克十足是个美男子，帅极了，但是法西斯最终残酷地把这个英俊的男人送上了绞刑架。

少女时代对美男子的不舍情结，人到中年的顾慧依然强烈地感觉得到,她最近刚刚看过《切·格瓦拉画传》,在无数场合面对切·格瓦拉——酒吧墙上的一幅壁挂,一个时尚女子的头巾,一个中学生的T恤,一个小伙的帆布挎包,礼品店里的一系列产品如喝水的瓷杯、像章、雨伞上,都有他头戴贝雷帽的英俊脸孔……

切·格瓦拉的形象已成为全球化普及的英雄符号,这个阿根廷富家子弟帮助古巴革命取得胜利后,又带着信仰共产主义的游击小分队转战玻利维亚,下决心把社会主义的星星之火燎原到南美洲全境……却最终为理想牺牲了生命。

也许每个人都有一个偶像,父亲因为看见绞索套着的萨达姆而突然回想起了属于他们那个时代的英雄伏契克,那是他没有乱码的青春记忆。

顾慧记得那本画册上有个插图,是伏契克画的监狱墙脚处生长着的一丛小菊花——白的花瓣,黄的花蕊,图片说明那是伏契克画的。当年顾慧只记住那种清雅纯洁的花,它的名字叫"雏菊"!

雏菊其实频繁地出现在各种中外文学名著里,却是因为伏契克的画顾慧记牢了它。顾慧还依稀记得伏契克是买通狱吏,用烟盒纸和碎铅笔头偷着写下了《绞刑架下的报告》。小时候翻阅那样的书就像看小说《红岩》一样,对革命先烈们、对英雄们充满了崇高的敬意。

顾慧发现这样一个事实,父亲大脑里的世界在他五十岁以前的记忆是正常的,而又数青年时代、小时候的事记得最清楚。

所以顾慧每次回家陪父亲聊天时,就专门找他说些他年轻时候的事儿,陪他动脑子。父亲会把同一件事情重复地讲无数遍,顾慧从不嫌烦,她只会礼貌地切断父亲正兴致勃勃复习着的往事,引导着他换个方向说,总是引出新鲜的话题,这时候父女俩就都蛮开心。

跟父亲讲现在的事,即使全拣着喜事说给他听,他也不会因此高兴起来。上学期期末顾慧把儿子元元考了全班第一名这事说给父亲听,他听见了,但不知道那与他何干,反应迟钝,只是"哦?"的一声;给他说坏消息,他也不会受刺激。去年,顾慧的小叔叔在老家去世,顾慧怕父亲情绪激动,等了几天才用平静的语气说给他听:爸,你最小的弟弟朝昌叔叔得病死了。父亲木然地听着,只"嗯!"了一声。

父亲脑子里已经没有喜怒哀乐的区分了。

电视新闻播报处决萨达姆的那天晚上,父亲顾朝德异常清醒地从他屋里的书架上翻找出伏契克的那本书来,并拿着那本书给上初中的外孙元元读了书里的一段话。

顾慧两口子凑过去看,那书上的一段文字用红笔画过波浪线、着重符号,书页的空白处写着父亲读这本书时的批注:

真正的革命志士是不会被反动派的威胁利诱打倒的!

元元要抢过去自己看。章大春挡了,他让儿子坐直身子乖乖听外公读那本书。

顾朝德憋着一腔滇南口音的普通话对着外孙说——

伏契克同志跟他的同志们这样说,我们对死亡有足够的估计。我们都知道：一旦落到盖世太保手里，就不会再有生还的希望。

接着又念了段导读：

伏契克从被捕的那天起，就受到极其残酷的拷问和毒打，处于死亡的边缘，难友们为他做了临终祈祷，但他却以顽强的毅力，忍受着一般人难以忍受的折磨，从死亡的床上醒来了。敌人见棍子和镣铐未能制伏伏契克，便从精神上来折磨他：带来他的爱妻跟他"对质"，当着他的面毒打他的战友，带他去"逛"他所热爱的金色布拉格……这一切手段，无非是想诱使他产生一分钟的动摇、一瞬间的犹豫、一闪念的恐惧，从而毁灭他毕生的信念。然而，敌人的鬼蜮伎俩落空了！伏契克不曾闪现过一丝杂念，他对人民事业充满必胜的信心，活一天就同敌人斗争一天。他组织并领导"狱中集体"向纳粹匪徒进行不屈不挠的斗争。"为了把铁窗里的今天和自由的明天连接在一起"，他用笔作刀枪，在狱中坚持写作……伏契克于一九四二年四月不幸被捕。敌人用尽各种酷刑，软硬兼施，但他经受住了肉体上和精神上最严峻的考验，毫不动摇自己的信念。一九四三年九月八日伏契克同志被杀害于柏林。伏契克光辉的战斗的一生，将永远铭刻在捷克人民心上！

顾朝德念完，章大春和顾慧示意儿子一起热烈鼓掌。

章大春发现老岳父其实是一个还活在过去纯真年代的老人,青年时代的岳父满怀革命的英雄主义情结,精神世界昂扬向上。

顾朝德的失忆是时间无情流逝的标记,是人体生命细胞衰竭的不可遏制,他的记忆里出现了一条不可弥合的断裂带。

5

陪着痴呆老伴挨日子的金玉英被拖累得皮塌嘴歪的。大半年前的某一天,金玉英愣是把顾朝德弄丢了。那是顾朝德第一次走失。

那天,顾朝德也是有些奇怪的,吃了午饭,像是有谁催促着他,撂下碗就到门边换鞋子,慌着出去的样子。中午太阳辣,是不散步的。金玉英奇怪地问老伴,大中午的,你急煞煞地出去干啥子?顾朝德不吭声,只坐在门口的小凳子上低头穿鞋。金玉英正在收拾碗筷,慌忙间,也赶紧自衣帽钩上取了外衣要尾他走。刚出门,遇上物管员挨家挨户查水、电、燃气表的数字,收缴头一个季度的费用。金玉英对朝前走的顾朝德说,莫走远噶,楼梯口等着我。

收款员前脚走,金玉英锁好防盗门就下楼撵老伴的路,却不见了老伴的影子。金玉英朝平时常走的方向追。追到小区大门口,前后左右都看不见老伴一丝丝人影。

后来才知道,那一次是金玉英判断失误,老伴恰恰走了个反方向。

顾朝德那天脑子里突然扭了一根筋，笃定就要去离家十公里以外的西山——这是后来顾慧推衍出来的。此前父亲曾在散步时要求女儿带他上西山玩，顾慧身体不太好，到了周末只想赖在家里看看闲书喝喝茶什么的，哪里都不想去，自然也不重视糊涂老父的需求。

父亲常常会把梦境当成现实，也会把现实中的事当成梦。一个周末，在父母家，半夜三更的，全家人都各自歇息了。顾慧两口子刚刚做完夫妻运动，恹恹欲睡。章大春听见有人扭他们卧室的门，幸好门是反锁的。章大春一激灵，吓得坐起来问，谁？！

是我！阿慧，大春，我父亲、母亲从老家上来了，在大门口，你们陪我去门口接下他们，窗子外面黑乎乎的，我害怕……

岳母听见动静，便骂：你这老鬼！你父亲、母亲死了几十年了，昏说乱讲的，你怕是被鬼捏着喽！做个梦就当成真的了？！睡觉去！大半夜的起来闹，闹得别人不得好好睡！

岳母在门外说：阿慧，你们睡你们的，莫理他，他疯了！一准是做梦梦见你爷爷、奶奶了！——知道了吧？他平时就是这样一夜一夜地搅扰我闹腾我的！想睡个安生觉都不行……

父亲那一次走丢了十个小时。最后是一个好心的士司机把父亲送回家来。

好心的师傅从老人家顾朝德嘴里好歹掏出个有点价值的信息，老人家说他住在滇池路上的一个新小区里，小区里有个大游泳池。那师傅一听,判断极其准确地把他送到了家门口。那师傅曾送客人到过那个住宅小区。

金玉英捉住好心人的手,谢了又谢,只知道说:呀,遇上好人了!遇上好人了……

那师傅没留名,收了路费钱就开车走了。当时顾慧和章大春正开着车在昆明的大街小巷焦急不安地寻找父亲,是邻居打电话说老人家找到了。

顾慧他们赶回家时,好心人早走了。顾慧仔细问了父亲失而复得的细节。

金玉英说:那师傅讲,天黑完黑尽时,他送两个和尚回西山华亭寺,原路返回来时在路边上发现了你爸爸,他觉得有点奇怪,黑灯瞎火的地方咋个会有一个穿着讲究、不像是附近村民的老人家一个人走夜路呢?那师傅说你爸爸看起来踉踉跄跄的,几乎要软瘫在地上了,他便停下车问他。你爸告诉人家,说找不着回家的路了。那师傅当时看见你爸爸手里捏着一整瓶新的矿泉水,但嘴皮干裂着,话都不能说抻展了,那师傅就把你爸扶上了车。那位好心的师傅估计你爸爸没力气打开那瓶水,便帮他开了瓶盖……那地方前不沾村后不巴店的,也不晓得那瓶水是他买的呢还是别的好心人给他的。你爸爸咕嘟咕嘟两下就喝光了……今天真的是磕头遇着大救星了,那师傅收了二十元车钱就走了,我请他到家里坐坐喝杯茶,他硬是不上来……

顾慧听母亲啰啰唆唆讲完,没好气地嚷起来:哎?你只拿了二十元钱给人家,单是打的钱也少了呀!你至少拿几百块钱谢谢人家呀!你没有那么多现钱,是吧?你跟邻居们先借啊!我爸痴呆,你没痴呆嘛!咋就那么笨、那么木呢?你想想——我爸要不是今天遇着这个好心人,这会儿他还不知在哪呢!莫说一个七十来岁的老人家,就是一个大男人,又累又饿又冷又怕,不吓个半死才怪!那深山密林中,野狗都会撵着欺他呢!唉,我都不敢往下想,唉……

金玉英在老伴走丢的十来个小时里又惊又吓,早都瘫软在沙发里了,这会儿老伴都回家来了,还被女儿这么劈头盖脸一通数落,便哭腔哭调地为自己开脱:你说话硌耳朵!看见你爸爸好好地回来了,我都高兴得不知道该做啥子了,只认得哭了,我只晓得对好心人作揖打拱的,就不晓得掏钱给人家,还是邻居王大姐提醒我付给人家的士钱,嗯,我今天脑子里塞着那么多事,我真是啥子都想不起来了——哦!对了,隔壁的刘老师在出租车开动时想起来应该记人家一个车号,他当时用手机记下了那个好心人的车号!

金玉英忽地从沙发上站起来,走到门口,从鞋柜上把台历本拿过来递给姑爷章大春。顾慧一把抢了过去,那上面抄着出租车的车号。

父亲这次的失而复得让顾慧仿佛在悬崖上玩了回人生的极限运动蹦极跳,大悲接着大喜接着大感动,神经绷得要断未断,情绪跌宕起伏。

顾慧当即就挂了热线电话到交通电台向导播讲述了痴呆父

亲走失又回家的故事,她希望电台表扬那位好心的出租车司机。导播听了顾慧的述说很感动,决定把电话切到直播间去,让顾慧自己再复述一次父亲走失的前后经过。

在直播热线里讲着讲着,顾慧的声音就哽咽得说不出话来了。

父亲中午十二点十分左右离家出走,最后在晚间九点多钟被好心人送回家来,十个钟头的时间里父亲顾朝德仿佛一团气体,游离在时间、空间之外。

顾慧强迫自己不去想这事,反正父亲是好好的回来了,可越是这样,顾慧就越加死钻牛角尖,她固执地认为查清楚这事或许可以防范父亲今后再有类似的事情发生。

这件事过去好长时间了,顾慧对母亲都爱理不睬的,她埋怨母亲没有尽职尽责地看管好父亲。

父亲走失在西山的那十个钟头的时间里,到底发生了什么事?

至今谁也不清楚。他怎么上的西山?其间他经历了什么?他坐公车去的还是走路去的?他手上的那瓶矿泉水是他自己买的还是好心的路人给他的,这些问号通通是顾慧想破解的谜。

问父亲是白问,他什么也不记得。父亲消失的那十个小时是没有任何旁证的盲点。十个钟头的空白啊!

顾慧现在常常心悸,心跳像是会停跳一拍两拍。半年前体检时顾慧被检查出心律不齐。自从体检结果出来,顾慧就不由自主地常把手搁在左胸口上轻轻地抚摸，只有这样她才心平些、气顺些、安稳些。

父亲事后并不记得他独自出行西山的壮举，顾慧、章大春想方设法地欲从他嘴里抠出点有价值的线索来，却白费劲。一提上西山这事，父亲便昏倒倒地看着女儿、姑爷，脸上浮现浅浅的笑意：我们要上西山玩去？

顾慧和章大春相视无奈。

然而有一天，父亲突然很有兴致地跟顾慧说他要了一趟西山。顾慧故意诧异地问：爸爸，你去爬西山了？什么时候？你是说你去爬滇池岸边的西山了？就是那座山形酷似睡美人的山，真的呀？！

然而父亲的记忆马上就中断了，他半张着嘴，答不上来，怔忡地呆望着顾慧问：你说什么？

顾慧把手上削好的梨递给父亲，叹一声。自顾低头看报纸。

顾慧心头放不下这个结，七十五岁的父亲，一个连电话都不晓得如何打了的人，他那天到底怎么上的西山？！

事情过去个把月，挽着父亲在小区的花园里散步时，顾慧似乎是随意地又提起这事来，她要激活父亲的记忆链，她不甘心父亲的大脑永远就这样"死机"了，她问：爸爸，你前两天耍西山去了？去看睡美人了？

顾朝德偏头瞧了女儿一眼，像是想起了什么很美气的事，笑着答非所问：你不是也去了嘛！大春开车送我们上去的。阿慧，你的记性被狗吃了？呵呵！

顾慧一愣，开心起来，直觉这次谈话可以深入下去。

顾慧跟父亲感情从小就黏，她从来不会像母亲金玉英那样无情地指责父亲胡说八道。

母亲酸溜溜地说过，顾慧，你爸爸什么事都记不得喽，我对他的好他一样记不得，他的记忆是被狗啃掉喽！

顾慧不计较父亲逻辑上的错漏，她顺着他的思路往下问：我也去了？对啊，咋就忘了呢！是你、我和妈，一起去的吧？爸，西山好玩不？你还想去，是吧？

顾朝德顿了一下，突然肯定地说：你妈没去，我才不要她去，她讨厌得很！对，那天你是没去！是我和阿顺姐去的，阿顺姐来家里约我，大春开车送我们去的。我和阿顺姐去爬了龙门，去看了聂耳的衣冠墓，去了华亭寺，去了阿顺姐出家的太华寺……

顾慧后脊梁处嗖嗖地一阵凉，阿顺姐？父亲那天还去了龙门？那个悬崖上的山洞他都去钻了？那么凶险的地方，太可怕了。

顾慧一听见"龙门"就头晕脚软，出现恐高症的症状，又是心悸又是条件反射地要下蹲身体。顾慧总共去过龙门两次，读大学时去过一次，带儿子去过一次，她怕去，龙门都快变成自杀者的天堂了，往那一跳就是万丈深渊啊。

顾慧暗想，父亲那天到聂耳衣冠墓去，还情有可原的，上龙门，简直是不敢往下想。

顾慧语调尽量不惊不乍,她问:爸爸,你说的是哪个阿顺姐呀?

父亲再次答非所问:聂耳二十几岁就死了,去日本的海里游泳,被海水淹死了。我有聂耳的书,赵丹在电影里演过聂耳。赵丹你晓得不?《乌鸦与麻雀》就他演的,电影《烈火中永生》的许云峰也是他演的。

顾慧当然知道。父亲五十年代还没结婚时是那个年代的"小资",他趸趸攒了两个月的工资买了件咖啡色的麂皮皮衣,爸妈的结婚照上他就穿着它照的。弟弟顾智前两年还翻出那件麂皮皮衣来穿,一点都不落伍,短夹克,像第二次世界大战时期美国盟军飞虎队飞行员穿的那种款式。父亲用的刮胡刀也是在公私合营的商店里买的,手柄上用英语写着美国制造,是铜镀金的美国制品,新中国成立后截留下来充公的商品。父亲当年自掏腰包同时订阅三种杂志——《人民画报》《人民文学》《上影画报》,这些珍贵的杂志现在还在家里呢。顾慧在收拾父母的家时发现过一本《人民文学》杂志,翻开目录页,发现父亲在编委"胡风"的名字上用钢笔打了个叉叉,《人民画报》上有国家主席刘少奇接见外宾的照片,其脸部被父亲用钢笔"污蔑"了,至于《上影画报》上的赵丹,他当年扮演的聂耳、林则徐、许云峰都是家喻户晓的,父亲是个地道的影迷,男演员喜欢赵丹、孙道临、崔嵬、冯喆,女演员喜欢秦怡、王丹凤、上官云珠、黄宗英。

顾慧试图把父亲飘远的思绪给拽将回来。

以顾慧和章大春对父亲行为能力的分析,感觉他一个人是没本事独自上西山的。

谁是阿顺姐?

莫不是那天父亲一出门就碰上了女骗子(应该是一老年妇女吧?),她自称阿顺姐,是她把父亲哄到西山上去了?那图财不害命的老女骗子把父亲带到西山,借机搜遍父亲,发现他身上只有几十块钱后,难说又有点良心发现,给他买了瓶矿泉水,然后丢下他自己跑了?

这个脑子里突然闪现的推测符合逻辑,顾慧越想越觉得有可能!

父亲那天天黑后在西山公园的环山公路上被出租车司机偶遇"捡"着,送回家来,这整个过程实在是一次神奇之旅。这样一想,虽然父亲那天险象环生,却最终化解,三生有幸啊!

顾慧克制住内心的狂热想象和激动,顺藤摸瓜:爸,你跟阿顺姐在哪里吃的饭,农家乐?

章大春、顾慧刚买车那阵子喜欢拉着父母到西山上的农家乐吃饭。顾慧感觉父亲西山之行有如一次"鲁滨孙漂流记",不同之处在于鲁滨孙从孤岛回归人间后可以向人们讲述他的经历,而父亲从西山森林公园归来后无法清楚复述自己的经历,但是他零敲碎打的混乱叙述加上天马行空式的幻觉幻想,最终在顾慧这里拼贴成一张朦朦胧胧的图画。顾慧自信还可以从父亲那掏出些新情况来,甚至会有意外的令人震惊的发现,只要有足够的耐心。

父亲的内心深处是隐秘的。父亲失踪十个钟头是个不明不白的事件，人到中年的顾慧渴望理解父亲的一言一行。探究父亲令她兴味十足。

父亲像个思维正常的人，干脆地说：我们没有去农家乐，阿顺姐请我吃了些烧洋芋、烧豆腐，卖烧豆腐的老板说豆腐是建水运来的，我一吃，全是假的！是崴货，哪有我们老家正宗的烧豆腐好吃？

父亲平时的穿着给人家的印象就是个老知识分子，高级的老知识分子。顾慧跟母亲、章大春商议过，父亲这般糊涂，他身上是不能多揣钱的，给他揣个四五十元的零钱便可以了，以防个万一，走失了，可以买瓶水喝，打个的回家什么的。

其实，父亲连花钱的本事都没了。

父亲跟母亲上街，看见街边有卖烤红薯的，馋得不行，但他自己不去买。他外衣里子口袋里也揣着些零钱的，他决不自掏腰包，倒像小孩子一样眼睛直瞅着红薯扯扯老伴的袖口。母亲就会允了他，哭笑不得地给他买一个来解解馋。他若想要多吃一个，没门。

母亲上超市买生活必需品都拖着父亲这个大尾巴，他可以腾个手帮着拎点卫生纸、桶装油呀什么的。

父亲喜欢热闹，爱逛超市，看见琳琅满目的商品就兴奋，但他不敢拿价钱贵的，专捡便宜货拿。

每次去超市，父亲都从货架上拿一把筷子，悄悄放在推车里。到出口付账，母亲一看见那筷子就会来气，就会恶狠狠地瞅父亲两眼，然后拿出来搁一边不要，嘴巴上忍不住就嘀咕他两句：你一天就知道买筷子，家里的筷子都有一抽屉了！

失了面子，父亲偏犟扭着非要买下那把筷子不可，当然，一把竹筷也就三五块钱。母亲看糊涂老伴真的发火了便会软下来依了他，怕他在大庭广众下，闹将起来，没法收拾。

金玉英跟女儿、姑爷叨唠这事，看吧，又买了筷子。章大春听烦了就说，妈，一个大男人，你就让他也做回主嘛！你何必惹他不高兴呢？筷子用不完，亲朋好友、隔壁邻居的你当礼物送人家，也是一件很"筷乐"的事嘛，又不贵。

顾慧认为老公说得在理，父亲在内心里是有那种做主的潜意识的。

父亲患病后，顾慧回家见到母亲的第一句话通常是：妈，这几天我爸乖不乖？

父亲乖的时候就坐在阳台上的藤椅里发呆，或打瞌睡或眼睛浑浊地沉浸在某种他才知道的世界里，没人知道他在想些啥；不乖的时候就会突然搞些小动作，故意惹老伴生气，如突然把门砸得山响，或者就会把洗脸池的水龙头拧开，用香皂没完没了地洗手，水流开得大大的。母亲斥他浪费水，他就很霸道颇汉子地大声吼叫，一副不饶人的架势。母亲在家里没个对话人，被他激怒了就跟他计较起来，母亲用家乡话骂他"瘟叟！"，他回嘴，"你个老瘟叟！"。

父亲有一次单独跟顾慧说，你妈这个人不要脸，偷我的钱，我存了一辈子的钱都被你妈金玉英糟蹋光了。父亲长吁短叹，我年轻时没识破金玉英这个坏女人，我计算过了，一九五四年我参加工作起至一九九二年退休，我怎么也挣了十万块钱的，她竟然不给我花一分！我们家的钱全部被她掌控了，去银行，她把着填单子，从来不给我填。她就怕我看见有多少钱。好笑的是，你妈不晓得砂，她那两个鸡脚迹一样的字丑死了，每次递进单子去，人家都要看半天才看得懂，呵呵……

顾慧忍住笑，对父亲说，你参加工作后挣的钱这么多年养家糊口的也花完了，我们上学读书都花你挣的钱呢，人不能不吃不喝的。父亲反驳，怎么可能？十万块钱哪。父亲这么一说顾慧就会不吭气了。父亲的脑子是乱了套的，跟他论理论得清楚吗？怎么跟脑子糊涂的他较起真来了？他还会填写银行的存单吗？他老人家还想着要掌管点事的，他潜意识里是要面子的。

顾慧不明白，父亲顾朝德得了这病后为何越来越仇恨跟他过了一辈子的母亲金玉英。他处处提防她，只要他认为金贵的东西，他见着就会东藏西藏的。父亲有一块西铁城的机械表，有一块姑爷送给他的会议纪念品石英表，他认为那是了不得的宝物，竟然左手戴一只右手戴一只。还把表捋得高高的，贼精精的，不让金玉英知道。不是章大春给他理发，这事还发现不了。

母亲发现父亲原来手腕上那西铁城的手表不见好长时间了，原来放在床头柜里的，突然有一天就不见了。弄了半天，他把它戴在了胳臂肘的上边。反正他不看那表面上的时针、分针、秒针的运动,时间此刻在他已经没有意义,他只是认那两块表是贵重东西。

全家人常被父亲的这些举动搞得又好气又好笑。

爸,阿顺姐还给你买水喝了?顾慧老想从"阿顺姐"身上找突破口。

嗯。阿顺姐比我阿妈对我还好。阿慧,下次我阿妈、阿爸来,你得带他们上西山爬龙门,他们还没去过呢。

顾朝德正儿八经地嘱咐女儿。顾慧一听,完了,西山那十个钟头的有用信息是掏不出啥子喽,彻底乱码了。父亲把地下的爷爷、奶奶说得活起来了。爷爷都死去四十多年了,有顾慧的年纪长了,但是爷爷随时在糊涂父亲的脑子里死去活来,顾慧亲眼看着咽气的奶奶也依然在老父亲的心里永垂不朽。

别想再掏些个新鲜玩意儿了。顾慧盯着父亲无辜而茫然的脸想,人脑要是可以像电脑一样随时增加内存条、不时地清理磁盘碎片、安装杀毒软件就好了,让迟钝变得迅捷,让坏的修复。

父亲的穿着打扮都是顾慧买来负责搭配,母亲严格执行。顾慧见不惯金玉英老去螺蛳湾批发市场淘便宜货,给父亲胡乱穿。章大春不是很同意老婆把老岳父打扮成很有身份的样子。

章大春说,你按你的审美来打扮老爸,其实是让他更加脱离广大群众,更加与周围团转的老头儿们格格不入,不亲切。

人家看他这样也就不与他攀谈了。老爸性格又内向,这对他的病没好处,他就是欠缺与外人交流,自我封闭严重,病情也随之加剧了。你看妈,她那样子穿,跟所有的老太太打成一片,特平易近人,出了门,谁都跟她打招呼,老妈见生人就是个自来熟啊。

金玉英没啥审美意识,顾慧是不满意的,但老太太自有主张,就爱穿个挺括气,顾慧给她买的衣服她不好穿,顾慧就不给她买了。顾慧打小跟父亲谈得拢,感情深,跟母亲却一直拧巴,顾慧也不知道为什么。母女俩在家经常观点不一,张嘴就吵,母女俩就是杵棒对不拢杵臼窝,最后就是互不理睬。事后,母女俩又装着什么都没发生过,可母女关系就是不自然不亲昵。

这天顾慧把从父亲那套来的各种信息,整合推演出"父亲被一老女骗子忽悠上了西山"的说法讲给老公章大春听,章大春听后觉得有道理。两口子把这事与从前的一件事联系起来了。

6

父亲六十八岁那年被骗子骗去七千块钱。

章大春、顾慧夫妇俩现在来分析父亲之所以不幸患上这种国际学名叫作"阿尔茨海默病"的原因,两口子的看法是高度一致的,都认为父亲受骗上当损失七千块钱是个重要的祸端。

顾慧从北京师范大学毕业分回昆明的艺术学院戏文系当老师,然后恋爱结婚生子,在昆明安下家来。

父亲、母亲九十年代初自滇南的锡矿退休后一直在矿上待着,弟弟顾智没考上大学,从昆明的一所中专学校毕业后分回滇南,也早已在当地成家生子。本来,父母也许就傍着弟弟一家在滇南安享晚年了。后来,国家房改政策发生变化,姐弟俩一商量,颇有远见地于二〇〇〇年在昆明买了一套三居室的商品房,那时的房价比起现在便宜多了。

房子是以弟弟顾智的名义购买的,房屋户主登记用的是他的名字。房屋首付款八万块钱里有父母的两万块钱在里头,姐弟俩一人一半补齐余下的款项,其余借贷。办理了二十年的等额还贷,每月的贷款由弟弟顾智出。姐弟俩商量好了的,父母终老后,房子归顾智,姐姐说了她不会跟弟弟分房屋产权。顾慧在这事上就是要表表孝心,章大春家就在昆明,父母安好,他没啥意见。

房子拿到手装修时,父亲和母亲一同从滇南上来。老两口早出晚归,晚上住在女儿家,白天一同去新房子那里当监工守着工人们做活。

这天,金玉英没让顾朝德跟她一块去新房子那儿,她让他在家守着炉火炖一锅牛肉,怕没人在家炖煳了。谁知道这顾朝德在老伴走后想,老伴对房子装修完全不懂,他不放心。于是关了炉火,决定亲自到现场去指挥监工。

顾朝德出了女儿家,往公车站走的途中听到一个穿着讲究的小伙子喊他"叔叔"。

小伙子热情地过来拉着"叔叔"问,您不记得我了?我是刘强啊!小时候我爸带我到你们家玩过的。

顾朝德愣怔地看着眼前这个嘴甜的小伙子,有点茫然地笑着说:还真想不起来了,不过看着倒是有点面熟,你爸爸叫啥子?

小伙子更热情,不说他爸叫啥,只一个劲说,我叫刘强呀。好多年没见叔叔了,叔叔家搬走后就再也没见着了。

顾朝德被套了进去,看着对方那么热情,不太好意思,就搭上了腔,他问"刘强",你爸这些年还好吧?今年我们刚刚在昆明买了套房子,正在搞装修,年前就要搬进去了,我这阵子住在大女儿家,我家顾智没啥出息这辈子就在滇南那个小地方待着喽。

那小伙子便得知此"叔叔"不是昆明人,听口音估计是滇南个旧那一带的,目前正住在昆明女儿家。

小伙子就憋出滇南腔来,摇头叹气地说,你家顾智(他当然不知道人家的名是哪两个字,但是老人家口中蹦出的每一个信息都要利用起来的)不错了,我跟你家顾智是同班同学啊。这些年我在昆明混得也不咋样,但也还马马虎虎吧,对了,顾叔叔(小伙子大胆推测面前这老人家可能姓顾呢,囫囵地喊了一声"顾叔叔",嘿!蒙对了!),我爸爸他们在北市区那边也买了房,已经搬上来半年了,要不,你今天跟我回家去玩玩,你们老朋老友的多不容易啊,人老了就是要来昆明待着,气候好，生活又便宜，看病啥的也方便些。

顾朝德这时突然想起什么来对着小伙说，哦，我记起来了，你是我科研所的同事刘龙的儿子，是吧？

那小伙子简直是眉开眼笑了，点头如捣蒜，顾叔叔，是呀是呀！我就是刘龙的儿子刘强啊！

两人聊得更欢了。小伙子手里拎着一个讲究的皮包，鼓胀胀的。

说得正热乎，小伙子"刘强"的电话响了。他接了，冲着那电话有点生气地说，你这个人，怎么不守信用呢？我都等你一刻钟了！你到底卖还是不卖？我懒得跟你啰唆，再给你五分钟，不来我就走！

然后便关了手机。专心专意地跟顾朝德继续攀谈。

不一会儿，一个戴着副黑框眼镜，斯文秀气的小伙子气喘吁吁地跑过来了，一上来便热情地拍着"刘强"的肩膀说，刘总，走吧，我们到那家面馆去坐坐，这路边不方便说事情。

顾朝德看老同事的儿子"刘强"要跟朋友谈事，便告辞要走。"刘强"拉住了他，不行，顾叔叔，你今天得跟我去认个门，我爸成天跟我抱怨说昆明太大，熟人、朋友、老相识都没有，孤单单的，有一两个吧住得却很远，见个面倒腾来倒腾去，累得半死。顾叔叔，我请你去吃碗面吧，走，走吧！

"刘强"拉着顾朝德和朋友真的进到牛肉面馆里，找了个最偏僻的角落坐下。

服务员上来问要几碗面条？"刘强"说，一碗，要小碗，给老人家吃的，我们吃过了。服务员挂着个脸对厨房报：一碗牛肉面，小碗！

这中间那个戴眼镜的男子似乎颇怪顾朝德跟着进去不明事理的样子。

"刘强"介绍说，这是我爸的老朋友顾叔叔，我们谈我们的，不碍事的。

坐定后，那个眼镜男也不搭理顾朝德，神神秘秘地从身上斜挎着的真皮皮包里拿出一个用枕巾裹了一层又一层的黑布袋子，示意"刘强"快点把眼睛凑过去看，说是不然那日光会把它的夜光给削弱了。"刘强"凑过去看了，脸上露出了满意的神色。

顾朝德好奇了。那个眼镜男急急地把黑布袋子扎紧，收将起来。

这时"刘强"说，哎，莫贼精嘎，让我顾叔叔瞅一眼吧，又不是外人。

那个人做出不情愿的样子来，把那黑布袋拿出来。顾朝德把眼睛凑过去看，黑布袋里面有一颗鸽子蛋大的闪着幽微光芒的宝贝石头。

顾朝德问"刘强"，这是什么？

"刘强"环顾一下四周压低声音咬着顾朝德的耳朵说，夜明珠！慈禧死后嘴里含着的那种玩意儿。

顾朝德一听，暗想，我的天，那应该是很珍贵的东西。顾朝德可是从事分析化学的高级工程师，知道在民间传说得很神秘的夜明珠是学名叫萤石的一种非金属矿物。天然萤石的杂质是很多的，真正的夜明珠一珠难求。都说夜明珠兼有玉石之润，水晶之丽，是矿石中的宝贝。

接着，"刘强"和眼镜男两个人开始谈价钱，"刘强"拉开手里一直紧紧捏着的皮包拉链，点了点，又拉起拉链来。

顾朝德一眼就瞥见皮包里面一扎一扎、捆得紧紧的百元大钞。

顾朝德边吃面条边看两个人在那比画，"刘强"伸出一个拇指一个小指说，六万。眼镜男瞪了"刘强"一眼，生气地说，看来与你是整不成生意的，说死也不答应！刘总，你这个人太不爽快了，你总得让我赚点的，这是生意场上的规矩，七万，不会再少一分！

"刘强"急得脸色都变了。他忽然转过脸看着顾朝德说，顾叔叔，看来我只有找你借点钱了。

顾朝德说，手里没钱呀，钱都砸在房子上了。

眼镜男对刘总说，我上趟卫生间，你想想吧，不会再让一分钱，货你是验了的。

眼镜男提拎着那宝贝上卫生间了。

"刘强"一脸焦急，坐立不安，叹口气，他突然咬着顾朝德的耳朵说，顾叔叔，这样吧，我们来合股买下吧，我手里有个六万块钱，你家想办法给我凑上点，这是一笔赚钱的买卖，当着他我不好说，我已经找好下家了，拿下货来，今天之内一转手就可赚一倍，到时候顾叔叔你也按比例抽成，这桩买卖我不搞定我心不甘我睡不着啊。顾叔叔，既然你今天遇上我了，我就要让你有点甜头尝！等你家房子装修好，不说别的，你的新家就可以整套像样的家什了。老家的那些旧家什就不用费力八气地盘上昆明来了，土气，不配新房子的。

顾朝德动心了。

这次买房子，可差不多是把家底抠干净了，他知道老伴金玉英在屋里还藏着七八千块钱现金的，是新房装修的预算款，头天才取出来的。老伴今天给人家送三千块钱墙面漆的工钱去。工程尾款待验收后就差不多要付给人家了。目前工程也就还剩最后的安装厨柜、电热水器这些尾巴活计了。照"刘强"说的，转手，那钱也就翻成一万多元了……

这桩"刘强"和眼镜男搭档设的骗局成功了。最后一个细节是顾朝德匆匆折回女儿家里找出那笔钱来。钱就藏在他和老伴住的那间屋的床板缝里，整整七千块钱。那时辰姑爷、女儿都上班了，老伴去新房那监工了，家里没人。

七千块钱拿来交给了老朋友刘龙的儿子"刘强"，"刘强"把钱给了眼镜男。眼镜男一数还差个三千块钱。"刘强"又跟眼镜男磨了一会儿，那三千块钱你就饶了我吧。眼镜男一点不给情面，硬当着顾朝德的面摘下了刘总左手腕上的一块东方双狮表。眼镜男说，刘总，缺的得补上，你拿三千块现金来换你这块五千块钱的表吧！然后，眼镜男手里的黑布袋子到了"刘强"手里。眼镜男匆匆离去。

"刘强"手捏那黑布袋子说，顾叔叔，我这就打个电话给下家,我们一起过去。"刘强"拨了个电话,电话通了,他压低声音叽里呱啦说了几句。

这钱是赚喽!顾叔叔,你可以买套好家什了,隔天我叫辆小卡车陪你去家具城挑货嘎。"刘强"关了手机说,下家让我们马上带货过去。

"刘强"拉着顾朝德,付了三块钱的牛肉面款,出门便拦了一辆的士,"刘强"有礼有节地为顾叔叔拉开前车门把那黑布袋子交他老人家拿着,然后递给司机十元钱,说,请你把老人家送小西门。然后为顾叔叔关上车门。

车开出一段,顾朝德这才觉察到有点不对劲,他疑惑地想:刘总咋没上车呢?

车开到下一个路口时,顾朝德完全反应过来,他嗡地头皮就麻了,忙打开黑布袋一看,里面是白花花的一坨鹅卵石。

顾朝德呆了。

司机照"刘强"说的把傻了的顾朝德拉到了小西门。顾朝德呆痴痴地提着那黑布袋子下了车。

在街上走了两三个小时后,顾朝德拖着沉重的步子回到了女儿家。一路上他一直在回忆那些细节,一环一环想清楚了自己被骗的全过程。顾朝德回到女儿家坐下来,喝了口水表情凝重地开口便对女儿顾慧说,我今天倒大霉,遇着骗子了……

刚从新房工地回来的老伴听说七千块钱被骗子骗了,呼天抢地地号起来,顾慧也差不多捶胸跺脚地唉声叹气,指责起万分难过又沮丧的老爸。

顾慧那张得理不饶人的嘴巴没省下任何一个尖酸的词：我们只要看见报纸上刊登这类骗术的文章，都给你们二老打预防针的，上次我同事的妈被人用秘鲁币冒充美元骗走一万多块钱，我才听说就回来细细讲给你们听了的，怎么这类事还会找上门来呢？还会就骗了你呢？爸，你可是高级工程师！你不是街上那些鸡皮老倌鸡皮老太啊，你应该有分析判断力的，骗子的那些小伎俩你竟然看不出来？！爸，你老糊涂了？！

顾朝德听着老伴的抱怨女儿的指责，流下两行浊泪。

章大春看着老岳父悲痛万分的样子，制止了老婆和岳母的抱怨，耐心地问岳父，爸，那两个骗子是不是递烟给你抽了，或者对你喷了几口烟呀？

顾朝德摇摇头，肯定地说，没有，他们都不抽烟，他们也没有递给我任何可疑的东西吃。这事我已经想清楚了，根本不存在麻药蒙人这回事，我脑子不迷糊。今天这事，就是因为我想发财想得财迷心窍了，我被一步一步引进了他们设的圈套。我也想着发点财补贴一下家用啊，我想赚点钱给新家买套好点的家什，这两个烂骗子！烂骗子！！

岳父的声音都变了，他一脸惶惑地说，我现在只有一个问题没想清楚，那个叫"刘强"的骗子咋知道我姓顾呢？他一口一个顾叔叔。

章大春说，这对训练有素的骗子来说就是小菜一碟，很好办啊。你自己说话说漏了嘴，他跟你套上关系了，你就会跟他拉些家常话，比如他可能问你，你儿女在昆明哪个单位工作啊，你又没设防,就会说我大女儿顾慧在某某大学教书,骗子精得很,他们会从你的话里捕捉有用信息的,你女儿叫顾慧,你不就姓顾了吗?

顾朝德的眼神一瞬间就暗淡呆滞掉了。章大春再问他什么,他就不开口了,只表情木然地想着什么。章大春察觉在一刹那间,岳父内心里有座巨塔轰地垮塌了。一败涂地。

章大春看岳父那样子,悄悄叮嘱岳母和老婆,你们谁也不准再提这事。再指责他,他会崩溃的,爸受了大刺激。七千块钱丢了就丢了,挣得回来,攒得起来,莫搞得他老人家一时想不通,生场大病那才是不划算呢,折腾不起啊!

章大春觉得岳父毕竟是个搞科研的老知识分子,他对自己受骗后的心理分析是到位的,客观的。江湖传说中的麻药骗财术,多半都是受害人死要面子,怕人笑话自己,自己找个台阶下。毕竟,贪小利被人骗了这事实在是丢脸,被骗者出于自我安慰出于面子问题,通常事后自己开脱一番,想象力丰富的人还会添油加醋地说人家给了他一支烟,一抽就晕乎了,要不就神秘地说骗子放蛊了。生怕人家拿这事当笑柄。当然真正的麻醉劫财也是有的,歹徒在确知对方身上有财物后,把受害人哄到隐秘处,麻翻受害人,直截了当拿走钱财。而"刘强"和眼镜男的勾当是在大庭广众之下引诱人家,然后还要让人乖乖地回家去拿钱出来,行骗时也不担多少风险,骗成一桩是一桩,中途被人识破,可以方便地抽身而逃。岳父顾朝德在这一点上还挺实诚的,他承认自己当时就是受着他们的暗示,发财心切。

所有成功的骗子都善于察言观色,都是精通心理学的大师,顾慧信了。

章大春后来说服岳父去派出所备了个案。后来,报纸上只要有这类骗子被抓到,请广大受骗群众去指认的消息,金玉英都会带着老伴去辨认。每次岳父都会说就是那个人,派出所一审却不是那么回事。岳父盯着每个骗子看,看来看去,感觉个个都很面熟。

顾朝德自信自己是搞化学分析实验的高工,知道夜明珠的成分是萤石,可是他退休后这么多年了,就不知道这个世界变化快啊,人工合成萤石的水平已经很高,夜明珠早就不稀罕了。在广州就曾展出过一个有篮球般大小的夜明珠,这是顾慧上网在百度里搜到的消息。

这次受骗事件后,顾慧发现父亲对现实生活的信心一点一点地丧失了,他性格起了变化,变得沉默寡言的,对很多事情都提不起兴趣,也不再对事物有好恶评价,他谈不出任何看法,尤其害怕跟人打交道。

每天晚上父亲最关心的一件事就是从他的裤包里掏出家门钥匙,把防盗门从里面反锁起来,他啥子事都会转身就忘掉,唯独这事不会忘。

哗啦哗啦地从屋里锁紧防盗门上的两道锁眼成为父亲生活里记得最清楚的充满仪式感的大事情。

父亲站在那里锁门的时间越来越长了。那门锁是否锁上了,父亲要站在那里想半天求证半天,有时候明明锁上了的,他不确定又会再打开来再锁一遍。锁了开,开了锁,最后他就搞不清是锁上了还是又被他打开了,直到他没了兴趣。母亲每次都会极不耐烦父亲的这个举动,都会嘀咕几句。

"哗啦,哗啦——"钥匙转动锁眼的声音在延长,一听到那声音顾慧的内心就会有一种钝痛弥漫开来。第二天出门的时候,顾慧常常发现,那锁其实是又被父亲打开了的。

接着,父亲就不敢一个人上街了,上街买份晚报的事他都做不了了。走在街上,父亲会突然表情怔忡地看着别人,然后悄悄地碰一下老伴的胳臂肘,神秘地说,那人是个骗子!

老伴不在家,电话铃响的话,他会拿起听筒来,但是拿起来他也不出声,等着对方说。然后是接了也白接,别人讲的事经他一传达几乎都是错误的,最后连顾慧打回家的电话他也对金玉英说不知道是谁打的。后来,父亲的情绪变得反复无常,开始无端猜疑别人都要暗害他。弟弟顾智一家过年、过节都上昆明来。有一次他悄悄对儿子说,我要跟你回去,昆明的街上全是骗子。

半年后顾慧带老父亲去医院看了精神科,顾慧跟医生只说了两件事,医生便根据他的症状诊断他是典型的老年精神病外加老年痴呆症。

顾慧给医生主诉了父亲的症状:

我妈盛了碗饭给他,他发现饭里有一截两三毫米长的洗锅用的金属丝,便硬说我妈要害死他,说我妈在饭里埋金属丝是要把他的肠子戳通,害死他后,好花他这一辈子赚的钱。他认为他的血汗钱全被我妈藏起来了转移掉了。我们子女回家看望他,他一准来告状,历数我妈的斑斑"劣迹"。为了证明他的说法不假,他递给我一个手电筒,张大嘴让我看他的嗓子眼那里,说,你看呀,金属丝已经嵌进肉里很多了。我当然知道他是无理取闹,只好态度和蔼地说没有的,一点都没有,他就会堵着一口恶气,半夜三更的突然把家里的灯全部打开,然后一手拿着面小镜子,一手拿着个手电筒在灯火通明中一个劲地照他的嗓子眼,然后在卫生间里拼命地呕吐,弄出很大的响声来,或者使劲敲我的门,愤怒无比地让我起来看他的嗓子眼,逼着我承认,那里面全是亮闪闪的金属丝……搅得一家子无法安宁……

医生听了顾慧的主诉后说:你父亲的病情很严重,患者狂躁起来甚至还会有暴力行为,再严重起来,最终会人格失控,做事不能控制自己的情绪,病情再发展那就变成精神分裂症了,要送进精神病院才行!你父亲的老年痴呆症及老年精神病的症状很典型,但还不算怪异。有些人的症状会表现出有怪癖,比如前几天我们就接诊了一个病例,那位老人家,职业是中学高级教师,退休后,很快变得痴呆,天天在街上捡垃圾,捡的垃圾往家里运,专捡那些残书破纸片,家里有间屋里全塞满了这些破烂,家里被他搞得臭烘烘的,子女烦死他了……

7

这些年来顾慧、章大春夫妇已成为老年痴呆症自觉自愿的研究者了，他们不时地上网查阅相关资料。事实上人类还没有办法对付老年痴呆症。患者最终都会严重失忆。世界上最著名的老年痴呆症患者是美国前总统里根，他后来竟然连前去探望他的前助手国务卿舒尔茨都不认识了，但他很有修养地悄声问夫人南茜，这个人是谁？弄得忠心耿耿的老夫人南茜心都碎了。

顾慧的心也早就碎了。她一看见父亲那苦愁莫名的表情，就替父亲觉得亏，他们姐弟俩这般孝顺他，他却漠然不知，他觉察不到生活中的一丝快乐，开心不起来。在父亲的意识里整个世界都在跟他作对，所有的人都与他为敌。

老年痴呆症医学上的解释是一种持续性高级神经功能活动障碍，即在没有意识障碍的状态下，记忆、思维、分析判断、空间辨认、情绪等方面的障碍。章大春认为得了这种病的人，最初都有强烈的失落感，因为进入人生的晚年，身体功能在衰退丧失，体现出来的不仅仅是听力、眼力、运动功能、性功能的丧失，更致命的打击是社会地位的丧失，如话语权的丧失，处事能力的丧失，社交圈子的丧失，很多人从一官半职上下来，从工作岗位上下来，精神就垮了。退休即是他们人生的重创。

顾慧有时被父亲那种情绪传染，抑郁憋闷，便把那疼痛藏在心里，有时忍不住会突然悄悄地流泪。

章大春在单位里是做人事工作的，随时都有人因为年龄到了，按规定下文通知退休这事。每次通知到人家，爽快来办退休手续的人都少而又少，那些人都一个心态，这一走，就没了地位了，就老了。

老龄化社会的列车呼啸而来。统计资料显示，十个中国人中就有一个老年人。仅只是十多年前，顾慧认为人年岁大了，糊涂一点、颠三倒四一点属正常。到了今天，顾慧认为父亲的病已是困扰她个人生活的头等难题，父亲好生生的话，她就不会这样忧心分心，她不快乐。本来工作压力就挺大的，每个学期末都等着学生给自己的课打分，若是教学那一关过不了就等于饭碗没了，新学期开学就没课上。本来想，在大学里拿了个硕士学位当个老师嘛，可以混到退休了，现实却形势紧迫。系里这几年调进三个博士，逼着顾慧不得不考虑再读个博士学位，父亲这样子，母亲三天两头地电话来叨扰，顾慧哪里还有那心思。

父亲的症状不可逆转地越来越严重。

一个多月前，儿子元元发现他的文具盒里有一张用铅笔写的小纸条，他立即上交给爸妈——

阿慧：

  你妈金玉英是个很坏的人，她偷偷在我喝的水里放三氧化二砷，一天放一点，她要让我慢慢地中毒而死。我若死了的话，就是你妈害的，你要为我申冤啊！

父字

三氧化二砷！当然是父亲心目中的一种剧毒化学品了。

章大春和顾慧读了那纸条后，相视苦笑。

顾慧笑出了眼泪。本来，顾慧对父亲的这类举动已度过了伤心落泪期，这与老公章大春的幽默感有关。但这一次笑着笑着，脸就扭成哭相了。

章大春一看见老婆为岳父的事伤感便开导她，老婆，我倒觉得家里有这么个老人家，我们有捡不完的笑话笑呢，老爸其实很有原创性的，他的幻想幻听都是绝版的超级冷幽默呀！

顾慧笑过哭过后只剩心酸了，这事摊上了，没法子。

章大春评价那张小纸条，老婆，五星级的顾氏原版幽默，别人是原创不了的。

元元得意地说，我外公不愧是个搞化学分析的高级工程师，你们猜猜，什么是三氧化二砷？吓死你们——

章大春和顾慧正纳闷什么是三氧化二砷？毒药是没得说了，有多毒还不知道呢。中学生元元卖个关子，两口子异口同声地问：是啥子？

元元神抖抖①地说：剧烈毒药！毒死了拿破仑的那种毒药！

章大春脱口而出：砒霜？！

元元说：正是！我外公，牛！还晓得砒霜是三氧化二砷，跩！我佩服死我外公了，他老人家还兴玩暗语，偏不说砒霜，

---

① 神抖抖，昆明方言，形容有点神经兮兮，又得意洋洋的样子。

绝！爸，这可是我亲自解的谜，《达·芬奇密码》似的谜啊，哈哈！

元元是丹·布朗的粉丝，《达·芬奇密码》他都读过两遍了，目前正在读他的《数字城堡》。

父子俩忍不住哈哈大笑。

发现那张纸条的头一天，一家三口回爸妈家住了一夜，纸条就是父亲趁他们没注意悄悄放进文具盒里的。

顾慧听着父子俩的笑声异常刺耳，突然一把抢过那纸条撕了个粉碎，然后一声怒喝：章元元！你给我严肃点，这好笑吗？！你是不是把条子给你的同学看了？嗯？！

元元对他爸伸了下舌头，嬉皮笑脸地说：妈，我还没那么傻，这事又不光荣，家丑不可外扬。

章大春笑着说：老婆，我再一次感觉到，你的猜疑心也挺重的，还很要面子，看来，我的未来真的不是梦呀。——哎，顾慧，赶快检查一下，难说我们都收到这神秘的小纸条了，纸条你爸是专门写给你的——阿慧。

这一提醒，果然，顾慧在自己的包里也发现了同样内容的小纸条。

父亲悄悄地背着老伴写下那些小纸条，然后动了番脑筋，把它们一一藏在女儿的房间里、包袋里，甚至外孙的文具盒里。父亲的脑壳里是怎样一个混乱的世界？他的内心有多恐怖啊，成天挣扎着与各种"敌人"周旋、战斗。父亲好无助……

顾慧重重地躺倒在自己卧室的床上，悲伤一下子控制了她。

泪眼婆娑的顾慧,章大春半天都没哄歇。

看老婆那样子,章大春转身把在客厅看电视的儿子元元喊进屋来,关上门。

章大春正儿八经,对儿子晓之以理:小纸条的事不能让你外婆知道,你外婆会较真的。你外婆已经烦死你外公了,我们去上班、上学后,她要跟他计较起这件事来,那你外公就惨了!你外公写的纸条对你外婆极尽污蔑之能事,你外婆要是发现了,绝对会大受刺激。老外婆拿怨气对付你可怜的老外公,你老外公就更可怜了。据我观察,老外公原来还敢骂你老外婆两句,现在我发现他都不骂她了,反过来,是老外婆随时呵斥他!老外公越来越怂了,只会拿一双恐惧的眼睛偷偷瞟你老外婆的脸色呢……

躺在床上伤心的顾慧被老公这番教训儿子的话又逗笑了。自从父亲患病以来,顾慧的泪都快流成河了,当然她也被老父亲异于常人的行为举止逗乐过好多次。

哭了笑,笑了哭,无处可逃,受着呗。

8

二十多辆组织起来的车辆,都在后车窗玻璃上张贴了寻人启事——两张放大好多的照片外加文字,图文并茂很是醒目。然后亲朋们的这二十多辆车朝着不同的方向出发。

这个寻找父亲的主意是弟弟顾智出的,父亲失踪的当天晚上他从滇南的蒙自开车赶了上来。弟弟顾智辞了公职后做起了酒类批发的营生，当了个小老板，家也从个旧搬了过去。蒙自是一个新兴的边地城市，这些年发展迅猛，他的生意做得还不错。顾智曾经用这种在汽车后窗上贴广告的方法，宣传过当地产的一种小瓶装白酒，十辆车一起贴上招贴画，就变成一个流动着的活广告了，仅只一个星期的时间，那种酒就被全城人民熟悉了，宣传效果奇好。顾智独家经营那种酒，这做法为他肥肥地赚了一把。

这次父亲走失，在所有类型的媒体都打了广告，顾智提议不妨试试他这个办法，一商量，亲朋好友们都说这个主意挺好。参与贴启事的朋友们都把这当作对顾家的安慰和支持。

贴着寻人启事的车辆开出去不久，顾慧的电话就变成热线了。

很多陌生人打电话来安慰她，有的跟她交流亲人的情况，有的给她鼓励，为她祈福。

顾慧的一个学生打电话来跟她要了相关的图文资料，说要把顾老师父亲的事情挂到网上去。

有一对夫妇说要来看她，希望大家借此机会成立一个关爱老年人的社团。有个中年妇女看见那个车窗上的寻人启事后，打电话来表示也要在自己私车的后窗上贴一张……

晚饭前，章大春打电话告诉老婆，剩下的七十多张寻人启事都被朋友们、陌生的好心人领光了。

然而，关于父亲的消息却一条都没有。

那些车一动，新闻线人的电话就打到了各媒体。省市两家电视台的社会新闻部、交通电台、三家都市类报纸的记者蜂拥而至。这种宣传效果可是比打广告效果好多了，各媒体记者生怕漏掉一条重要社会新闻似的主动来采访。

顾慧每面对记者复述一回父亲走失的经过就哭一遍。整整一天她都泡在泪水里。

当天晚上电视台的社会新闻档就播出去了，电台是即时热线采访。第二天报纸都刊出文章来了，字里行间全是令人心暖的关注和感动。一家报纸还拿后车窗上贴着寻人启事的图片做了头版的主打新闻图片。

顾慧的手机电池打干了几次，后来干脆直接充着电接听各方来电，学院领导听说这事后也打电话来给她调了课。

手机打得发烫，然而关于父亲的有价值的信息一直没有传来。

一天过去了。两天过去了。三天过去了……

观众、听众、读者们还在关注这事的进展，后车窗上贴着寻人启事的车辆仍在城里的旮旮旯旯到处跑，大家都为一个叫顾朝德的老年痴呆症患者悬着一颗心。

顾慧每天买一堆报纸，细细阅读每个角落。公安机关刊登在报纸中缝的死尸认领通告她也一条一条地细读，尽管她内心揪紧着排斥最坏的消息。

细读这类尸体招领启事时，没有消息就等于是好消息。然而，活生生的父亲就是不再出现了。时间朝后推移，顾慧又暗暗盼着得到一条有关父亲的确切消息，哪怕那是一条父亲遭遇不测的坏消息。

一个星期过去了。十天过去了。半个月过去了……

9

父亲没找到,顾慧忧心如焚,没撑持两天就躺倒了。一个大活人说不在就不在了,无影无踪。若是知道个准信,例如遇车祸亡故了,那么痛上一阵,也会接受那个事实的呀。顾慧最害怕的是父亲还依然在这个世界上活着,但却活得孤独、饥饿、寒冷……

不能,一点不能往深里想这事,这是钻心裂肺的痛。

父亲的两个妹妹也从滇南老家赶来了。两个孃孃的身体还算硬朗的。

琴孃孃当了一辈子民办教师,教语文的,退休好几年后才按国家政策转为公办教师待遇,领得千把元退休工资,在老家乡下的日子过得很知足。这天,她有一搭没一搭地跟病恹恹的侄女絮叨起大哥顾朝德小时候的一些事情,顾慧听后震惊不已。

原来顾慧的奶奶禹桂贞在即将成为新娘的前夜,跟一个大胡子男人私奔了。那个男人骑着一匹大骡子乘夜黑而来,把等在约会地的禹氏提拎上马后,连夜纵马狂奔……

第二天,这个逃婚事件就传遍了全坝子人的耳朵。那个男人就是顾慧的爷爷顾文海。顾文海是赶马帮做生意的马锅头,有十七八匹脚力好的骡子,在茶马古道上往来于滇西各县做些生意,走得远时到缅甸的腊戌、曼德勒,在当地是有些名声的马锅头。

爷爷的父亲与奶奶的父亲本是世交兄弟,所以奶奶禹桂贞与爷爷顾文海是青梅竹马。两人长大后就悄悄好起来了,可是奶奶的父亲在城头更富裕的大盐商许家上门提亲后就应了那门亲事。

爷爷顾文海得知这事后，便请信得过的拜把兄弟悄悄传话给奶奶，约好了时间，在出嫁许家三儿子的前夜，爷爷顾文海果然纵马而来，带上心上人连夜私奔了……

许家没娶着禹家姑娘做儿媳妇，在四邻八乡的亲戚面前把脸面丢尽。奶奶的父亲面对许家也是羞愧难当，气疯了，派人一路去追撵。哪还撵得着？

有人说，那姓顾的男人可不好惹，在江湖上早就混出些名堂了。当地人猜测他带着禹氏跑缅甸去了。

那是一九三〇年发生的事。当时这个伤风败俗的事件太轰动了，当地人都为之震惊。

奶奶跟着爷爷私奔后浪迹天涯，躲了些时日，但并没有去缅甸，而是跑到百公里以外的另一个县隐姓埋名地安顿下来。手上有点钱的爷爷与奶奶后来开了个马店过起日子来了，他们在那里生下了长子顾朝德，日子过得去，接着又生养了两儿两女。

顾朝德十岁的时候，爷爷把他托付给一个老友哥的马帮，把长子送回老家。爷爷、奶奶是打算着要留顾家的一根一脉在故土的。流落在外乡十来年，他们还是时时挂念着老家的。时过境迁，爷爷、奶奶曾经的一段情事不再被人说起。顾朝德回到老家上学，他的爷爷、奶奶都死了，他就寄宿在条件最好的大姑妈家里了。

大姑妈嫁的男人早年走缅甸、走印度、走波斯，做洋纱生意，这个男人家业扩大后，见过些世面，竟撂下在老家置下的田产屋舍及大老婆和三个子女,带着洋派会说英语的缅甸籍小老婆进省城昆明南屏街置业开商铺去了。

顾慧从来没有听父母说过爷爷和奶奶私奔的事。父亲走失了找不回来让她心揪扯着疼,可是琴孃孃讲的这段顾家的传奇暂时让她转移了视线。顾慧好奇不已,甚至有点兴奋,祖上还有这等浪漫情事?

最小的凤孃孃在医院陪着妈,顾慧便悠着琴孃孃了。琴孃孃不愧是当老师教语文的,摆起自家的古来,像是说书人,详略得当。

面对老家的一大摊子家业大姑妈啥也不懂,只会成天斜躺在床榻上抽鸦片,家业只好交由年仅十九岁的读过一下私塾启蒙教育的大女儿,也即我们的大表姐阿顺姐来操持。阿顺姐下面还有一弟一妹。大舅的儿子朝德来了家里,全拜家底厚实,一家五口孤儿寡母的日子还撑得不错。大姑妈跟弟弟文海感情深,她不管家事,但常常叮嘱大囡阿顺,要好生照顾朝德表弟。

阿顺姐家富甲一方,她家堂屋的案几上供着的都是宝贝。姑妈家有多富?你爸跟我们形容过,说阿顺姐家有一彩瓷花盆养了一株老梅花桩,梅花桩的枝枝上竟然都戴着翡翠镯头。

我大哥寄养在大姑妈家的日子很舒服,他这一在,就在到他高中毕业。你爸去大姑妈家其实是去当少爷喽。

琴孃孃对侄女顾慧说,阿顺姐菩萨心肠,对你爸爸如自己的亲弟弟一样疼爱。你爸爸小小年纪回到老家就再没有回到你爷爷、奶奶身边,他跟阿顺姐感情最深。

东扯西拉,琴孃孃还说了另一件事。阿慧,你爸在新中国成立后考到昆明的一所化工中专学校读书,读书期间也兴到昆明南屏街上有铺面的我大姑爹家去玩。我大姑爹那时的身份是民族资本家,产业在五十年代都公私合营了,他拿工资生活,我那个缅甸的孃孃——你们要喊她缅姑奶的倒也知书识礼的,并不另眼看你爸爸。你爸爸去了昆明的姑爹家后就觉得自己的亲姑妈还有阿顺姐这辈子还是亏了。

顾慧专注地听琴孃孃说这段久远的家事,爷爷、奶奶八十多年前为爱私奔的事她第一回听说,听得入迷。

新中国成立后六七年,时代变化了,你爷爷、奶奶带着我们迁回阔别了二十多年的老家,在原籍落了户。

阿顺姐大你爸也就八九岁的样子,人生得蛮漂亮,又有本事,但是命不好。新中国成立后她和你大姑奶的家庭成分被划定为地主,家产全部被没收充公,分给了贫下中农,阿顺姐——你该喊她表姑妈的,从此倒霉运。

阿顺姐一辈子都没嫁过人,新中国成立后每一回运动都抓她去批斗。我昆明的大姑爹也没精力管老家这头的死活了。阿顺姐后来便吃素吃斋了,七十年代初她病死在一座破败的尼姑庵里,死的时候五十岁还不到。你爸爸参加工作留在城里,回老家探亲都要去看阿顺姐。阿顺姐死后,你爸每次回老家都去她坟前培上一抔土,我都陪他去过两回。阿慧呀,这事你妈是不晓得的,你莫跟她讲哦,省得她多心。

琴孃孃讲出表姑妈阿顺的故事后,顾慧想到大脑里只剩一点儿旧时记忆的父亲对她念念不忘的那份情感,又禁不住哀哀地流了一歇泪。

顾慧想起父亲第一次丢失后,跟她说过的话:阿顺姐来约我去爬西山,去了太华寺、华亭寺,还去看了睡美人,阿顺姐买了烧洋芋、烧豆腐给我吃……

顾慧一直没去医院看病倒了住院的母亲金玉英,她不原谅母亲竟然第二次在自己的眼皮底下把父亲搞丢了。

顾智开车上来把琴、凤孃孃和母亲接回滇南去了。

10

夏天都快要过完了。

章大春、顾慧两口子一到周末就开着车,摊大饼式地在昆明城的周边寻找父亲,至今没一点线索。只要看见衣衫褴褛的老者,两口子都要走到近前去仔细辨认。

晚报的社会新闻版上一个月来每天还保留着一小块专版,专门刊登由老年痴呆症患者顾老先生走失事件引出的话题——人口老龄化来临,如何预防老年痴呆症?老年痴呆症的早期症状有哪些？老年痴呆症患者的心理关爱等。

顾慧家的后车窗玻璃上一直贴着寻人启事的招贴。

南高原的阳光紫外线强烈，一个星期就把那招贴上父亲的彩色影像晒淡了，章大春后来又去金伦印制公司印过好多招贴。章大春每星期都撕去一张旧的换上一张新的。

每一次换那后车窗玻璃上的寻人启事，章大春都看见老婆顾慧的眼里，汪起泪来。

11

寻找父亲

世界权威医学杂志《柳叶刀》公布的一份最新研究报告称，全球每七秒钟便新增一个痴呆症病例，我国约有一千万患老年性痴呆症的老人。朋友，请您帮我找我的老爸爸……

爸爸，我们把您弄丢了，爸爸，我们要找您回来。

爸爸，您没有一点记忆，爸爸，我记忆里全是您。

以上是顾慧新拟的寻人启事，启事的标题改为"寻找父亲"，启用了二十世纪八十年代一个叫孙佳星的女孩为《咪咪流浪记》配唱的主题曲，那歌不断在电视上、在录音机里、在收音机里重复——

落雨不怕，落雪也不怕，就算寒冷大风雪落下，能够见到他，可以日日见到他面，任何大风雪也不怕。我要我要找我爸爸，走到哪里也要找我爸爸，我的好爸爸没找到，若你见到他就劝他回家……

顾慧把父亲的两张照片放大并排印在一张 A3 纸上，另一张 A3 纸上大大地印了以上那几句话，她把原来启事上有关父亲的姓名、年龄、特征等等字眼删了。走失在茫茫人海的父亲在这座城市已经家喻户晓。顾慧相信，热心肠的人现在看见踽踽独行、表情木然、孤独无助的老人家后，会认出他来的。顾慧在新启事上留的电话是 110……

顾慧有时会突然大脑断片似的想不起父亲是什么模样来，她内心里怨怪自己那么短时间就把他的面容忘了，她想念父亲时就点开手机来，把父亲顾朝德青年、中年、老年时期最好的三张照片调出来，那三张照片翻拍后存在图库里。现在顾慧记得最清楚的是父亲藏在各处的写给她的那张诡异的有毒药三氧化二砷化学式的纸条。

父亲倘还在人间，他在干什么呢？他是在找……在找那条回家的路吗？

半个月后我打电话去,章小秋说,有空过来嘛,我这两天陪我嫂子,后事总算办完了。

章大春的岳父后来被人在一片稻田里发现。失踪后的第五天,老人家脸朝下扑倒在城郊的一片正抽穗子的水田里,这事我在晚报的社会新闻版上读到,立马打了电话给小秋求证,小秋说那个老人正是她哥的岳父。她没来得及跟我说话,便忙着挂断了电话。

我构思了上面的小说,糅合进了章大春岳父和我父母的故事。这是我关注当下现实生活的一篇小说,是对老龄化社会、对老年人生活的深切关照,我父亲已开始有老年痴呆的初期症状,感同身受啊。

真实版的结局是老父亲走丢后,最终被找到,他匍匐在城郊的稻田里死了。这让人无法回溯和想象,太残忍。他人生的最后几天是怎样一个人走在这茫茫世界里的?他这一路上经过了哪些街道?他并没走多远,他只走到了城边,离女儿家不过七公里的地方,他饿了、渴了,他在一片反射着天光的水田边扑将下去是本能地想去喝口水吗?

一路上，这个神情木然呆滞的老人走过好几条街道，走到郊区公路上去，躲过了公路上飞驰的车流，然后拐向一个村子，走进一片水田，这整个过程中，就没有一个路人留意地看他一眼吗？不能想象。

我不会在我的小说里告诉读者，那个真实姓名叫顾朝德的父亲最终找到了，他已死。那个老人渴得想喝口水，他扑倒在一片稻田里。

不知去向的父亲或许更叫人牵肠挂肚。

悬铃木咖啡馆

1

那天午后,一场瓢泼大雨突至,而我偏偏那一刻打的去悬铃木咖啡馆。我提着电脑,我想好了那篇小说的结尾,我想在我的"阁子间"里把结尾画上句号。下车,风很急雨很骤,撑开的伞被风吹得整体翻折成一个欲朝天而去的"大碗",幸好穿的是长裙,不必一手捂裙摆一手去扳伞骨,但还是很不堪。同仁街上的悬铃木咖啡馆,就在离我五十米远的地方,出租车不能开过去。

下出租车跑上几级台阶站在一家商店门口躲雨的刹那间,我已淋了个半湿。抖掉可以抖落的水分,心情并没坏掉,这座城市的这场豪雨我已盼了好长时间了,头一天下过一场两分钟的地皮都没湿透的过路雨。

隔着小了一点的雨帘看对面同仁街商业区，广式骑楼下熙来攘往的人们不必打伞，他们在一楼商铺的橱窗前走来又走去。站着躲雨的我忽有一种隔世之感，我看见的对面景观像是这座城从前的模样……

2

雨停后，我慢腾腾地走过去，上了二楼的悬铃木咖啡馆，我要在那里给我的小说画句号。

章小秋的员工见我来，十分钟后先自端来一杯甘醇浓郁、烘焙得恰恰好的炭烧咖啡。惯例，不收我钱的。那小伙子躬身问我还要点什么。我要了两个甜点，特别地交代，一杯绿豆冰沙，放少许糖，一盘煮好去皮的小板栗。小秋和这咖啡馆的老员工一向晓得我喜欢在苦涩中享受气氛的甜蜜。

咖啡馆人不多，小秋在我面前捧着一杯白水，没说话的兴致，一看就知道是累了。

我指着笔记本电脑说，我以你嫂子她爸的事为原型，糅合我父母的一些事写了个小说，几乎一气呵成，我是来结尾的，会在最后落一笔"某年某月某日完稿于悬铃木咖啡馆"。

小秋没接我的话。

我有睡前喝一杯牛奶或者很倦时嚼块巧克力的习惯，因为那会让我神经松弛舒服，这些年因为体检发现血糖高后，再也不敢碰巧克力了。巧克力在我个人的潜意识里是加了奶、加了糖浓缩后用脂肪固化的咖啡。我忽然想起什么，拉过包，从里面拿出一盒包装精致的比利时巧克力递给小秋。我说，专门带来送你的，一个朋友送的，我哪能吃？还是快快送出手，免得管不住自己的嘴。小秋随口问，谁呀，送你巧克力？这朋友不晓得你不能吃甜的？我脸一烫，直说，男朋友。小秋眼睛一亮，却也不问我，她等我自行交代。

干脆今晚把他约来这，给你亲自掌掌眼？我说。

好啊，只这么几天，紫苏姐的人生活色生香起来了。小秋说，你写吧，了结你那个小说的尾巴，不打搅。

她的口气里有一点怀疑我说有男朋友了是随口开的玩笑，我也就一笑。

我拨了师兄崔劲松的电话：我在同仁街的悬铃木咖啡馆，晚上你过来，我们吃西餐，我介绍朋友给你认识。你父母家从前不是住在金碧路上吗？我介绍给你的朋友小时候都在这一带出没。你过来我们开个故事会？

师兄两天前再次受邀从成都过来，还是那个有关某地年轻人吸食新型毒品调查研究的事。

电话那头的师兄情绪是雀跃的。

3

悬铃木咖啡馆是夜真的开起故事会来，小秋在我的临时创意鼓动下，约来了周梦清。清清么，随时随地一喊就会来。小秋还叫来了她刚办完丧事的哥嫂,小秋有意让她哥嫂轻松一下。

我的师兄崔劲松当然来了,我把他隆重介绍给大家:崔老师小时候天天打南越咖啡馆旁边经过,从趋近空气中越来越浓的法国硬壳面包和咖啡香里走来,然后又在吞咽着馋涎的由香浓转淡的味道里走去,每天来回四次路过南越咖啡馆,有时候起晚了,时间来不及了要迟到,就跑起来,那面包香味只能从鼻尖旁倏忽而过,不能从容地嗅闻,他都会觉得那天亏了,哈哈。他家原本住在靠弥勒寺的那一头,走路去苏林小学上学。

章大春笑了:住在这一带街区的孩子都有这个经历,吃不到,闻闻也是一种奢侈的享受。

清清抢过话说:就是就是啊,虽然我比你们小好多岁,我也有这种感受。我家住同仁街上,最爱跟我妈去散步,喜欢坠着我妈的手拐子从同仁街拐到金碧路,每次那样走都像是从暗处往亮堂处走,满怀着希望。每次我们都走过南越咖啡馆再折身回家,有时我妈就会买两个大硬壳面包当第二天全家人的早点,我就忍不住用手一点一点地掐吃那大面包的硬壳,第二天等我妈真的从橱柜里请出它们来当早点时,那两只面包光剩软泡泡的芯了。嘿嘿,我是个馋嘴丫头,从小就是吃货,不然不会吃成现在这胖样子,嘿嘿。

小秋插嘴:清清发育的时候看来营养足够,所以你瞧瞧你现在这有容奶……大的样子,不像我们没吃够那个越南女人做的硬壳面包,唉……

清清咬牙切齿地轻轻掐拧了小秋的胳膊一把。

小秋一躲，站起来跳开，她提议：欢迎新来的客人崔老师起个头吧，讲讲我们这条街的故事，今天在座的每个人都至少讲一个。

师兄与我对视一眼说：好啊，我讲曹羊血的故事吧。

师兄用老昆明话讲起来，但不时听出他腔调里夹带一点点川音。

4

我先描述一下我家住的这条街——金碧路上某裁缝店的样子，大家可能有印象——我不记得这家裁缝店叫啥子名字了。那店有个只容一人过的窄门，但有一个宽阔的窗口，窗口朝里是个宽绰的台板，上面堆着一摞一摞的衣料。一个中年男人脖子上挂着一条量衣长宽窄的软尺，戴着一副袖套，其衣服口袋处、袖口处有画粉块残留的粉灰。那男人有时袖着手在门框上靠着，一只脚在门里，一只脚踩在木门槛上；有时在台板上铺展开布料，一手拿着一把木尺，一手拿着画粉在画线；有时见他拿着一把大剪刀沿着画线剪裁布料。他是借着悬铃木浓荫下可怜的一点自然光做活计。往里看，屋子一角一个女人永远侧面对外，她永远面对墙壁在踩着缝纫机，衣料在她的手下移动着，一盏昏黄的白炽灯吊在她头顶上方尺把高的位置。屋子中央一年四季都有一个烧焦炭的炉子火，上面不是坐着一把最大号的铝皮茶壶烧着水，便是烧着一把铁熨斗。不时有隔壁铺面的人拎着热水瓶进去灌开水。灌五磅水瓶给两分钱，灌八磅水瓶给四分钱，精明的人们通常是一手拎一个五磅水瓶去灌开水，这样十磅开水也才四分钱。烧开水卖是顺带节约能源，那火上不烧熨斗时炭火的热量白白损失掉可惜。裁缝铺的老板舍不得买电熨斗用，是因为那白炽灯一天到晚已够耗电的了。有时看见那裁缝拿了烧好的铁熨斗在那台面上熨衣服，天冷时会看见白色的水蒸气忽地腾起，伴着好听的水汽嘶嘶声。做成的衣裤上铺了湿毛巾，熨斗压上去时甚或闻到一股布料的味道，毛哔叽被烫熨时的味道暖烘烘的，好闻。这条街上的女人说那个裁缝色眯眯的，没事的时候就盯着街上的美女看，视线是先胸脯后屁股最后才是脸，而他的婆娘一直佝着背踩机器，从来没发现自己的男人在偷吃别的女人豆腐。

师兄崔劲松可真会讲故事，在座的都听得入迷了，也不岔他的话。

离这家裁缝店五十米的地方是一家米线店，叫"曹羊血米线店"，米线上最后盖浇的不是酱肉、不是豆花，而是烫熟了嫩晃晃的一大勺羊血，羊血用刀打成丁，再撒上细细的火葱、芫荽，浇上辣椒油、花椒油、蒜泥，唉，那香味真是勾人。

米线店的老板姓曹，一条街上的街坊、邻居都叫他曹羊血。他家的羊血米线店生意兴隆，米线店堂口不大，屋里就支四五张桌子，吃米线的常没坐处，便端着碗站在街边吃，昆明人说吃米线用"甩一碗"、用"滑一碗"来形容,那真是准确生动啊。曹家两个娃,老大是姑娘,这姑娘初中没毕业就辍学到店上帮忙了,帮着收票款。一碗羊血米线小碗一毛钱,中碗一毛二分钱,大碗一毛五分钱。曹家老二是我同学。

一个冬日的早晨,曹羊血家出大事了。大冬天的,曹羊血早上五点左右起了床,来铺子里捅头一天熰起来的蜂窝煤火,蜂窝煤上的铁盖刚用火钳子掀开,他突发脑出血,歪倒下去时脸正好栽倒在炉火上。那蜂窝煤盖子才揭开又被他的脸盖严,隔绝氧气的煤块慢腾腾地烤熟了他的脸,却没燃着他。六点钟送米线的人来了才发现曹老板已经死了,他的脸都烤成了炭。我的同学曹老二读完初中就没读了,回家煮米线,但他家的米线店自他爹死后生意便走了下坡路,作料品质一点没变,但就是很少有人去吃了。街坊、邻居的不敢去吃他家的米线了,说是一走到那里都要绕开走,抬起米线吃便要联想到老板曹羊血惨死的样子,害怕。我那同学后来人生很不顺利,命不好,好像一直没结婚。八十年代末我离开昆明时曾听从前的同学说曹老二早年曾在大街上被一个女人拿着月经带抽打。打他的女人边打边骂——烂流氓、烂杂种、烂蟊贼!给你偷、给你偷!

5

章小秋的嫂子听到曹羊血脸扑在煤炉上惨死时痛苦地捂起脸来。我扯了扯师兄的袖子,让正讲得起劲的他停了下来。

章小秋也意识到什么,她打断师兄的话:崔老师相当于讲了两个故事,裁缝的故事加上曹羊血的故事,我来讲一个,就讲这条街上南越咖啡馆的故事吧。

章小秋便讲了她说给我和清清听过的那个咖啡馆后来的真正继承人,现在定居香港的老太太如何战胜阮家长子屁股后面跟成串的所有漂亮姑娘,如何嫁进阮家,又如何深得阮氏信任,最后合法继承了南越咖啡馆的传奇。

章大春接着他妹妹小秋的话讲了这条街上,走进南越咖啡馆那些穿细腿港裤、穿喇叭裤的被人叫二流子皮旦的印象。其间发岔地讲到他跟一个同学去其哥哥的同学家,位于东寺街一个破败的院落里偷听"反动"音乐唱片的事,那是他第一次听唱机里放出柴可夫斯基的《四小天鹅舞曲》。

大春说,你们简直难以想象我是怎么走进这个人家去听的"小天鹅"!那个高年级同学的爹是个知识分子,二十世纪六十年代末得病死了,他妈和姐姐是精神病人,他家两间屋,他住里间,去里间要经过外间,外间住着他妈和姐姐,他妈和姐姐大小便就在住的屋里随地屙撒。我们是在一天下午上完劳动课去的。从外间通里间只有一条过道可落脚,尺把宽,光线昏暗,不跟在他身后走就可能踩着一地的屎尿,进了他的里屋,门从里间反锁上,我们开始悄悄地不敢出声地看他庄重地打开一台老唱机,放进唱片,调好唱针,那是我第一次听柴可夫斯基的《四小天鹅舞曲》。多么美妙欢快的旋律啊,我现在听还会联想到从前的一幕,仿佛空气中一下子便有挥之不去的屎溺味,我后来就没想通他怎么不打扫打扫外间呢？我同学说打扫的，天天都打扫，打扫完就撒一层石灰，他每天中午、下午放学回了家就拎一口有盖的锑锅外出抬三碗米线，保证不饿死他妈和姐姐及他自己。他们一家领抚恤金过日子，他妈生病前是有工作的，有点工资，唱片、唱机自然是他爹传下来的。

清清打断话，问，大春哥，你同学哥哥的同学，后来怎样了？章大春说，不知道啊，真的不知道了。

6

小秋她哥嫂后来提前走了，我们继续讲从前的旧事。

师兄说，这条街给我的记忆，就像那个裁缝店里炉炭火上烧着的烙铁，烙在哪里都是个印子。我们家住的是个旧时的老四合院，从上面看那瓦顶四合的样子就像一颗印章，这种院子，俗称"一颗印"。

我家住的那老院子，院子大。院子里面种着两株山茶。一株是白色的，一株是红色的。每到开花季节，白的先开。那白的长在院门一隅，树干粗矮，一跨进院门槛就可撞见。它枝丫茂盛，树冠圆满，浓绿的叶子衬浅白色的花，让它看起来像个穿白袍的敦厚长者，笑呵呵地恭迎来客。

立春一过，白山茶一开，平时寂静的院子里就会有动静。这院子住的都是旧时代过来的人，一户人家分得两三间屋。据说这院子的主人原是南屏街上开布店的。新中国成立后，这院房产充公,政府以公房的名义分给一些为旧政府做过事的知识分子,多数是在旧政府《正义报》[①]做过编辑记者的人,也有在老东岳大学当教师的人,中间的宽敞院子共享。这样的一些人性情多骄矜,从前饱读诗书,彼此之间很是客气,不仿一般小市民住的院落时时开着门窗说些亮话,也盘弄点是非。这个院子里住着的每户人家都不大管别人家的闲事,自家的事也不想往外透露,门窗就多闭得严严的。那株白茶花一开,他们便开窗拉门探出半个头和半个身子来,久久地盯着这花树看上一歇,仿佛是见到了一位阔别很久的老友至亲。有的人还会半张开嘴巴,像是这棵白茶花树可以让他们好好地吐故纳新。好像唯有这样,才不辜负了眼前这株干干净净的花树的垂爱。

自此很多人家的门窗就不再关紧锁严了,都罅了一条缝隙给这株白山茶,因为它没有一丝香气可关起来私自享用。这白茶花树似乎也深知人们对它的宠爱,年年岁岁都茂盛地开,骨朵儿一绽一绽便繁花满树。因为有了这盛开来的白山茶花,整个院子顿时就有点娇气起来,住这院子的女人们都因此变得美丽些、温柔些。

白茶花开到绿肥白瘦、花败枯锈的时候,院子里的一个老婆婆会拿把火钳把那些残花全摘除了,那树也不高大,树尖上的花她老人家垫个凳子就够到了,一下子就弄得干干净净的。

[①]《正义报》从一九四三年秋创刊至一九五三年秋停刊,十年间跨越了新旧两个时代。一张旧社会出版发行的报纸,在新中国成立后继续出版了四年,这在云南属罕见。

那位老婆婆说，这花一开败便像是新坟头上的花纸，不大吉利。大概也就是一个半月后，红山茶迟迟地开了。红山茶开得盛的时候，风一吹，常有一两朵忽地落下来，有人第一时间出门捡了，说是那落花跟红糖一起煮，是一味补血良药。那年代得贫血症的人多。

很晚了，章小秋掩饰地打着呵欠，周梦清取出速写本来又拿出一盒彩铅笔，画着我师兄崔老师讲的白茶花、红茶花。我偏过头看，白茶花树被她画成个弥勒佛一样笑呵呵的白胖子，红茶花被她画成了风情万种的瘦妖精。

7

羽毛一样的东西撩拨了我的心，周围的空气有一种痒痒感……师兄牵着我的手，轻飘飘地飞了起来，飞在这座城的夜空……

我做梦了，我会飞，像鸟一样飞，扇着羽；我真的会飞，像虫子一样飞，振着翼；我真的真的会飞，像翼人一样在空中借着从高到低的势能借着气流滑翔……

醒过来，孤单单的我躺在空荡荡的大床上。

坐起身，没开灯，双脚在地上摸索着拖鞋，趿上，走到窗边，哗地拉开窗帘。看出去，星星点点的灯火之间更多的是寂静黑暗的建筑，生硬地沉沦在夜色深处。

偏街僻巷里，白天的喧嚣暂时消停了，熙来攘往的人生以缄默的姿态继续在暗夜里潜行。

到处是过于喧嚣的孤独,这世界上,每个人的生活都悬而未决……

二〇一四年六月十三日午夜,初稿完成,巴西世界杯开赛

二〇一四年七月八日凌晨,无球可看,正好修改二稿

二〇一四年七月十七日,三稿修改中,马航MH17航班坠毁,机上人员全部遇难,哀

二〇一五年十一月二日,四稿毕,于滇池畔家

二〇一六年八月二十四日,五稿毕,于新闻路

二〇一七年三月二十二日,六稿于新闻路

二〇一七年九月二十三日,七稿于新闻路

二〇二〇年六月二十二日,定稿于滇池畔

后　记

　　一九一〇年，滇越铁路从越南河内铺到昆明延用至今，似乎从那时候起，昆明的传奇多了起来。

　　二十世纪三十年代初，昆明城里的金碧路是一条繁华的街道，它掩映在悬铃木的绿荫里——英美烟草公司、巴黎百货公司、美国美孚公司、俄罗斯面包店等招牌晃人眼睛，熙来攘往。在金碧路东段北边的端仁巷至北后街口附近，一个穿奥黛的时尚越南籍女子在此开了家西餐厅，她叫阮民宣，出身越南望族。阮氏的丈夫冯裕炎时任滇越铁路昆明站站长，广东人。滇越铁路的开通引来了好多南洋的中国侨民，那些人都爱喝咖啡，在丈夫的鼓动下阮民宣买下金碧路上一幢两层楼的法式建筑临街铺面，经营起这家原来叫"新越"后来改名"南来盛"的咖啡馆。在南来盛存世的六十多年时光里，昆明人以走进南来盛喝杯咖啡为荣。

老昆明人都记得：南来盛一楼有两盏水晶吊灯和一个吊扇，火车车厢座椅一样的长椅条桌，最合适朋友或情侣对坐，情调诗意浪漫；二楼为雅座，临街的大窗户像画框一样框住了窗外悬铃木四季变化的枝叶。

二十世纪四十年代，阮民宣的西餐厅招了一位叫胡光的越南籍面包师。她何曾想到这个面包师，竟然是未来新越南的领导者，越共总书记胡志明。南洋侨领陈嘉庚先生只要来昆明就会招呼那些从南洋回祖国抗战的"南侨机工"朋友们：走，到新越（南来盛）喝咖啡！西南联大的沈从文曾在此宴请胡适。周恩来到昆明也来此会见比自己年长的老友胡志明……

二十世纪末，我供职云南日报社《大观周刊》编辑部，编发过一篇回忆南来盛的文章。已移居香港的阮民宣的儿媳回昆明时看到那篇文章。她来编辑部找到我，说要给我讲南来盛的故事。我把她请到家里，整整一个下午听她细细说来，其中一些细节写在本书的第一个章节《清秋》里了。

二十世纪七八十年代，南来盛依然生意兴隆。九十年代中期，昆明旧城改造，南来盛消失在昆明人的视线里。二〇一一年前后，著名诗人于坚牵头搞了个"高黎贡文学奖"，我被提名。昆明广播电台的主播王革女士选了我的短篇小说《炭烧咖啡》用地道的昆明话播读。一位年近古稀的老先生在收音机里听到这个小说后，托人转给我一个纸条：我年轻时常泡在南来盛，你若想深入了解那里的旧事，请打我电话。老先生留的是一个座机电话。

我忽然隐约觉到南来盛咖啡馆是一个观察昆明城的"据点",我从那个短篇小说开始,便虚构出"悬铃木咖啡馆"这样一个场域,来装我写的这些故事。历史像一株有生命的藤蔓,它的卷须在"悬铃木咖啡馆"缠绕。

我曾用滇西老家的山水时空装下家族式传记《忘川之花》,写下远征军抗战背景下日常人的生死别离,我也以出生地为背景写下一份岁月的证词——《铅灰暗红》,现在我为生活于其间三十七年的昆明写了这部长篇小说——《悬铃木咖啡馆》,我感觉自己被掏空了。

书稿完成后,我请世界著名漫画家李昆武先生画人物插图。李昆武先生是我的同事和朋友,他早年代表作《漫画云南十八怪》,风格幽默,广为流传。他的作品曾获中国漫画金奖,更凭借《从小李到老李——一个中国人的一生》(全三册)漫画三部曲,入围"漫画奥斯卡"法国昂古莱姆大奖,同时荣膺法国圣马洛图书展"最受读者欢迎奖"和"历史会晤"文化节最佳历史类漫画大奖,是亚洲第一位获此殊荣的漫画家。米其林(MICHELIN)公司和路易威登(LOUIS VUITTON)公司还分别出版了他的画集。李昆武先生为我这本写昆明的小说人物画像插图,与有荣焉,唯有感谢!

霭霭停云,濛濛时雨……翩翩飞鸟,息我庭柯。敛翮闲止,好声相和。

忽横截陶潜《停云》中诗句为这篇后记终结时,仿佛有来由的——此时我窗外那株高大的喜树梢头,停着一只喜鹊,它叫了两声。

二〇二一年一月二十一日